唐 诗 之 巅

读懂
诗圣杜甫

朱琦 著

北京联合出版公司
Beijing United Publishing Co.,Ltd.

图书在版编目（CIP）数据

读懂诗圣杜甫 / 朱琦著 . —北京：北京联合出版
公司，2023.5
（唐诗之巅）
ISBN 978-7-5596-6698-7

Ⅰ . ①读… Ⅱ . ①朱… Ⅲ . ①杜诗 – 诗歌研究 ②杜甫
（712-770）– 人物研究 Ⅳ . ① I207.227.42 ② K825.6

中国国家版本馆 CIP 数据核字（2023）第 029080 号

读懂诗圣杜甫

作　　者：朱　琦
出 品 人：赵红仕
责任编辑：李　伟
封面设计：东合社 - 安宁
内文排版：九章文化

北京联合出版公司出版
（北京市西城区德外大街 83 号楼 9 层　100088）
固安兰星球彩色印刷有限公司印刷　新华书店经销
字数 165.6 千字　880 毫米 ×1230 毫米　1/32　9 印张
2023 年 5 月第 1 版　2023 年 5 月第 1 次印刷
ISBN 978-7-5596-6698-7
定价：128.00 元（全三册）

　　杜甫比李白年轻十一岁。正是这十一岁之差，让这两位诗人的经历和命运更加不同。他们相识于天宝三载（744年），此时的唐王朝已随着唐玄宗的可怕转变，在政治上越来越腐败。李白就是在这一年被排挤出朝廷，从此远离政治旋涡。而杜甫却是在天宝五载（746年）才开始长安城的人生拼搏。他困守长安十年，遭受了长达近八年的安史之乱，再后来面对的是宦官专权、藩镇割据、外敌入侵的动荡时局，此外还有地方上大大小小的叛乱与混战。

　　虽然说杜甫的大部分诗作都作于安史之乱爆发后，但他的前半生是在开元年间度过的。开元盛世已经把自信与激情渗入他的内心，使他的诗在后半生的沉郁顿挫中仍然回荡着盛唐之音。

　　　　五更鼓角声悲壮，三峡星河影动摇。

江间波浪兼天涌，塞上风云接地阴。

高江急峡雷霆斗，古木苍藤日月昏。

无边落木萧萧下，不尽长江滚滚来。

这些诗句里夹杂着乱世的沉重和悲凉，却依旧充溢着盛唐的壮美和雄浑。

晚唐以来，杜甫的诗就被誉为"诗史"。他不仅真实地反映了唐王朝由盛而衰的过程，是当时社会的一面镜子，而且真实地叙写了自己的遭遇，甚至把别人避而不言的困窘、尴尬和耻辱都写了出来。又因为他在战乱流离中常常与普通老百姓并无区别，对民生艰难有亲身体验，所以也真实地描述了老百姓所不能言传的灾难与痛苦。杜甫的"诗史"，既是用诗歌写下的一段唐代历史，又是战乱时期百姓的苦难史，也是他自己的心灵史。

梁启超说杜甫是无人可及的"情圣"。山水泉石、鸟兽虫鱼、林木花草，在他笔下都有活泼泼的灵魂和情感，更不必说妻子儿女、同胞弟妹、亲戚朋友、四邻五舍。这种至情至性、推己及人的儒家仁爱精神，再加上战乱流离中让他贴近了下层人民的苦难生活，激发他创作了许多忧国忧民的诗篇。在中国古代文学史上，很少有人像他那样，常把家人、弟妹、朋友、邻居写在诗中，也很少有人像他那样，把深沉的情感倾注到苦难百姓身上，并且写得那样真实、丰富、细腻。如果要说一千多年来谁是最能感动中国人的人，这个人很有可能就是杜甫了。"情圣"这个词在当代有其特定含义，我们现在更喜欢把他称作"诗圣"。这是对杜甫崇高情感和伟大人格的肯定，也是对杜诗高超艺术和神圣地位的认同。

后人评价杜甫，公认他是中国诗歌史上的集大成者和承前启后者。他不只是适逢其时，赶上了中国古代诗歌正在走向完美成熟的时代，而且他兼收并蓄，海纳百川又求新求变，加快了中国诗歌的发展进程。集大成是说他把前代优秀诗人的各种题材、形式、风格和技巧集于一身；承前启后是说他不但全面继承了前人，还为后人开创了新的题材、形式、风格和技巧。仅以诗歌形式来说，古体诗如五古、七古，近体诗如五绝、七绝，尤其是五律、七律，杜甫都是杰作纷呈。从这个意义上来说，欣赏杜诗，也是从不同角度对古代诗歌的巡礼。

"读懂诗圣杜甫"部分以杜甫的生平经历为主要线索，以每个时期的代表性作品为主要篇目，分作六个部分，总共三十一篇。

第一部分"裘马清狂"。三十四岁以前的杜甫，充满了盛唐诗人特有的乐观、自信和豪迈。他十多岁时在洛阳就已成名，二十多岁时漫游吴越，又放荡齐赵，三十三岁时与李白、高适同游梁宋。可惜这个时期的杜诗大都失传，存留下来的作品中，以《望岳》《房兵曹胡马》《画鹰》等诗为代表作。

第二部分"长安十年"。三十五岁时，雄心勃勃的杜甫进入长安，但这时候的唐朝政治已经日趋腐败。他应诏参加了制举考试，却遇到了一场竟无一人上榜的荒诞闹剧。终于以文采引起唐玄宗的注意，却再次遭到李林甫的排挤。为求得荐举，他不得不奔走于王侯大人之门，但仕途蹭蹬，日益穷困，由此也深知下层人民的疾苦。比起其他诗人，他更早意识到唐王朝危机四伏，从此告别了激情和浪漫，走向沉郁和苍凉。《饮中八仙歌》《奉赠韦左丞丈二十二韵》《兵车行》《丽人行》《自京赴奉先县咏怀五百字》等名作，都作于这个时期。

第三部分"战乱流离"。从安史之乱爆发到杜甫一家迁徙秦州，只有四五年时间，却是悲欢离合，九死一生。潼关失陷后的避乱逃难，两度投奔唐肃宗的冒死历险，叛军铁蹄下的血腥恐怖，官场上的是非凶险，在秦州、同谷时的饥寒交迫，以及几次长途奔波中的遭遇见闻，让杜甫对朝廷政治、战乱时局和社会民生有了更深刻的观察了解。他与家人曾经几度陷于绝境，活下去几乎是凭借着微生物般的惊人生命力，但他仍然还在关注着时局，描述着见闻，抒写着情怀。这个时期的作品多是五言古诗和五言律诗，五律名作有《月夜》《春望》《月夜忆舍弟》，五古名作有《北征》《赠卫八处士》《佳人》。由他所创立的新题乐府诗，如《石壕吏》《垂老别》等"三吏""三别"六首诗，也是这个时期的代表作。

第四部分"成都草堂"。由于成都发生战乱，杜甫一家不得不在漂泊中再次避乱，流寓梓州、阆州一年多，但在成都前后四年的那段日子，是相对安定、舒适的。围绕浣花溪草堂的一切，无不入诗，艺术上不断创新，尤其是格律诗的创作。如果说绝句在李白、王昌龄、王维等人的笔下变得炉火纯青的话，那么，就是因为杜甫使五律才更加完美，七律才臻于成熟的。五律如《水槛遣心二首》《春夜细雨》等诗，七律如《堂成》《江村》《客至》《南邻》《闻官军收河南河北》《宿府》《登楼》《蜀相》等诗，七绝如《绝句四首》《江畔独步寻花七绝句》《论诗绝句》等诗，此外还有那首著名的歌行体诗《茅屋为秋风所破歌》，都创作于这个时期。

第五部分"夔府孤城"。杜甫携家人乘船东下，因生存问题和健康状况，不得不羁旅云安，后又移居夔州。在夔州不到两年，杜甫在百病缠身的情况下创作了四百多首诗，其中，七言律诗最是千锤百炼。《秋兴八首》《诸将五首》和《咏怀古迹五首》这三组诗，以及《白帝》《又呈吴郎》《阁夜》《登高》等，都是杜甫写在夔州的七律名作。他不但让七言律诗迅速走向成熟，而且达到了炉火纯青的境界，后人难以企及。

第六部分"老病孤舟"。杜甫携家再次乘船东下，先后漂泊到江汉平原上的江陵和公安，其后又沿着湘江到处奔波，在岳州、潭州、衡州等地来来回回地寻找生路，最后病死在从潭州到岳州的破船上。这个时期的代表作有《旅夜书怀》《江汉》

《登岳阳楼》《江南逢李龟年》等诗。

杜甫是用燃烧自己的生命来写诗，才给这个世界留下了许多伟大的作品。结合杜甫的生平经历去阅读杜诗，才知道他付出的心血和代价，体悟他诗中寄托的思想和情感。他评价李白说"千秋万岁名，寂寞身后事"，其实也是在说他自己。他相信后人会喜欢他的诗，会给他公正的评价。

那么我们就来试试看，能不能在一千三百年后，做一个杜甫的知音。

目录

夔府孤城

老病孤舟

裘马清狂

泰山绝顶
—○—
一览众山小

公元 712 年，杜甫生在一个世代"奉儒守官"之家。唐玄宗就在这一年登基即位，年号先天。第二年唐玄宗更换了年号，从此开始了接连二十九年之久的开元盛世。历史学家说到这一历史时期，往往引用杜甫的描述：

忆昔开元全盛日，小邑犹藏万家室。

稻米流脂粟米白，公私仓廪俱丰实。

九州道路无豺虎，远行不劳吉日出。

齐纨鲁缟车班班，男耕女桑不相失。

宫中圣人奏云门，天下朋友皆胶漆。

百余年间未灾变，叔孙礼乐萧何律。

这是杜甫在《忆昔二首》中为"开元全盛日"勾勒的一幅全盛图。大意是说，想当年碰上开元盛世的好日子，小城市就有万户人口。稻米饱满圆润，粟米光滑明亮，公家和私人的粮仓全都丰实充足。九州大地，道路畅通无阻，走到哪里也不会遭遇强盗。出门远行，随时皆可，不必挑选什么良辰吉日。运载齐纨鲁缟的车辆络绎不绝，男耕女织，夫妻和乐不离散。宫中天子奏着祭祀天地的乐曲，天下朋友亲密友善。大唐建立百余年，从未发生过大灾祸，就像汉朝初年，叔孙通制定礼乐，萧何制定律令，国家太平，政治清明。

唐代是中国历史上最强大的王朝，开元盛世又是唐代的顶峰时期。杜甫的前半生恰逢开元盛世，从幼年、童年到少年、青年，都是在开元年间度过的。但他中年后遭遇安史之乱，历尽磨难。《忆昔二首》写于晚年，当时他正在战乱中颠沛流离，漂泊西南，因此越发怀念昔日的大唐荣光。

一般认为，杜甫生于巩县（今巩义市）瑶湾村，这地方位于今天的洛阳和郑州之间，邻近黄河。杜甫很为自己"奉儒守官"的家世感到荣耀。所谓"奉儒守官"，就是尊奉儒家思想，恪守官职。杜甫的家世可以往上推溯十五代，十五代人几乎都是做官的，而且多是太守或刺史。十三世祖杜预和祖父杜审言，让杜甫尤为自豪。杜预是曹魏末期到西晋前期的名将、名臣，博学多才。三国之一的东吴，就是在杜预统帅下消灭的。杜审言是宫廷中的御用文人，著名诗人，官至修文馆直学士。杜甫不但以祖父为荣，而且把写诗当作家庭的传统和使命。他对儿子说"诗是吾家事"，意思是写诗就是我们家的事情啊！杜甫出生时，祖父已去世四五年，父亲杜闲大约尚未做官，家境衰落，所以杜甫说自己"少小多病，贫穷好学"。

如果只看这些，很容易让人觉得杜甫小时候是个病恹恹的书呆子。好在杜甫晚年时回忆往事，让我们看到了他生气勃勃的童年、少年。在《百忧集行》一诗中，五十岁的杜甫想起十五少年时：

> 忆年十五心尚孩，健如黄犊走复来。
> 庭前八月梨枣熟，一日上树能千回。

"黄犊"是小牛犊。小牛犊健壮好动，杜甫十五岁时仍是活蹦乱跳，像健壮好动的小牛犊子跑来蹿去。庭前院子里有梨树枣树，到了八月就熟了，他想吃就上树，一日千回也不觉得累。

十五岁的年龄，一方面还像个小孩子，另一方面却喜欢装成熟。杜甫不只是喜欢装，他本来就成熟得早。在另一首《壮游》中，杜甫回忆说："往昔十四五，出游翰墨场。斯文崔魏徒，以我似班扬。"他十四五岁时就出入笔墨场，当时东都洛阳的文坛名士崔尚、魏启心把他誉为可与班固、扬雄媲美的神童。
诗中还说：

> 七龄思即壮，开口咏凤凰。
>
> 九龄书大字，有作成一囊。
>
> 性豪业嗜酒，嫉恶怀刚肠。
>
> 脱略小时辈，结交皆老苍。
>
> 饮酣视八极，俗物都茫茫。

　　诗人以调侃的语气回顾童年说：我七岁时已情思豪壮，开口就歌咏神奇祥瑞的凤凰。九岁时练书法，挥笔就是大字，作品装了一大袋子。我性情豪放，嗜好饮酒，疾恶如仇，刚直不阿。早熟让我疏远了年龄相仿的小儿辈，结交的朋友多是白发老者。酒酣耳热时俯视天下四方，俗世俗物全不放在眼里。你看，童年的杜甫有多自信，有多高傲！

　　结合杜甫的一生及其诗作来看这些回顾童年的诗句，就会觉得他在诗歌创作上的天赋才华、对待丑陋之人的疾恶如仇，以及酷爱壮美山水的豪情激情，都是其来有自。就说他喜欢壮美事物的这一特征吧，我们从这些诗句中就能看出来。"七龄思即壮"的"壮"，"九龄书大字"的"大"，"性豪业嗜酒"的"豪"，"嫉恶怀刚肠"的"刚"，"饮酣视八极"的"酣"，都与他后来的精神气质、艺术审美和诗歌风格一脉相通。

《壮游》是一首长诗，主要内容是抒写青春时代的"壮游"。但开头部分从小时候写起，好像他的童年、少年就已积聚了勃勃雄气，为青春"壮游"拉开了序幕。再往下写，就开始了吴越之游，"东下姑苏台，已具浮海航"。诗人说自己东游苏州，登临姑苏台，想到了浮海远航。

年轻人的旅行本来就有许多相似的地方，李白和杜甫生活在昂扬奋发的盛唐，又都是激情洋溢的诗人，他们的青春壮游是尤为相似的。李白家在蜀中，杜甫家在中原，但他们的目光越过了千山万水，看到了吴越，看到了大海。李白从蜀中出发，从岷江到长江，从巴蜀到荆楚，从荆楚到吴越，直到大海之滨。杜甫并没有说过他的行程路线，但从情理来说，从中原出发到吴越一带，没有比大运河上乘船而行更方便了。隋唐大运河以洛阳为中心，以杭州为最南端，杜甫的家乡就在洛阳附近，他很可能是沿大运河从洛阳到苏州、杭州，从杭州沿浙东运河到会稽及上虞，再从上虞沿曹娥江入剡溪。《壮游》诗中，他写到苏州一带，还写到越州的镜湖、剡溪和天姥山，这些地方在唐代都是诗人们向往的地方。李白去过不止一次，赋诗多首，近年来浙江省开发浙东唐诗旅游路线，主要就是依据李白的诗歌勾勒出来的。

吴越之地就是江南。正是在唐代，随着大运河的畅通和江南经济文化的发展，越来越多的文人把旅行的足迹遍撒在吴越。中唐以后，更多人就把吴越叫作江南了。江南富庶繁华，有美丽山水、历史名胜和文采风流，所以李白、杜甫都是在二十多岁的时候奔向江南，正像今天有许多年轻人往往把人生第一次远游放在了江南。相比于唐代，江南的山水景观已有不少变化，譬如说盛唐时代那个烟波浩渺的镜湖只残余几个小湖，今天的剡溪之水肯定也不能跟李杜游览的剡溪相比，而杭州西湖是在中唐以后才变得越来越美，但是，要说人文历史，我们与李白、杜甫却有着同样的文化渊源和历史读本。在《壮游》诗中，杜甫提到不少历史人物，包括三让天下远走他乡的吴太伯、把匕首藏在蒸鱼中刺杀吴王僚的专诸、接连打败楚越两国却最终被越国击败的吴王阖闾、卧薪尝胆终于复仇的越王勾践、巡游天下东渡浙江的秦始皇，以及东晋时期功名赫赫又文采风流的王谢家族。李白游江南，也总是追怀这些历史人物并赋诗歌咏。

吴越漫游后不久，杜甫在洛阳应进士考试，结果落第了。这一年他只有二十三岁，落了榜也不至于太伤感，因为当时很少有人能以这个年龄在进士考中首战告捷。第二年，他父亲杜闲做了兖州司马。在地方上，司马是地位较高的文官。杜甫到兖州探望父亲，从此开始齐赵漫游，"放荡齐赵间，裘马颇清狂"。"齐赵"本是指春秋战国时期齐国、赵国的故地，但杜闲任职的兖州，严格来说属于鲁国故地。这里的"齐赵"，实际上包括了"鲁"。

春秋战国时期的齐、鲁两国以泰山为界，杜甫遨游之时，泰山是兖州和齐州的分界线。开元二十四年（736年），二十五岁的杜甫登上泰山。我们知道，泰山在古人心目中是极其神圣的。齐鲁儒士因此认为泰山是天底下最高的山、与天最近的山。要祭祀天上的神灵，就要到这里来。秦始皇两次来泰山封禅，汉武帝更是多达八次，后来的帝王纷纷效仿。到了唐代，唐高宗和武则天都来过，就在杜甫登临泰山的十年前，唐玄宗也来泰山举行封禅大典。泰山又以壮观著称，无数登临泰山的文人墨客，总想把泰山的壮观表现出来。现在，年轻的杜甫终于登上久已向往的泰山，心情激荡，思绪纷飞，该如何下笔？他挥笔写下《望岳》一诗：

> 岱宗夫如何？齐鲁青未了。
>
> 造化钟神秀，阴阳割昏晓。
>
> 荡胸生曾云，决眦入归鸟。
>
> 会当凌绝顶，一览众山小。

开头先发问一句："岱宗夫如何？""岱宗"是泰山独有的尊称，古人以泰山为五岳之首，诸山所宗。"夫"是发语词。终于见到泰山了，诗人不胜惊喜，也不胜敬畏，先发问一句：泰山究竟是什么样子啊？

首句一个设问，第二句如何接？诗人说："齐鲁青未了。"那郁郁苍苍的山色啊无边无际，溢出齐鲁大地之外。当初齐鲁两国以泰山为界，齐在泰山之北，鲁在泰山之南，后来就变成了地理概念上的齐地和鲁地。"未了"是不尽，不断，无穷无尽的意思。从未有人把这两个字放在"青"字之后，更没有人把"青未了"放在"齐鲁"之后。诗人利用泰山特有的历史、地理特点，以简洁新奇的五个字，一笔渲染出泰山的辽阔、磅礴和雄浑。

三、四两句极写泰山之高，"造化钟神秀，阴阳割昏晓"。意思是大自然造化把神奇秀美都聚集在泰山了，山南山北，分开了清晨与黄昏。"阴阳"在这里指泰山南北，古人以山北为阴，山南为阳。"昏晓"指黄昏和早晨。高耸的泰山挡住了太阳的光线，山北山南明暗不同，背阴的山之北像是黄昏，向阳的山之南如同清晨。山有阴阳之分，光线有明暗之别，诗人由此发挥，巧妙夸张。

五、六两句写目之所及，心之所感，"荡胸生曾云，决眦入归鸟"。"曾"跟"层"字相同，诗人站在山顶，眼看层云涌起，倏忽即来，顿觉荡涤胸襟，心神一振。"决眦"是裂开眼眶，"入"是收入眼底。诗人睁大眼睛凝视着归鸟远去，越飞越远，觉得眼眶都要裂开了。上句写层云，由远及近，下句写归鸟，由近及远。一收一放，从容自如，写出了独特的视角和感觉。

末两句是广为人知的名句，"会当凌绝顶，一览众山小"。有前边四句大气磅礴的蓄势和铺垫，这两句喷薄而出。青春的激情，志士的雄心，勇者的气概，都在其中。说到登泰山名句，这两句与孔子的"登泰山而小天下"相映生辉。说到盛唐之音，又与李白的"长风破浪会有时，直挂云帆济沧海"彼此呼应。

从古至今，歌咏泰山的诗文多到不可胜数，《望岳》堪称压卷之作。又因为是现存杜甫作品中最早的诗篇之一，今人编选杜诗，《望岳》往往是开卷之作。年轻的杜甫，在这首诗里表现出过人的才华，也抒发了不凡的抱负。"会当凌绝顶，一览众山小。"追寻杜甫的一生，不能不叹息他后来的遭遇充满艰难坎坷，但可以肯定地说，他的诗越来越成熟完美，在很多方面达到了无人企及的高度。他登上了古代诗歌艺术的"绝顶"，成为中国人心目中不可取代的诗圣。

裘马清狂

—○ 万里可横行

杜甫存诗一千四百多首，但三十五岁以前的诗流传下来的只有二十多首。尽管如此，还是可以从这些仅有的作品中，看到杜甫年轻时的胸襟、抱负和才华。上一篇，我们从杜甫的童年、少年说到青年，欣赏了《望岳》。本篇接着品读两首他年轻时的诗作：一首是歌咏骏马的《房兵曹胡马》，另一首是歌咏雄鹰的《画鹰》。

这两首诗都是咏物诗。人间万物，从飞禽走兽到花草木石，都可以形诸歌咏，咏物诗的题材可谓无所不在。但在内容上咏物诗受限于所咏之物，很容易流于平庸，所以作者虽多，精品难得。古人聚会时常咏物赋诗，唱和应酬，酒浓兴酣，自己蹒蹉满志，他人叫好称赏，但酒阑席散后回头去看，好诗难得一首。所以，古人一再感慨咏物诗难写，宋代的张炎说"诗难以咏物"，清代的吴衡照说"咏物虽小题，然极难作"。《全唐诗》收录四万八千余首诗歌，咏物诗占了六千多首，但真正在咏物诗创作上很有成就的诗人却不多。要说最有成就的，就是杜甫以及深受他影响的李商隐。杜甫生活在昂扬奋发的盛唐时代，喜爱壮丽雄浑的事物，这使他的咏物诗充溢着阳刚之美。李商隐生活在衰落颓废的晚唐，个性又偏于细腻柔弱，这使他的咏物诗满带着阴柔之美。杜甫最喜欢歌咏的是"万里可横行"的骏马，一生写下十多首。李商隐最喜欢歌咏的是"已带斜阳又带蝉"的柳树，一生也写下十多首。

杜甫写马，最有名的一首是《房兵曹胡马》。"兵曹"指兵曹参军，辅佐州府长官管理军事。"胡马"泛指产自西北边疆地区的马。有一天，杜甫看见房兵曹乘坐的骏马，诗兴大发，借马言志：

> 胡马大宛名，锋棱瘦骨成。
>
> 竹批双耳峻，风入四蹄轻。
>
> 所向无空阔，真堪托死生。
>
> 骁腾有如此，万里可横行。

第一句"胡马大宛名"，点出马的产地和出身。马是"胡马"，已经不凡了，又是大宛名马，那就是很高贵的出身了。从汉武帝珍爱的"汗血宝马"到唐玄宗时大宛所献的"玉花骢"和"照夜白"，大宛良马一直是勇猛和神奇的象征。第二句说"锋棱瘦骨成"，描述马的体态。这是一匹精瘦凌厉、神清骨峻的马，浑身上下没有赘肉。"锋棱"形容骨骼突起，犹如刀锋一般。

以画马著称的大画家韩幹与杜甫同时代，其审美品味却与杜甫大有不同，他画的都是壮硕的肥马。杜甫后来在成都碰到韩幹的老师曹霸，在赋诗颂扬曹霸善画的同时，也夸赞韩幹能画出马的姿势变化。但他又批评说："幹惟画肉不画骨，忍使骅骝气凋丧。"意思是韩幹画的马太肥了，见肉不见骨，把骏马的生气都丧失了。

三、四两句一写马耳，一写马蹄，"竹批双耳峻，风入四蹄轻"。意思是说，这匹大宛马双耳直挺，好像削断的竹子，奔跑起来四蹄轻快，卷起一阵劲风。诗人写的是奔跑疾驰中的骏马。马的最高部位是马耳，小而直立，尖尖朝上。奔跑起来时，马头高高挺起，马耳越发显眼。马的最低部位是马蹄，奔跑起来好像足不着地，御风而行。

五、六两句赞美马的本领和品性，"所向无空阔，真堪托死生"。意思是说这匹马奔腾向前，无所谓大地有多么空旷辽阔。骑着这匹马驰骋，生死都可以托付给它。诗人在赞美骏马，也是在借物咏怀。一个人本领如同此马，忠诚如同此马，不就值得信赖吗？当今朝廷所需要的贤能之人，不就是这种既有本领又忠诚可信的人吗？

最后两句在赞美骏马的同时又勉励马的主人房兵曹，"骁腾有如此，万里可横行"。你有如此勇猛快捷的骏马，就可以万里横行，建立功名了。

整首诗就这么四十字，不但以传神的笔墨描写了一匹令人难忘的骏马，也寄托了自己的人生抱负，还勉励了马的主人。记得我在少年时代读到这首诗，从此就记住了马的"锋棱瘦骨""竹批双耳""风入四蹄"，无论到哪里，见了骏马，都会多一份喜爱之情和鉴赏之心。

杜甫一生爱马，咏马，他笔下的马几乎就是他自己人生命运的写照。三十多岁时，困守长安的杜甫，咏叹一匹曾经驰骋沙场、立功西域，而今却被豢养在马厩只能老死槽枥的骏马。四十多岁时，在穷困中奔波的杜甫写了好几首咏马诗，大都感叹良马被弃。虽然这些咏马诗之间隔着岁月，但刻画马的形象却从不重复。譬如说他写了《房兵曹胡马》，后边的咏马诗就不会再出现"双耳"和"四蹄"。他写马鬃，"五花散作云满身"，五花毛色散作满身云锦；写马尾，"骏尾萧梢朔风起"，漂亮的尾巴一甩，寒风呼啸而起；写马眼，"眼有紫焰双瞳方"，眼睛闪着紫光，双瞳有棱带角；写马的姿态和骄矜，"雄姿逸态何崷崒，顾影骄嘶自矜宠"。雄壮俊逸的姿态飘然出群，顾影自怜，傲然嘶鸣，自是备受宠爱。

《瘦马行》和《病马》作于安史之乱爆发后的战乱时期。《瘦马行》写一匹被遗弃的瘦马，此马去年还是沙场征战的骏马，现在却瘦到骨头暴出，一绊就倒，皮干脱落，毛色暗淡。诗的结尾说"谁家且养愿终惠，更试明年春草长"，意思是谁家有人收养此马，那就必能受惠，等到明年草长马壮，再来看它的本领。诗人写的是瘦马，透露出的却是自己不幸遭遇中的顽强和积极。

《病马》写于诗人漂泊秦州的时候。你完全可以想象，在群山包裹的异地他乡，一个在战乱流离中饥寒交迫的诗人，骑着一匹病弱的马踽踽独行。诗人心疼他的马因他受苦受累，感激他的马对他不离不弃：

> 乘尔亦已久，天寒关塞深。
> 尘中老尽力，岁晚病伤心。
> 毛骨岂殊众？驯良犹至今。
> 物微意不浅，感动一沉吟。

诗人说：我的马啊骑着你已经很久了，天气寒冷，边塞的路漫无穷尽。尘土飞扬中，苍老的你用尽气力。在这晚秋时节，你的病让我不胜哀伤。你的毛发骨骼并不差在哪里，宁愿驯良地伴随我直到今天。虽是低微的生物却情意深厚，我禁不住感动地为你沉吟。

　　同样是杜甫写的咏马诗，《病马》与《房兵曹胡马》相比，竟是如此的不同！与其说这是因为诗人已从青年走入晚年，不如说是因为仅仅二十多年间，唐王朝已从太平盛世陷入动荡乱世。

　　不过，杜甫的咏马诗大都歌咏的是骏马，大都有奔腾万里的志向。咏马之外，杜甫最喜欢歌咏的就是雄鹰了。其中一首题作《画鹰》，与《房兵曹胡马》一样都是青年时代意气风发之作。这两首诗一写骏马，一写雄鹰，笔力矫健，气势豪迈，如同姊妹篇。所不同的是，《房兵曹胡马》歌咏的是一匹真马，《画鹰》歌咏的是画上的鹰。以诗歌内容来分类，《画鹰》既是咏物诗，也是题画诗，既要咏鹰，也要题画。

> 素练风霜起，苍鹰画作殊。
> 㧟身思狡兔，侧目似愁胡。
> 绦镟光堪摘，轩楹势可呼。
> 何当击凡鸟，毛血洒平芜。

　　第一句先声夺人，"素练风霜起"，洁白的画绢上突然卷起凛然的风霜。第二句才说到画作，"苍鹰画作殊"。"殊"是特别。这幅画不同凡响，白色画绢上，是一只满带风霜肃杀之气的苍鹰。

　　首两句在说画，也在说鹰，画中的鹰已有扑来之势。随后两句聚焦在鹰上，都是传神之笔。上句写鹰身，"㧐身"同"耸身"，纵身往上的样子。"㧐身思狡兔"是说这雄鹰耸起身子，往上欲飞，正想着搜寻狡兔。下句写鹰眼，"愁胡"指发愁的胡人。西域胡人深目碧眼，所以把鹰眼比作"似愁胡"。"侧目似愁胡"是说雄鹰侧目而视，那样子就像忧郁的胡人。

五、六两句又回到画上，看似并未写鹰，却透出雄鹰的雄气雄风。"绦镟"是指系鹰的绳子和金属环。"摘"同"摘"。"轩楹"是堂前的廊柱，这里是指画绢所在的地方。这两句的意思是，束缚雄鹰的绦镟可以摘掉了，你看这关在堂前廊柱间的雄鹰，势不可挡，呼之欲飞。诗人既是在赞美鹰的气势，也是在赞美画的逼真。画上的鹰自然不是真的，但画家画出来的，分明是一只活生生的雄鹰啊！

有了五、六两句，末两句干脆把"画鹰"当作真鹰来写，"何当击凡鸟，毛血洒平芜"。什么时候能够展翅云霄，搏击凡鸟，把凡鸟的毛血遍洒在平旷原野。骏马的本领是驰骋奔腾，雄鹰的本领是"击凡鸟"。《画鹰》的最后两句，跟《房兵曹胡马》的最后两句"骁腾有如此，万里可横行"一样，都是借以抒发壮志雄心。

这首题画诗本来写的只是画面上静态的鹰，但诗人把这鹰写活了，写出了鹰的气势。一开头就是风霜肃杀之气，接着写鹰的耸身侧目，待时而动，然后以假为真，把画鹰变作真鹰来写，最后突出雄鹰搏击凡鸟的本领。

杜甫对绘画是很有品味的。他写过二十多首题画诗，在唐代诗人中数量最多，水准也最高。按照一般的理解，题在画上的诗才叫作题画诗。但唐人的题画诗只是写诗赞美绘画，真正把诗作题写在绘画上，恐怕是宋代才有的。虽然如此，唐人的题画诗对后人影响很大，尤其是杜甫的题画诗。

杜甫喜欢歌咏骏马雄鹰，跟他嗜好纵马游猎应该颇有关系。他漫游齐赵是在二十五岁到二十九岁的青年时代，《房兵曹胡马》和《画鹰》恰好作于这个时期。在《壮游》诗中，杜甫写到他年轻时裘马清狂、呼鹰逐兽的游猎生活："放荡齐赵间，裘马颇清狂。春歌丛台上，冬猎青丘旁。呼鹰皂枥林，逐兽云雪冈。射飞曾纵鞚，引臂落鹙鸧。"这种游猎生活，让他有更多机会与骏马耳鬓厮磨，与雄鹰朝夕相处，因此也熟悉马，熟悉鹰，观察入微，笔墨传神。

上一篇欣赏了杜甫登泰山写下的《望岳》。《望岳》的创作时间跟《房兵曹胡马》和《画鹰》大致相近。说到杜甫的青年时代，这三首诗是最有代表性的了。青春活力，英风豪情，笔力刚健，气势雄壮是其共同特点。

在中国传统美学中，常把美分作阳刚之美与阴柔之美，或者说壮美与优美。杜甫并不缺乏优美之作，但他的审美爱好和艺术风格，无疑是偏向壮美的。年轻时"放荡齐赵间，裘马颇清狂"的杜甫是这样的，年老时"万里悲秋常作客，百年多病独登台"的杜甫也是这样的。壮美是杜甫人生的底蕴，虽历尽磨难，仍不失其底蕴。壮美也是杜甫诗歌的底色，他的诗歌不断走向炉火纯青之境，虽千变万化，亦不失其底色。胡应麟在《诗薮》中谈杜诗，列举杜甫七言诗的"壮而闳大""壮而高拔""壮而豪宕""壮而沉婉"等特点，一口气举了十四个例子，写下十四个排比句，每一句都有"壮而"二字。无论是飞动、整严、典硕、秾丽、奇峭、精深，还是瘦劲、古淡、感怆、悲哀，全都有壮美的一面。与其说壮美的风格是杜甫艺术追求的结果，不如说更多取决于他的禀赋个性和心胸情怀。壮丽的画面，壮阔的胸怀，悲壮的歌吟，雄壮的气势，这种种壮美，是我们在欣赏杜甫诗歌的过程中，常常都会感受到的。

伟大知音

—○—

何时一樽酒

李白和杜甫的友情是中国文学史上的美谈。天宝三载（744 年）春，李白在当朝权贵的排挤下被唐玄宗赐金放还。同年春夏之交，刚刚经历人生风暴的李白来到洛阳，跟杜甫相遇了。当时，李白已经名满天下，杜甫是个年轻诗人。他们年龄相差十一岁，名声地位也比较悬殊，但一见如故。同年秋天，他们一同渡过黄河，登上道教圣地王屋山，寻仙访道。其后又顺黄河东下，同游汴州（今河南开封）、宋州（今河南商丘）。在宋州，客居在那里的诗人高适也加入进来，三个诗人一起同游。他们在城内的酒肆饮酒畅谈，在城外的楼台登高怀古。约在秋末冬初，他们来到距宋州不远的单父县（今山东单县），吊古感今，纵马射猎。第二年秋，李杜在鲁郡再次重逢。杜甫吟诗说:"余亦东蒙客,怜君如弟兄。醉眠秋共被,携手日同行。"

这次鲁郡重逢,杜甫还写有《赠李白》:"秋来相顾尚飘蓬,未就丹砂愧葛洪。痛饮狂歌空度日,飞扬跋扈为谁雄?"李杜分手前后,李白写了两首深情绵邈的诗:一首是《鲁郡东石门送杜二甫》,另一首是《沙丘城下寄杜甫》。可以说,李杜相遇相交是他们彼此的幸运。第一,李白是在刚刚遭受人生风暴后遇到杜甫的。在他痛苦、失落、寂寞、最需要朋友的日子里,至情至性的杜甫与他一起寻幽探胜、登高怀古、骑马游猎、饮酒赋诗,这不是很幸运吗?第二,对杜甫来说,名满天下又狂傲不羁的李白,与他这个小老弟一再同游,何尝不是一种荣光与勉励。第三,两个诗歌天才相遇,又惺惺相惜,一再同游,彼此之间必定会有心灵的碰撞和诗歌的感悟。李白赠诗给杜甫说"何时石门路,重有金樽开"。杜甫想念李白说"何时一樽酒,重与细论文"。虽然我们已经无法知道李杜举杯共饮时是如何论文说赋,切磋诗艺的,但从杜甫对李白的诸多评价来看,在当时没有人比他更懂得李白的伟大和李白诗歌的成就。杜甫论诗,主张"别裁伪体亲风雅,转益多师是汝师","不薄今人爱古人,清词丽句必为邻",何况天赐机缘,让他在三十多岁时遇到李白。有人注意到杜甫的诗歌主张和李白多有相同之处,也有人注意到喜欢写五律的杜甫在遇到李白后写出不少七言歌行,但如果要说李白对杜甫的影响之大,很可能要远远超过现有资料所能寻觅的考据。因为一个天才对于另一个天才的学习和借鉴并非亦步亦趋的模仿，而是艺术的领悟、灵感的激发和千变万化的创意。

"清水出芙蓉，天然去雕饰"，这是李白赞美别人的诗句，后人却总是以这两句诗赞美李白的诗。杜甫推崇李白诗歌清新俊逸，其实，他自己的作品中也不乏这样的作品。就说杜甫的《春日忆李白》吧，很像李白的诗歌，自然流美，清新俊逸，信手拈来而韵味无穷。

> 白也诗无敌，飘然思不群。
> 清新庾开府，俊逸鲍参军。
> 渭北春天树，江东日暮云。
> 何时一樽酒，重与细论文。

这首诗写在李杜鲁郡分手后的第三年，即天宝五载（746年），在京城长安一个春意盎然的日子，杜甫思念着远在江南的李白，写下这首五言律诗。

首联两句说，李白的诗作真是无人能敌啊，他那飘逸的才思远非常人可比。"白"后边是"也"，"飘"后边是"然"，两个语气助词使赞美的口气更带着热烈。而且，"白也"对"飘然"，堪称妙对。颔联两句说的"庾开府"和"鲍参军"指的是南北朝时期著名诗人庾信和鲍照。"清新"指清爽新颖，"俊逸"指俊美洒脱，后来就有了清新俊逸这个成语。后人评价李白诗歌，常说飘然不群，也常说清新俊逸，不只是因为杜甫这样说过，也是因为杜甫说得贴切传神。

后四句写相思。杜甫人在长安，长安在渭水以北，所以说"渭北春天树"。李白人在江南，江南在唐代常以江东相称，所以说"江东日暮云"。何处没有春天之树，哪里没有日暮之云，但杜甫这样轻轻松松来一个对句，友情诗情就全有了。你可以由此想象，长安的杜甫看见春树又绿，惦记着李白，江东的李白望着傍晚的云霞，挂念着杜甫，也可以由此想象，长安的杜甫遥望南方，只见天边暮云，江东的李白远眺北方，唯有远处烟树。好友相隔千里，相聚不知何时，于是又引出最后两句："何时一樽酒，重与细论文。"

在写下《春日忆李白》这首诗的前后，也许是前一年冬天，也许是同年冬天，杜甫还写有一首《冬日有怀李白》。冬天的孤独和寒冷让杜甫加倍思念李白，诗中说："寂寞书斋里，终朝独尔思。更寻嘉树传，不忘角弓诗。"大意是坐在寂寞的书斋里，从早到晚想到你。翻来翻去寻找你的文章，常把你的诗读了又读。

与《春日忆李白》《冬日有怀李白》的写作时间相近，杜甫还在另外两首诗中提到李白。一首是《送孔巢父谢病归游江东兼呈李白》。这是为孔巢父饯行的送别诗，诗中嘱托准备南下的孔巢父向李白问候，所以说"兼呈李白"。诗的结尾说："罢琴惆怅月照席：'几岁寄我空中书？南寻禹穴见李白，道甫问讯今何如！'"另一首《饮中八仙歌》，其中四句是李白的传神写照，至今广为人知："李白一斗诗百篇，长安市上酒家眠。天子呼来不上船，自称臣是酒中仙。"由于这首诗比较长，李白只是诗中所写的"饮中八仙"之一，我想放在下一篇再说。

至德二载（757 年），李白因坐永王李璘案被关进浔阳大牢，后来虽然出狱，几个月后却被再次定罪，长流夜郎。乾元二年（759 年）三月，李白在行经三峡的流放途中，至白帝城遇赦放还。九死一生，大喜若狂，李白乘船掉头东下，写下那首千古名作《早发白帝城》："朝辞白帝彩云间，千里江陵一日还。两岸猿声啼不住，轻舟已过万重山。"可惜当时的北方因安史之乱战火不断，杜甫又漂泊在偏远的秦州（在今甘肃武山县以东）。时隔半年左右，杜甫仍然不知李白已遇赦放还。他在牵挂和担忧中接连梦到李白，写下《梦李白二首》。我们来看第一首：

> 死别已吞声，生别常恻恻。江南瘴疠地，逐客无消息。
> 故人入我梦，明我长相忆。恐非平生魂，路远不可测。
> 魂来枫林青，魂返关塞黑。君今在罗网，何以有羽翼。
> 落月满屋梁，犹疑照颜色。水深波浪阔，无使蛟龙得。

全诗可以分作梦前、梦中、梦后。前四句写梦前，大意是说，死别已让人泣不成声，生离也使人不胜悲伤。江南山泽是瘴疠流行的地方，被贬谪的人为何音讯全无？李白音讯全无，又是有罪之身，被流放在瘴疠流行之地，杜甫深恐他遭遇不测，忧思成梦。

"故人"以下六句写梦中。先是惊喜，梦中见到了李白，"故人入我梦，明我长相忆"。老朋友来到我的梦里，因为你知道我对你的思念已经很久很久了。继而惊疑，"恐非平生魂，路远不可测"。梦里的你不是亡魂吧，路途如此遥远，险不可测，你是怎么来的啊！接着是惊恐和哀伤，只觉得见到的是亡魂，"魂来枫林青，魂返关塞黑"。你的魂灵穿过南方幽暗的青枫林来到这里，现在又要穿越北方边塞漆黑的夜匆匆返回。梦中六句，两句一转，从惊喜见到故人，到疑心见到的只是故人亡魂，再到为亡魂的黑夜奔波而痛心哀伤，迷离惝恍中，忽喜忽疑忽悲。

"君今"以下六句写梦醒，也是两句一转。先是噩梦半醒，惊魂不定，"君今在罗网，何以有羽翼"。你如今陷入罗网，哪有羽翼飞到这北方边塞？然后是月光之下，梦已渐醒，心悸未已，"落月满屋梁，犹疑照颜色"。落月斜辉洒满了屋梁，月光中好像还看到你憔悴的容颜。最后是梦已全醒，为李白祈祷，"水深波浪阔，无使蛟龙得"。水深浪大，波涛汹涌，多多保重啊，别让水里的蛟龙把你吞噬。

写了这首诗后，杜甫又梦到了李白，于是写下第二首。第二首梦醒后的感叹尤其写得好："冠盖满京华，斯人独憔悴。孰云网恢恢，将老身反累。千秋万岁名，寂寞身后事。"大意是说，京城中冠盖相望，无德无能之人也是沐猴而冠，才高的你却偏偏落得这样困顿憔悴。谁说天网恢恢，作恶的逍遥不法，直率的你到老反被牵连受累？你的不朽名声将千秋万代永远流传，可是生前却这样寂寞悲凉。诗人为李白的不幸深感伤心和愤怒，他为李白鸣不平，为李白大声歌呼。相知之深，情意之切，还有谴责的锋芒，诗意的精警，令人感动，也引人沉思。

不久，杜甫终于得知李白遇赦放还，到了洞庭湖一带。当时杜甫仍在秦州，秦州地处边塞，如在天的末端。所以，这一首诗叫作《天末怀李白》：

> 凉风起天末，君子意如何。鸿雁几时到，江湖秋水多。
> 文章憎命达，魑魅喜人过。应共冤魂语，投诗赠汨罗。

前四句是对李白的牵挂思念。诗人深情地说，我远在天边，凉风吹来深秋的寒意，不知你此时心境如何。想托鸿雁给你传去书信，又不知何时才能抵达。秋水上涨，南国遍是江河湖泊，更不知你船在何处。后边四句既是为李白鸣不平，也是抒写自己的一腔幽愤，其中揭示的是许多文人才子共同的悲剧命运。"文章"泛指文学，"文章憎命达"是说文学不喜欢文人命运通达。"魑魅"指山林中害人的鬼怪，这里指邪恶之人，"魑魅喜人过"是说邪恶的人偏偏喜欢揪住文人的过错。文人才子多是坎坷不遇，恰是因为命运坎坷不遇才写得出真性情的作品，但这真性情又总是得罪邪恶之人，结果招致更多的迫害与磨难。这样的命运，实际上就是历史上许多文人才子摆脱不了的宿命。"应共"两句也是愤激之语，意思是说，李白啊，在你漂泊的地方，能跟你共语的只有屈原的冤魂了，你就投诗汨罗江，诉说你的忧愤吧！屈原被放逐，投汨罗江而死，所以说"投诗赠汨罗"。

《梦李白二首》和《天末怀李白》，都是乾元二年（759年）写于秦州。同年岁末，杜甫一家漂泊到蜀郡郡府成都，第二年在浣花溪畔建了草堂。到了李白的家乡却见不到李白，杜甫又写下一首五言律诗《不见》：

> 不见李生久，佯狂真可哀。世人皆欲杀，吾意独怜才。
> 敏捷诗千首，飘零酒一杯。匡山读书处，头白好归来。

第一句"不见李生久"看似大白话。我们现在常说"很久不见"，杜甫只不过将这意思倒装了一下，把"久"字放在句末，读起来就有味道了。至今有很多人喜欢把"李生"从诗句里拿下来，换上朋友名字，以此表达对朋友的思念。末两句"匡山读书处，头白好归来"，也很浅白。李白少年时代在匡山读书，杜甫此时客居成都，李白如果头白还乡，他们就能相聚了。诗的一首一尾，前后呼应，好像在跟李白说家常话。

除了一首一尾，中间几句都在为李白鸣不平。"佯狂"是假装癫狂。李白的放浪形骸，是发泄郁闷的狂歌痛饮，蔑视权贵的狂傲不羁。世俗之人既不知李白盖世才华，也不知李白的率真可爱，总是因为李白的不拘小节而大做文章，所以说"世人皆欲杀"。与之相反，诗人自己以李白的知音为傲，"吾意独怜才"。"世人"与"吾意"，一"皆"一"独"，一"欲杀"一"怜才"，泾渭分明，判若云泥。"敏捷"两句，又是鲜明对比，李白的才华是"敏捷诗千首"，李白的命运却是"飘零酒一杯"。颔联和颈联是两组巧妙的对句，更是两组富有张力的深刻对比。

宝应元年（762年）冬，李白病逝于当涂，再也不可能像杜甫所期望的那样"头白好归来"。就在李白去世前夕，远在蜀中的杜甫闻知李白在当涂养病，写了首诗寄给他，题作《寄李十二白二十韵》。他从李白名满天下开始写起，抒写了李白的才华和荣光，冤屈和不幸。全诗四十句，其中两句对李白的赞美最是广为人知："笔落惊风雨，诗成泣鬼神。"

说到这里，我想你会赞同我的想法，杜甫是李白的伟大知音。曹丕《典论·论文》被视为中国文学批评史上第一部文学专论，一开头却很不客气地说"文人相轻，自古而然"。李白和杜甫是诗歌顶峰上的双子星座，一个是诗仙，一个是诗圣，却能相惜知音。尤其是杜甫，令人感动的不只是他对李白的友情有多真挚有多恒久，还有他对李白的相知之深，以及由此而来的对李白诗歌评价的精辟和恰当。这是诗圣对诗仙的解读，是天才对天才的领悟。

旅食京华

盛世八仙

○ 长安市上酒家眠

上一篇说到杜甫三十三四岁时和李白的交游，并由此展开话题，把他二十多年间思念李白的诗作放在一起来谈。本篇按时间顺序回到杜甫的生平经历中去，从他三十五岁来到长安说起。

天宝四载（745年）秋末，杜甫和李白在鲁郡分手后回到洛阳，不久就来到长安。这时候的长安，是李白在极度失望中离开不久的长安。此前一年，李白在权贵的谗毁和排挤下被迫远去，从此再也没有回来。这时候的长安，又是杜甫怀抱一腔热望，梦想着施展抱负的长安。他在洛阳、汴州、宋州和鲁郡陪伴李白度过了一段暴风雨后的痛苦日子，然后，他自己来到长安，开始了京城十年的人生拼搏。

这一年是天宝五载（746 年），仍然算得上盛世。让后人一再追慕的盛唐时代，是指唐玄宗在位的开元年间和天宝年间。开元就是杜甫在晚年回忆中歌咏的"开元全盛日"，天宝是开元盛世的延续，唐王朝在表面上看依旧是天下太平，国家强大，士人们也照旧还是积极进取、昂扬奋发。杜甫初到长安，少不了有许多兴奋、期望和憧憬。

《饮中八仙歌》就做于这一年。年轻的杜甫感受着京城的文采风流，诗酒狂放，怀想着两年前还在长安的李白，以及与李白并称为"饮中八仙"的贺知章、李琎、李适之、崔宗之、苏晋、张旭和焦遂，以传神笔墨描绘了一组盛唐人物群像。在诗中这些人物是依次登场的，我们就在这里逐一欣赏。

第一位是贺知章，诗的开头说："知章骑马似乘船，眼花落井水底眠。"贺知章是很多朋友都知道的。"少小离家老大回，乡音无改鬓毛衰。儿童相见不相识，笑问客从何处来"是他写的；"碧玉妆成一树高，万条垂下绿丝绦。不知细叶谁裁出，二月春风似剪刀"也是他写的。把李白夸为"谪仙"，为跟李白豪饮，以金龟换酒的还是他。他在武则天时就已经诗名远扬，在唐玄宗时官至秘书监，专掌国家藏书与编校工作。"八仙"之中，他年纪最大，乃朝中元老，所以诗人把他放在第一位。"知章"两句大意是说，贺知章骑马就像乘船，晃来晃去，他醉眼昏花，跌到井里就在井底安睡。这是戏谑的口吻，夸张的手法，诗一开头就带着幽默色彩和轻快笔调。

第二个人物是李琎，诗中说："汝阳三斗始朝天，道逢曲车口流涎，恨不移封向酒泉。""汝阳"是指汝阳王李琎，唐玄宗长兄李宪的大儿子。李宪当年把皇太子之位让给时为平王的唐玄宗，后来又谦恭谨慎地做臣子，因此很得唐玄宗的敬重。李琎幼时玲珑剔透，相貌俊秀，小名"花奴"。他雅好音乐，善击羯鼓和吹笛，颇得玄宗喜爱。"酒泉"指酒泉郡，在今甘肃省酒泉市，相传那里有一眼金泉，味如美酒。诗人写汝阳王，仍是戏谑口吻，夸张手法。觐见天子是天大的事情，这汝阳王竟然是痛饮三斗美酒才去觐见天子。路上又碰到载酒的车子，口水直流，遗憾自己没能封在酒泉郡。

第三个人物是李适之，诗中说："左相日兴费万钱，饮如长鲸吸百川，衔杯乐圣称避贤。""左相"是指左丞相李适之，唐朝宗室大臣，唐太宗长子李承乾的孙子。《新唐书》上说他酒量过人，夜里跟宾客宴饮欢聚，白天处理政事，公务照样及时办理。后因李林甫排挤，被免去相位，自嘲说："避贤初罢相，乐圣且衔杯。"诗中的"衔杯乐圣称避贤"由此而来，"衔杯"是贪杯，"乐圣"是嗜酒。"左相"三句的大意是，左相李适之每天为了酒兴不惜花费万钱，喝起酒来就像长鲸吞吸百川之水。他嗜酒贪杯，连罢相这么大的事也称作是让贤而已。

第四个人物是崔宗之，诗中说："宗之潇洒美少年，举觞白眼望青天，皎如玉树临风前。"崔宗之是朝廷重臣崔日用之子，袭封齐国公，担任过礼部郎中、右司郎中等职。如果没有这三句诗，我们所能知道的就是这类呆板的记载。有了这三句诗，崔宗之才是既帅气又高傲的活生生的美男子。"玉树临风"是很形象的比喻，后人以此作为夸赞潇洒美男的常用成语。"宗之"三句说，崔宗之是一个潇洒的美少年，他举杯痛饮的时候，白眼傲视青天，旁若无人，酒醉后越发风采照人，像迎风摇曳的玉树。

第五个人物是苏晋，诗中说："苏晋长斋绣佛前，醉中往往爱逃禅。"苏晋小时候是神童，长大了是才子，在朝廷做官又赶上唐王朝政治清明的时候，官至中书舍人，崇文馆学士，唐玄宗发布的诰命多由他执笔。"长斋"是吃长斋念佛，长期坚持过午不食。苏晋信佛，按佛家戒律，在佛像前斋戒时不能吃荤饮酒，但苏晋见了美酒就忘记修禅，常常大醉，把佛门戒律忘得一干二净。

第六个人物是李白。就像一组群像中有突出有重点，杜甫以更多的笔墨来描述李白，八仙之中，唯独写李白有四句："李白一斗诗百篇，长安市上酒家眠。天子呼来不上船，自称臣是酒中仙。"四句一气呵成，我们常说李白斗酒百篇，狂傲不羁，放浪形骸，这几句诗里都有了。在古代社会，天子的神圣是丝毫都不能触犯的，天子的话就是圣旨，面对圣旨，唯有诚惶诚恐，感激涕零。但杜甫竟写出了一个"天子呼来不上船，自称臣是酒中仙"的李白。要在古代正统诗文中，寻找一个在天子面前最大胆的形象，那就是杜甫笔下的李白了。别看就这么四句，如果没有李白的嗜酒狂放，杜甫的夸张妙笔，以及盛唐时代的开放风气，哪怕是三者缺一，都不可能出现这样的诗句。

第七个人物是张旭，诗中说："张旭三杯草圣传，脱帽露顶王公前，挥毫落纸如云烟。"张旭是中国书法史上的"草圣"。他早年就与贺知章、张若虚、包融并称为"吴中四士"，唐文宗时发布诏书，又将他的书法和李白的诗、裴旻的剑舞御封为唐代"三绝"。裴旻的剑舞已经失传了，今天在书法史上看张旭，很像是诗歌史上看李白，两个人都是才气惊人，嗜酒狂放。历史上有不少关于张旭的传说和记载，多是说他在酒醉中挥笔疾书，或狂走呼叫，或以头发蘸墨书写，但要说到最早关于张旭形象的传神描述，应该就是杜甫的诗句了。这三句诗大意是说，张旭饮酒三杯，笔走龙蛇，时人称他"草圣"。他不拘小节，在王公贵戚面前脱帽露顶，挥毫泼墨，满纸云烟。

第八个人物是焦遂。"焦遂五斗方卓然，高谈雄辩惊四筵。"焦遂乃布衣之士，有关他的所有记载还没有杜甫的这两句来得多。既然他能列入"饮中八仙"，就说明他在当时至少是个名士，而唐代的名士是少不了吟诗才能的。他酒量奇大，又口才极佳，越是酒酣耳热，越是辩才无碍，所以杜甫说他痛饮五斗酒方能才气迸发，卓越不凡，他高谈阔论，雄辩滔滔，语惊四座。

　　"饮中八仙"有皇室贵族，有朝廷大臣，也有布衣平民，他们之所以被并称，至少有三个特点：一是名气很大，二是才情过人，三是嗜酒狂放。说到嗜酒狂放，很容易想起魏晋名士，在魏晋时代嗜酒狂放是与生命意识和个性精神连在一起的。唐代社会文化开放，魏晋名士风度仍然颇有影响，而且融入了盛唐士人的豪迈、乐观和自信。尤其是盛唐诗，王翰说"醉卧沙场君莫笑，古来征战几人回"，杜甫说"饮酣视八极，俗物都茫茫"，岑参说"一生大笑能几回，斗酒相逢须醉倒"，盛唐人的嗜酒狂放中，有放浪形骸的无拘无束、借酒宣泄的悲歌慷慨、寄托情怀的豪壮豪迈，也有蔑视权贵的自傲自尊。最典型的是李白，他的《将进酒》《襄阳歌》等诗，从头到尾都是纵酒狂歌。

　　杜甫写"饮中八仙"，一方面表现他们嗜酒狂放的相似之处，另一方面，根据每个人不同的年龄、身份和才能，突出每个人的不同特征。贺知章年事最高，八十有余，酒醉后"骑马似乘船"。崔宗之是高傲的美少年，"白眼望青天"，"玉树临风"。汝阳王是皇室贵族，很得玄宗宠爱，所以说他"三斗始朝天"，"恨不移封向酒泉"。苏晋吃斋念佛，却又贪杯嗜酒，所以说他"醉中往往爱逃禅"。八仙之中，写得最生动的还是李白和张旭。李白以诗名扬天下，在长安时又是唐玄宗赏识的侍从文人，所以说他"一斗诗百篇"，"天子呼来不上船"。张旭以书法名动四方，所以说他"挥毫落纸如云烟"。

　　《饮中八仙歌》是盛唐人物的群像，京城名士的浮雕，诙谐幽默，节奏明快，格调高昂。天宝五载的唐王朝看起来盛世依旧，长安城看起来也繁华依旧，天宝五载的杜甫仍然年轻，况且他又是初到长安，对于将来充满憧憬。杜甫是敏锐的，要不然他的诗不可能成为诗史，但此时的杜甫，尚未意识到大唐王朝的内囊已经腐烂了。早在开元后期，曾经很英明也很有作为的唐玄宗，就已经开始贪图享乐，懈怠朝政，宠信宦官和佞臣，到了天宝年间，越发地日甚一日，病入膏肓了。杜甫初到长安时，李林甫做宰相已经十年有余，既有唐玄宗的宠信，又已树大根深，变本加厉地排除异己。就在天宝五载，李林甫构陷太子李亨，从朝廷到地方的官员接连受此牵连。"饮中八仙"之一的左相李适之，就是在这种情形下被免去相位。杜甫化用李适之罢相后所写的诗，说他"衔杯乐圣称避贤"，可见当时他还活着。第二年，李林甫再次构陷太子李亨，受牵连的官员相继被杖杀或赐死。惊惧之下，李适之也服毒自尽。

从开元后期到天宝年间，随着唐玄宗的日渐昏聩和政治环境的不断恶化，必然会影响到唐朝士人的命运，"饮中八仙"自是不能例外。苏晋卒于开元二十二年（734 年），他在朝中做官，为唐玄宗起草诏令，主要是在开元前期和中期。这个时期朝廷政治清明，苏晋的官场生涯也很顺利。贺知章很长寿，到天宝元年已经是八十四岁了，天宝三载他告老还乡，唐玄宗倒没忘记礼遇这个朝中元老。李适之贵为唐太宗李世民的曾孙，在开元年间历任要职，有政绩也得民心，天宝元年又升为左相，但终究敌不过唐玄宗深为宠信的李林甫，在天宝六年服毒自尽。崔宗之是"饮中八仙"中最年轻的，在天宝五载还是一位"美少年"。史书上说他谪官金陵，不知所终。我们已无法确知他何时被贬，贬往何处，更不知道他卒于何时何地。以他那种年轻高傲，再加上天宝十五载安史之乱的爆发，这样的结局，在当时并不少见。

李白是天宝元年在唐玄宗的征召下来到长安的，雄心勃勃，但只做了不到两年的翰林供奉，就在权贵的谗毁和排挤下被迫离开了京城。这样一段宫廷遭遇，大起大落，让这个在政治上本来很天真的浪漫诗人，较早地感受了朝中的险恶莫测。李白离开长安不久，与杜甫相遇并一再同游，在他们朝夕相处的许多日子，李白不可能不告诉杜甫他在长安的遭遇，但杜甫比李白年轻十一岁，毕竟没有经历过长安官场，况且他生于奉儒守官之家，人生目标很明确，那就是参加科举并步步高升，以实现建功立业的政治抱负。年轻时，初到长安的满心期待，让他对这个已经令李白感到失望的长安，还抱着许多幻想。

天宝六载，玄宗诏令天下"通一艺者"到长安应试。早已跃跃欲试的杜甫，此时就在长安。他能不能如愿以偿？

奔走权门

○ 旅食京华春

天宝六载（747年）唐玄宗下诏求贤，只要精通一艺，就可以来京城参加考试。这不是例行的科举，而是唐玄宗临时设置的制举。天子做出广求贤才的姿态，要来一次选拔特殊人才的考试。杜甫跃跃欲试，志在必得。

然而，当时把持朝政的是唐玄宗宠信多年的李林甫，这场隆重的大考就操纵在他手里。李林甫出身唐朝宗室郇王房，郇王李祎是开国皇帝李渊的六叔。虽然已经七八代人过去了，他跟当今天子的血缘不算很近，但毕竟是唐朝宗室。有皇室背景，加上他有才干，精于权谋，使他在权力场上畅通无阻，一路顺遂。开元后期，曾经从善如流的唐玄宗渐渐耽于享乐，开元二十三年（735年）他在洛阳大宴五凤楼，各地官员带着乐队纷至沓来，接连喧闹了五天之久。就在这一年，李林甫做了宰相。唐玄宗和李林甫，一个是越来越沉溺声色的天子，一个是越来越投其所好、玩弄权谋的宠臣，有了这样一对君臣，唐王朝加速腐化。

李林甫生性阴柔，藏得很深，又口蜜腹剑，一边说着好听的话一边暗箭伤人。随着相位愈久，权力愈重，作恶愈多，对于贤能之才、忠直之士也就更加心怀戒备。现在唐玄宗下诏制举，选拔人才，李林甫唯恐草野之人有敢怒敢言者揭发他，因此百般阻挠，暗箱操作，致使一场轰轰烈烈的全国性考试，竟以无人上榜、全都落选而告终。按理说，唐玄宗再糊涂，也不该相信这种前所未有的荒唐。但李林甫上表称贺说"野无遗贤"，唐玄宗居然就信了。究其原因，除了对李林甫过分的宠信，恐怕还是因为这位早就头脑膨胀的皇帝，相信自己的圣明无远弗届，皇恩无所不至，已经是天下英雄入吾彀中了。就这样，权臣的为所欲为和天子的昏头昏脑，让天下赶考的士人们寒透了心。

杜甫三十七岁了，生活日渐窘困，不得不奔走于王侯权贵之门，投诗干谒。干谒是为某种目的而求人，投诗干谒就是把诗作呈送给达官贵人或者名流，希望得到援引举荐，谋求一官半职。杜甫晚年追叙往事说："长安秋雨十日泥，我曹鞴马听晨鸡。公卿朱门未开锁，我曹已到肩相齐。"诗人以自嘲的语气，回忆当年既悲凉又滑稽的场面：长安城秋雨连绵，接连十多天都是路途泥泞。我们早早地把马鞍套在马背上，静等着晨鸡叫鸣。公卿大人的朱门尚未打开，我们已恭候门前，肩挨肩站了一大堆。

这不是很俗气吗？其实在唐代士人那里很正常，就像今天的年轻人排队面试，投递简历一样正常。世界几大古老文明中，要数中国文明最能打破世袭制度，给寒门子弟踏入仕途的机会。这是因为王权高度集中，容易摆脱贵族世袭制的牵制，而且，帝王可以借助士人的力量来压制贵族。汉武帝时开始实行察举制，先由地方官员考察、选取人才并推荐给上级或中央，由此就形成了干谒的风气。唐代实行科举制，考生在考试前要把诗文投送朝中显贵，再由朝中显贵推荐给主考官。同时，朝廷也鼓励地方官员和朝臣直接推荐人才。虽然这种不经考试就被重用的人才实属凤毛麟角，但也激发不少读书人投诗干谒，希求援引。李白就是奔波多年之后，经人荐举，最终得到天子征召进入翰林院。北京大学的葛晓音老师说，在古代社会中"干谒始终与文人求仕相伴随，然而哪一个时代都不如初盛唐的干谒兴盛"。相比于其他古老文明，中国古代的士人能够不受贵族世袭制度的封杀，靠荐举、科举踏入仕途，无疑是很幸运的，但为了得到权贵显贵的举荐，往往要在人格上忍受屈辱，承受代价。奔走求告，栖栖惶惶，遭白眼，受冷遇，纵有一身才气，却不得不向平庸无能又趾高气扬之辈低下头来。今天的人也常常叹息求人难，求职难，但跟古代读书人相比，那就容易太多了。因为今天的世界价值多元，选择多样，大可不必如过江之鲫一样全往官场上挤。

杜甫写过不少干谒诗，这些诗多是歌功颂德、低声下气之作。但其中也有佳作，最出名的一首是《奉赠韦左丞丈二十二韵》。此诗大约作于天宝七载，也就是杜甫参加制举考试却连同所有考生全都落榜的第二年。"韦左丞"是指不久前出任尚书左丞的韦济。尚书左丞是有实权的朝臣，监督稽核吏部、户部和礼部。"丈"是丈人，对老年男子的尊称。韦济的祖父是韦思谦，曾与杜甫的祖父杜审言在武则天时期同朝为官，韦杜两家或有世交之谊。韦家"一门三相"，韦济的祖父、二伯父和父亲，都曾经身居相位。韦济本人既以文章出名，仕途也一路高升，在出任尚书左丞之前是河南尹，也就是在东都洛阳做市长。他赏识杜甫的才华，常当着许多官员的面朗读杜甫的新作。在韦济从河南尹升职为尚书左丞的前后，杜甫给他写过三首诗。第二首题作《赠韦左丞丈济》，末四句是："老骥思千里，饥鹰待一呼。君能微感激，亦足慰榛芜。"杜甫说：我是一匹年老的骏马，仍想着奔腾千里。我是一只饥饿的雄鹰，等待着你的一声召唤。只要您能被我的话稍加打动，也就足以宽慰我这草野之人。古人到了四十岁就自称老夫，杜甫年近四十，觉得时不可待，自比"老骥""饥鹰"，急于谋取官职，施展身手。

过了些日子，想必是没有等到消息，杜甫又写下这首《奉

赠韦左丞丈二十二韵》。诗比较长，可分作三部分。先看第一
部分：

> 纨绔不饿死，儒冠多误身。
>
> 丈人试静听，贱子请具陈。
>
> 甫昔少年日，早充观国宾。
>
> 读书破万卷，下笔如有神。
>
> 赋料扬雄敌，诗看子建亲。
>
> 李邕求识面，王翰愿卜邻。
>
> 自谓颇挺出，立登要路津。
>
> 致君尧舜上，再使风俗淳。

　　既然是干谒诗，诗人就先来毛遂自荐。开头四句说，纨绔
子弟再没出息也不会饿死，寒窗苦读的儒生却大都贻误自身。
委屈韦大人您静静地听，让我这个卑微的晚辈向您细说。前两
句放开说，自嘲中有自傲，提领全诗。后两句收回来，引出下
面的自我介绍。"甫昔"以下十二句，介绍自己少年得意，才
学过人，抒发远大抱负。大意是说，我在少年时代，就已经充
当参观王都洛阳的来宾。读书读了万卷，下笔如有神助。我的
辞赋能与扬雄匹敌，我的诗篇可与曹植相近。李邕想跟我见
面，王翰愿和我结邻。我自认为是一个很杰出的人，相信自己
很快就能身居要津。期望着辅佐君王去超越尧舜，让社会风

尚变得朴素敦厚。诗人少时在洛阳就有诗名，引以为傲。因为从小就很出众，少年时代的诗人很自信，踌躇满志，以为自己很快会得到国家重用，辅佐君王，改变社会。如果说少年人不乏骄傲和梦想，那么，生活在开元盛世的天才少年杜甫，就更是如此了。

然而，现在呢？少年之梦实现了吗？在"致君尧舜上，再使风俗淳"两句之后，诗人的笔墨突然一转："此意竟萧条，行歌非隐沦。"这些梦想全都落空了，我现在吟诗放歌，就是不想被埋没啊！从这两句转入另一种生活的描述。

> 此意竟萧条，行歌非隐沦。
> 骑驴十三载，旅食京华春。
> 朝扣富儿门，暮随肥马尘。
> 残杯与冷炙，到处潜悲辛。
> 主上顷见征，欻然欲求伸。
> 青冥却垂翅，蹭蹬无纵鳞。

前面写的是少年时的骄傲和梦想，这十句写的是如今的失意和困顿，两相比照，使人为之凛然，为之叹息。"骑驴"两句说，我骑着瘦驴奔走了十三年，寄食京城，空度一个个大好的春天。"骑驴"是跟显贵之人的骑马比，"十三载"当是指从二十四岁洛阳赶考到如今客居长安。"京华"不仅指长安，也指洛阳，唐朝以西都长安和东都洛阳为两京。"京华春"放在"旅食"之后，诗人把西都东都的繁华与春光明媚，跟一个骑驴的旅食者，构成冷酷无情的反衬。"朝扣"以下四句说，早晨就去敲富贵人家的大门，傍晚尾随在肥马扬起的灰尘里。吃人家残余的饭菜，到处都潜藏着悲伤辛酸。北齐文学家颜之推在《颜氏家训》中告诫子孙说，不能处在低下的座位上，遭受"残杯冷炙之辱"。杜甫却真实地把自己的遭遇写出来了，哪怕这遭遇是别人避而不言的锥心的屈辱和尴尬。京华骑驴，朝扣朱门，暮随肥马，残杯冷炙，这是诗人勾勒的漫画式自画像，又何尝不是上千年来潦倒读书人奔走求人的一幅幅画面。

"主上"以下四句，说的是一年前参加制举考试却落榜的事。"主上顷见征，欻然欲求伸"，天子下诏制举，征求有一技之长的士人赴京应试，忽然有了改变命运的机会，梦想着一展身手。结果呢，"青冥却垂翅，蹭蹬无纵鳞"。以为自己可以展翅在蓝天晴空，结果却像断翅的鸟坠落下来。仕途蹭蹬，险阻难行，就像水中无法游动的鱼。诗人在这里提及这件事，无异于告诉韦济，我也希望以考试改变自己的命运，可是这条路无法走通，我是无路可走啊！由此，自然就转入第三部分。

第一部分说了少年时的骄傲和梦想，第二部分说了如今的失意和困顿，第三部分是与韦济诉说衷肠，坦诚中带着含蓄，希望中夹杂着失望：

> 甚愧丈人厚，甚知丈人真。
>
> 每于百僚上，猥诵佳句新。
>
> 窃效贡公喜，难甘原宪贫。
>
> 焉能心怏怏，只是走踆踆。
>
> 今欲东入海，即将西去秦。
>
> 尚怜终南山，回首清渭滨。
>
> 常拟报一饭，况怀辞大臣。
>
> 白鸥没浩荡，万里谁能驯？

"甚愧"四句是向韦济表达感激，意思是说，我很惭愧啊，你对我情谊厚重。我深深知道，你对我一片真诚。您常常在百官面前朗诵我的作品，夸奖诗句的新颖。"甚愧""甚知""每于"，副词的接连使用，强化了感情的表达。诗人由衷感激，可是韦济的赏识和关怀似乎并没有多大帮助，这又让诗人的心里万般复杂。"窃效"两句用了两个典故："贡公喜"说的是西汉人贡禹，他听说好友王吉显贵起来了，便觉得自己的苦日子也快到头了，高兴得弹冠相庆；"原宪贫"说的是孔子的学生原宪，以安贫乐道出名。两句大意是，我为您当上了尚书左丞而欢喜，就像贡禹听到好友升职而弹冠相庆。同时又心怀期待，很不甘心像原宪那样贫穷下去。诗人借用遥远的历史典故，说出此时想说的大实话。

显然，杜甫对韦济曾经抱着很高的期待。前面说了，这首诗是杜甫向韦济投出的第三首干谒诗。韦济对杜甫的生活不无关怀，对杜甫的诗歌更是赏识，但他好像并没有尽力帮助杜甫踏上仕途。或许他有为难之处，或许他看中的只是杜甫的诗才，或许在向他干谒的士人中，还有不少三亲六故，杜甫还排在后边。总之，杜甫踏入仕途的希望渺茫如旧。在这种情形下，诗人既不能抱怨于他有恩的韦济，又不能催促韦济为自己的事再加把劲儿，他只说了这样两句："焉能心怏怏，只是走踆踆。"我怎么能心里郁闷不快，却又总是且进且退，原地打转？

诗人不想在这种看不到希望的等待中煎熬下去了。"今欲"以下八句说，我要往东奔向大海，即将离开这秦国旧地。可我还是留恋着终南山，忍不住回首眺望渭水之滨。常常想着报答一饭之恩，况且在这将要向您辞别的时候。让我像白鸥那样投身在浩荡的烟波间，万里飞翔，谁能把我驯服？

"白鸥没浩荡，万里谁能驯？"最后两句，让我再次想到《望岳》的末两句"会当凌绝顶，一览众山小"，《房兵曹胡马》的末两句"骁腾有如此，万里可横行"，《画鹰》的末两句"何当击凡鸟，毛血洒平芜"。这潇洒江湖、脱俗出世的白鸥，却也是骏马雄鹰的气概。我相信，当杜甫挥笔写下这几句诗的时候，他又沉浸在漫游吴越、放荡齐赵、登临泰山的回忆中。他无疑是想摆脱困守长安、干谒求仕的窘境，回到裘马清狂、豪迈洒脱的往昔。

可是，他的人生理想是"致君尧舜上，再使风俗淳"，而实现这一理想的人生选择，只能是从政做官，登上"要路津"，建功立业。他并没有离开长安，长安城还有漫长的岁月等着他。

征人悲歌

○ 武皇开边意未已

　　天宝十载（751 年）正月，朝廷连续三天举行祀太清宫、祀太庙、祀南郊三大典礼，杜甫接连写下《朝献太清宫赋》《朝享太庙赋》和《有事于南郊赋》。这一次终于引起皇帝的注意，唐玄宗让他在集贤院等待诏命，令宰相考一考他的文章。眼看着机会来临，功名有望，咸鱼翻身，但这宰相仍然是李林甫，结果他只得到一个列入选拔人才的资格，然后就不了了之了。希望之后是更大的失望，而且，生活也越发困窘了。仕途不顺让杜甫饱经艰辛，却也让他对社会现实有了更多的观察，拉近了他与社会底层贫苦百姓的距离。

大约就在这一年，杜甫写下了不朽名作《兵车行》。这首诗很可能是杜甫创作最早的新题乐府、即事名篇，在中国文学史上有特殊的意义。

新题乐府是相对于古题乐府而言的。乐府本来是宫中管理音乐的官署，后来把乐府收集并制谱的诗歌称为乐府。唐代以来，干脆把西汉到南北朝的乐府诗以及后人模仿乐府诗的作品都叫作古乐府。古乐府大都因袭古题，又叫作古题乐府。李白的歌行体诗多是古题乐府，抒发的却多是个人情怀，像我们大家熟知的《蜀道难》《行路难》《将进酒》等，皆是如此。到了杜甫，继承汉乐府"缘事而发"、反映现实的精神，自创新题，用新题写当时发生的事情，这就是新题乐府。又因为新题乐府是以诗中所描写的事来为诗歌命名的，所以叫作即事名篇。就像杜甫的《兵车行》《丽人行》《石壕吏》《新婚别》等新题乐府诗，都是根据诗歌所咏之事来命名的。

大家知道，中唐时期白居易、元稹等人倡导的新乐府运动，是中国文学史上的诗歌革新运动，但新乐府真正的创始人却是杜甫。元白等人是朝中大臣，他们彼此呼应，形成诗派，影响力之大自是杜甫所不能比的。但元白等人最是推崇杜甫，以杜甫的新题乐府诗为典范。杜甫虽然仕途潦倒，但在诗歌创作上不仅是汇集了前人精华的集大成者，而且多有创新，承先启后，仅以新题乐府诗而论，就已经是当之无愧的伟大诗人。

《兵车行》的了不起，首先是杜甫披露了天宝年间穷兵黩武的战争，特别是战争带给人民的巨大灾难。杜甫甚至把锋芒对准了当朝天子唐玄宗，直言谴责说"武皇开边意未已"。想想看，历史上曾经爆发过多少战争，又有多少是当时人的真实记载。正义的有人赞美，非正义的即使再血腥，通常不是被杜撰和美化，就是随着时过境迁而烟消云散了。再过几十年甚至几百年后，纵然有人追述也语焉不详，往往以死亡多少万之类的一两行字草草了结。至于黎民百姓因战争而承受的巨大灾难和痛苦，能留下记录的更是寥寥可数了。

关于《兵车行》创作的背景，有三种说法。第一种说法是发生在天宝八载的石堡城之战。《资治通鉴》记载说，天宝八载六月，哥舒翰以兵六万三千，攻吐蕃石堡城，拔之，唐军卒死者数万。《兵车行》诗中说："君不见，青海头，古来白骨无人收。"两者之间，从时间到事件，是吻合的。只是杜甫既然说"古来白骨"，应该也包括天宝八载之前长达一百多年的唐与吐蕃的战争。唐朝在灭了突厥汗国之后，最大的强敌是吐蕃。唐朝与吐蕃之间的关系时好时坏，战火频繁时，单是青海湖附近已是尸骸遍野，白骨累累。第二种说法是发生在天宝十载的唐军攻打南诏之战。《资治通鉴》记载说，天宝十载四月，剑南节度使鲜于仲通讨伐南诏，全军覆没。杨国忠在朝廷面前为了掩饰这场惨败，派人到处抓丁充军，上枷送到军营，"于是行者愁怨，父母妻子送之，所在哭声振野"。这样的记载，与《兵车行》诗中所说的"耶娘妻子走相送"的场面很相似。第三种说法结合前两说，认为这首诗并不是针对某一场战争，而是"泛指天宝年间唐王朝的穷兵黩武政策，及其给人民带来的巨大灾难"（莫砺锋语）。

三种说法各有道理，但从《兵车行》的创作时间来看，唐与南诏的战争应该是主要的历史背景。如果说石堡城之战是为了阻止吐蕃对河西、西域的骚扰，解除对长安的威胁，有一定的正义性，那么，鲜于仲通率军攻打南诏的战争就纯属入侵了，而且在战争前后都发生了很多不光彩的事情。战前，剑南节度副使鲜于仲通和云南太守张虔陀，一再对南诏国粗鲁无礼，张虔陀甚至奸淫了南诏王阁罗凤的妻子与孩子，并反复索取财富，导致阁罗凤发兵围杀张虔陀。战后，身兼兵部侍郎和剑南节度使的杨国忠，为自己发动南诏战争开脱责任，为亲信鲜于仲通掩饰惨败并叙功邀功，又派人到处抓丁充军。

就是这样一场草率荒唐的战争，造成了数万唐军将士的死亡。杨国忠非但没有被追究责任，反而在第二年晋升为宰相，身兼四十余职。到了第三年，杨国忠又派李宓率军七万征讨南诏国，由于劳师远袭，军粮用尽，疫病流行，再次全军覆没。《兵车行》的写作时间当是在两场战争之间，杜甫所看到的那些"耶娘妻子走相送"的征人，很可能就死在唐军第二次攻打南诏国的战役中，无一生还。

了解了这些，再来看《兵车行》。诗一开始，就是很宏大却很悲惨的场面：

> 车辚辚，马萧萧，行人弓箭各在腰。
>
> 耶娘妻子走相送，尘埃不见咸阳桥。
>
> 牵衣顿足拦道哭，哭声直上干云霄。

这样的描述揪住人心，让人不能不往下看。那时候自然是没有电影的，但诗人同样会抓住画面，移动镜头，捕捉细节，渲染气氛。诗人先写车和马，兵车辚辚急行，战马萧萧悲鸣，正所谓先"声"夺人。接着写征人，他们原本是平民百姓，现在要去打仗了，各自的腰上都挂上了弓箭。然后写送别的父母妻儿，老老少少都来了。车马人流，黄土四起，连横跨渭河的咸阳桥也被尘埃遮蔽了。再然后是几个细节，"牵衣顿足拦道哭"。你可以想象孩子的"牵衣"，父母的"顿足"，妻子的"拦道"，一家人的"哭"；你也可以想象"牵衣"的不忍诀别，"顿足"的悲愤无奈，"拦道"的不顾一切，"哭"的伤心绝望。最后写"哭声"，在这生死离别之际，家家户户的"耶娘妻子"都是悲痛欲绝，哭声冲上了云天。

描述了整个大场面，然后写什么呢？那时候自然也是没有记者采访的，但诗人自己就像是充当了这一角色。他以设问的方式，让征人站出来说话，如同今天的记者采访，把话筒递给了征人。

> 道旁过者问行人，行人但云点行频。

或从十五北防河，便至四十西营田。

去时里正与裹头，归来头白还戍边。

边庭流血成海水，武皇开边意未已。

君不闻，汉家山东二百州，千村万落生荆杞。

纵有健妇把锄犁，禾生陇亩无东西。

况复秦兵耐苦战，被驱不异犬与鸡。

"道旁过者"指过路人，在这里就是指诗人自己。"点行"是按着名册点名，强征服役。"道旁"两句说，我向一位出征之人打听，他只是说衙门点名征兵太频繁了。"或从"以下四句，借这个征人之口讲述另一老征人的悲剧。征人说，有人十五岁就被征到北疆驻防，四十岁又被派到河西去屯田。离开家乡时还年少，头巾都不会裹，里长帮他缠头巾，归来时头发已白，又被点名去戍边。史书记载，唐太宗时征兵的最低年龄是二十岁。有一次他因兵源短缺，想让未满参军年龄的人入伍，魏徵劝谏说这是竭泽而渔，唐太宗省悟，下令停止征兵。但征人所述的老征人，十五岁就被征入伍，白发苍苍了仍然躲不过兵役。他的生命，硬是被官府一次次点名征兵剥夺净尽。

诗人借征人之口说到这里，早已是悲情难诉，怒火郁积，"边庭"两句是怒不可遏的喷发。正因为有无数的人被强征入伍，连年征战，才会导致边地塞土，血流成海，"边庭流血成海水"。而皇帝呢，非但不有所醒悟，还意犹未尽，继续扩张疆土，"武皇开边意未已"！"武皇"是汉武帝，在这里指唐玄宗。唐人习惯以汉代唐，说汉武帝，等于明说唐玄宗。诗人的忠君意识是很强的，但此情此景，面对老百姓的苦难辛酸，他忍无可忍，直斥唐玄宗的穷兵黩武。

"君不闻"以下六句，以"君不闻"领起，把说话人从出征之人那里转回自己。"汉家"仍然是以汉代唐，"山东"指函谷关、崤山以东，通常说关东。战国时代，秦在关西，六国在关东，后来关西关东就成了常见的地域概念。从地域上说，关东要比关西辽阔得多。"二百州"极言州郡之多，地域之广。诗人在这里强调"山东二百州"，把穷兵黩武带来的灾难从咸阳所在的关西地区，延伸到更广大的地区。这六句大意是说，你没听说吗？关东那么多州郡，千村万落，田园荒芜，荆棘遍地。男人们都戍边征战去了，纵然有健壮的妇人能耕种土地，田里的庄稼也是东倒西歪，乱不成行。关中兵最是吃苦耐战，更是总被官府驱遣，跟抓狗捉鸡没有两样。"况复秦兵耐苦战"的"秦兵"，以及诗中还将提及的"关西卒"，都是指关中兵。唐人向来认为关中兵吃苦耐战，战斗力强，因此，关中男儿更是难以躲过官府一次次的招募征兵。

诗人以一句"道旁过者问行人"，让出征之人站出来说话，然后又以"君不闻"领起，把说话人从出征之人那里转回到自己。再往下写，诗人以一句"长者虽有问"，再次让出征之人站出来说话，然后再次以"君不见"领起，回到诗人自己的声音，并以此收尾。诗人这样写，很有匠心和创意。乐曲形式中，有"二部曲式"，往往以结构相当的两个乐段所组成。歌曲形式中有"副歌"，出现在正歌——也就是主歌之间，许多歌曲都会出现一段重复的歌词及音乐段落。有些副歌的重复歌词完全相同，也有一些会在重复部分改变歌词。"二部曲式"也罢，"副歌"也罢，有两个类似的特点：一是以重复的形式来强调，二是把情感推向高潮。杜甫的《兵车行》两次让征人说话，又分别以"君不闻""君不见"前后两次领起，其中的艺术奥妙，与"二部曲式"和"副歌"是有相通之处的。再看《兵车行》的最后一部分：

> 长者虽有问，役夫敢申恨？
>
> 且如今年冬，未休关西卒。
>
> 县官急索租，租税从何出？
>
> 信知生男恶，反是生女好。
>
> 生女犹得嫁比邻，生男埋没随百草。
>
> 君不见，青海头，古来白骨无人收。
>
> 新鬼烦冤旧鬼哭，天阴雨湿声啾啾。

"长者"指年长德高之人，这里是征人对诗人的尊称，"役夫"指服役之人，这里是征人自称。刚刚说了，诗人再次让出征之人站出来说话。"长者"以下六句用征人的口吻说，您虽然在问我这些事情，可我哪里敢诉说怨怒？官府急着索取租税，租税从哪里来？现在我才知道生儿子那就惨了，如今这世道反而是生女孩好啊！女儿还能嫁给四邻五舍，儿子就只能死在边塞，埋没在荒草之中。征人的这些话说得很沉痛，很绝望。重男轻女在古人那里是很普遍的，可是碰上了这种"武皇开边意未已"、穷兵黩武的时代，生儿子既不能让他充当劳动力，还得承受生离死别，眼睁睁看着儿子去边塞送死。

"君不见"以下四句，以"君不见"领起，再次回到诗人自己的声音，并再次激起高潮，在高潮声中收尾。"青海头"指青海湖边，唐与吐蕃的战争，常常发生在青海湖附近。"烦冤"是烦躁愤懑的意思，"啾啾"形容凄厉的叫声。新鬼亡故不久，恨意未消，烦躁愤懑，旧鬼早已是孤魂游魂，只有哭声一片了。阴云密布，淫雨霏霏，鬼声啾啾，惨不可闻。

回头再看《兵车行》开头："车辚辚，马萧萧，行人弓箭各在腰。"全诗以车声、马声和一队队征人出征的场面开头，最后却是以新鬼、旧鬼哭声的结尾来呼应。无数生命就这样被强行征兵，走向死亡，抛在他们身后的是痛苦不堪的"耶娘妻子"，荆棘遍地的故土田园。可以想见，如此开头又如此搁笔的诗人，心里郁积着多少愤怒！

结合南诏之战来看这首诗，想一想早已懈怠朝政的唐玄宗，却偏要穷兵黩武；全无军事才能的杨国忠，却操纵三军；造成全军覆灭的败将鲜于仲通，却照旧官运亨通；与唐朝友好上百年的南诏，却因为唐朝地方大员的为所欲为而兵戎相见；本可以与爷娘妻子聚在一起过太平日子的老百姓，却被卷入不义战争白白送死，凡此种种，令人不胜唏嘘！

从天宝五载到天宝十载，从三十五岁到四十岁，从《饮中八仙歌》到《兵车行》，杜甫告别了青年时代，也告别了浪漫、豪迈、奔放的盛唐之音。比起盛唐其他诗人，他最早意识到大唐帝国的危机，并开始以越来越多的笔墨来反映现实。

杨家气焰

—— ○ 炙手可热势绝伦

上一篇说到杜甫的新题乐府，欣赏了他的不朽名作《兵车行》。本篇说说杨贵妃和她的堂兄杨国忠以及杨家姐妹的骄奢淫逸，欣赏杜甫新题乐府的另一首名作《丽人行》。杜甫喜欢写组诗，包括新题乐府诗，这方面明显的例子是后边将会谈到的"三吏""三别"。"三吏"是《新安吏》《石壕吏》《潼关吏》，"三别"是《新婚别》《无家别》《垂老别》。写作时间相近的《兵车行》和《丽人行》，很可能也是他创作意图中的姊妹篇。其一，《兵车行》写的是社会最下层的悲惨苦难，《丽人行》写的是社会最上层的权势气焰，诗人有意识地把社会最下层与最上层作强烈对比。其二，两首诗都把讽刺的锋芒主要指向当朝权贵杨国忠。

杨国忠是杨贵妃的堂兄，他的得势完全是因为杨贵妃得宠。杨贵妃是中国历史上最有名的女性之一，不管是说起"四大美人"的国色天香，还是说起李杨爱情的绵绵遗恨，抑或是说杨家祸国的可叹可恨，甚至是追溯安史之乱和唐代的由盛转衰，都少不了她。杨氏比唐玄宗年轻三十四岁，原是寿王李瑁的妃子。在杨氏之前，唐玄宗最宠爱的女人是武惠妃，李瑁就是唐玄宗和武惠妃的儿子。开元二十五年（737年）武惠妃去世，唐玄宗在众多嫔妃中挑不出满意的，偏偏看上了儿子的妃子。三年后玄宗下诏书，杨氏暂且出家做了女道士，道号"太真"。又过了四年，玄宗先让李瑁新娶韦氏，然后就把杨太真封为贵妃了。这一年唐玄宗六十一岁，杨氏只有二十七岁。当时后宫并无皇后，贵妃在妃嫔中地位最高，形同皇后。短短几年，杨氏从寿王妃变成了女道士杨太真，又从杨太真变成了杨贵妃。

唐玄宗是位多才多艺又喜好声色、很会玩乐的皇帝。开元前期，他励精图治，尚贤纳谏，尚能克制自己。但在开元后期，特别是在天宝年间，他的贪图享乐就像吸食鸦片，日甚一日，不能自拔。杨贵妃得宠正是从开元后期开始的，到了天宝年间，伴随着唐玄宗的年老昏聩，以及纵情于声色犬马之乐，杨贵妃受宠的程度与日俱增。她的父亲被追封为太尉，母亲封为梁国夫人，大姐封为韩国夫人，三姐封为虢国夫人，八姐封为秦国夫人。杨国忠不过是跟杨贵妃同一个祖父的堂兄，不学无术，酗酒好斗，就因为杨贵妃受宠，竟也跟着鸡犬升天。几年之间，他先是一跃成为掌管京城长安的京兆尹，身兼兵部侍郎，遥领剑南节度使，后又接替李林甫做了宰相。他发动征讨南诏国的战争接连惨败，不仅损兵折将，削弱了唐军的战斗力，而且导致老百姓承受苛捐杂税，激化了社会矛盾，把大唐王朝折腾得越发危机四伏。

杨国忠的权势在天宝十二载（753 年）达到了顶峰，杜甫讥讽他的《丽人行》就创作于同年春天。诗中出场的人物比较多，有游春的丽人美女，有杨家姐妹，有宰相杨国忠。又因为描述这些骄奢淫逸的人物，绣衣罗裳，珠围翠绕和山珍海味不断出现，画面罗列纷杂，镜头频繁转换。但诗人真是大师手笔，既精工细雕，又挥洒自如，层次清楚，布局巧妙。诗人先推出游春的众多丽人，再推出这众多丽人中的杨家姐妹，最后推出杨国忠。我们就以此划分，分作三部分。先看诗人笔下的长安丽人们：

> 三月三日天气新，长安水边多丽人。
>
> 态浓意远淑且真，肌理细腻骨肉匀。
>
> 绣罗衣裳照暮春，蹙金孔雀银麒麟。
>
> 头上何所有？翠微匐叶垂鬓唇。
>
> 背后何所见？珠压腰衱稳称身。

开头两句点出时间和地点，从容道来，增加真实感和现场感。"三月三日"是上巳节，在宋代以前这是很古老也很有诗意的节日。春游踏青，水边宴饮，春秋末年孔子与学生"浴乎沂，风乎舞雩，咏而归"，东晋时代王羲之等名士曲水流觞的兰亭之会，都是上巳节的事。"长安水边"当是指长安城南的曲江江畔。秦汉以来这里就是风景园林，盛唐时期更是拥有千亩水域的胜地，贵族仕女喜欢来这里游赏。天宝十二载的这个上巳节，又是一个天气清新的良辰佳日，仕女纷至，美人云集。

"态浓"两句写丽人之美，突出气质与风韵。她们姿色浓艳又韵致高远，美丽却不做作，肌肤丰润细腻又体态匀称。"绣罗"两句写美人衣着之美。金丝绣的孔雀，银丝刺的麒麟，亮丽的绣衣罗裳辉映着暮春美景。"头上"以下四句，写佩戴之美。她们头上戴的是什么呢？薄薄的翡翠玉花饰垂挂在两鬓。在她们的背后能看见什么？一颗颗珍珠缀在裙带上款款贴身。唐代女子爱美，何况是京城仕女。从张萱、周昉《的唐宫仕女图》，从敦煌壁画和雕塑，或者从陕西历史博物馆珍藏的文物中，都可以欣赏到。要说诗歌里的唐代丽人群像，莫过于《丽人行》里的描述了。

写到这里，杨家姐妹出场了。再看第二部分：

> 就中云幕椒房亲，赐名大国虢与秦。
>
> 紫驼之峰出翠釜，水精之盘行素鳞。

犀箸厌饫久未下，鸾刀缕切空纷纶。

黄门飞鞚不动尘，御厨络绎送八珍。

箫鼓哀吟感鬼神，宾从杂沓实要津。

这十句中并没有描绘杨家姐妹的美貌、风韵、衣着和佩戴。因为前面十句描述众多丽人时已经写到了这些，杨家姐妹的美就交由读者来想象了。诗人省略笔墨，改换角度，把画面对准了杨家姐妹盛大的宴席。"就中"两句点出杨家姐妹。就在这美女群中，帐幕之下，有后妃的亲戚，她们就是虢国夫人和秦国夫人啊！"椒房"本指汉代宫殿里的椒房殿，乃皇后所居之处，后来就称皇后为椒房，称皇后家属为椒房亲。"虢与秦"只说出虢国夫人和秦国夫人，并非意味着作为大姐的韩国夫人这天没有参加。以杨家姐妹名声之大，声势之赫，说出"虢与秦"也就够了。

"紫驼"以下八句，都是极写宴席之盛。诗人并未发表任何叹息或议论，却让我们不由得感慨起来。杨家姐妹享用的饮食是这样珍稀名贵，连蒸肉的锅和上菜的盘子也非同寻常。"紫驼之峰出翠釜，水精之盘行素鳞。"青色的蒸锅蒸出赤栗色的驼峰肉，水晶圆盘送来了鲜美的白鳞鱼。然而，这些稀有的美味佳肴，却无法唤起她们的食欲："犀箸厌饫久未下，鸾刀缕切空纷纶。"她们早已吃腻了，捏着犀角筷子久久不动，厨师们鸾刀若飞，细切如丝，也不过是白白忙活了一场。

杨家姐妹最大的乐趣并不是美食。就在这时，专门侍奉皇帝皇室的宦官，专为皇帝烹制食物的御厨，纷纷赶来了，"黄门飞鞚不动尘，御厨络绎送八珍"。宦官飞马赶来，也不敢扬起灰尘，御厨络绎不绝，送来八大奇珍。"箫鼓哀吟感鬼神，宾从杂沓实要津。"笙箫鼓乐缠绵悱恻，鬼神也被感动，宾客随从来往穿梭，全都是达官贵人。天子的隆宠，箫鼓的乐声，贵客的云集，无不添加着杨家的权势和荣耀。再珍奇的美味都可以吃腻，但荣耀和权势，却好像怎么也享受不尽，此中才有权贵人家的无限趣味。

这时候，当朝宰相杨国忠终于出场了：

> 后来鞍马何逡巡，当轩下马入锦茵。
> 杨花雪落覆白苹，青鸟飞去衔红巾。
> 炙手可热势绝伦，慎莫近前丞相嗔！

你看他是怎样出场的？诗人故意不说名字，只说是"后来鞍马"。"逡巡"是不慌不忙的样子。他骑马而来，来得最晚，达官贵人全都等候在宴席上，他却不慌不忙。"轩"是有窗的长廊，这里的"轩"当是指直接进入宴席的长廊。"锦茵"指锦绣地毯，这锦绣地毯铺在长廊上。宦官奉圣上之旨骑马前来，竟不敢扬起尘土，杨国忠却是骑马到了长廊才下马，下马就踏到锦绣地毯上。这么旁若无人，不可一世，还能是谁呢？肯定是当朝宰相杨国忠啊！

"杨花"两句，既写眼前景，眼前事，又暗含隐语，语含讥讽。"杨花雪落覆白苹"是眼前景，三月三日，时当暮春，飞飞扬扬的杨花像雪花一样飘落在水面白苹上。"青鸟飞去衔红巾"虽然夸张，却还是写眼前事。"青鸟"指青色的禽鸟，"红巾"指红色的手帕。唐代已流行手帕，王侯贵戚习惯在餐前洗手。杨国忠来了，准备入席饮宴，餐前洗手，连窗外的青鸟都好像晓得他的权势，匆忙衔来红色的手帕。不过，只看字面，容易忽略诗人的深意。"杨花""青鸟""红巾"，这三个词接连出现在两句之中，并非偶然。"杨花"有一典故。据《梁书》记载，北朝后魏有一名将之子叫杨白花，相貌堂堂，武艺不凡，时已孀居的胡太后喜欢他，跟他私通。杨白花害怕日后有杀身之祸，投奔南朝梁。胡太后想念他，作《杨白华》歌辞，歌辞中一再写到杨花，"杨花飘荡落南家"，"愿衔杨花入窠里"。"青鸟"既可以指青色禽鸟，也可以指神话中为西王母传信的神鸟，后来常被用作男女之间传情的信使。"红巾"指红色的手帕，在古代，手帕也被当作男女之间的定情之物。了解了这些，再结合史书所载杨国忠与虢国夫人的淫乱关系，其中的深意也就浮现出来了。《新唐书·杨贵妃传》中，有一段大意如下的记载：虢国夫人与杨国忠淫乱，广为人知，却不以为耻。每次觐见皇帝，两人在路上并驾齐驱，随从仆人有上百骑。

《丽人行》从一派从容开始，越写越有讽刺的锋芒，最后两句怒不可遏，如风雨骤至，惊涛涌起："炙手可热势绝伦，慎莫近前丞相嗔！"杨家炙手可热，权势无与伦比，小心啊千万别靠近，丞相大人会发怒训斥！欣赏古诗，常会发现有不少佳作是首尾呼应的，譬如说上一篇所说的《兵车行》。但我们看这首诗结尾两句，与开头两句"三月三日天气新，长安水边多丽人"，似乎毫不相干。如果再从开头看到结尾，你会发现，这首诗的匠心恰在于不断铺垫，不断推进。先是长安丽人们踏青游春，诗人的描述一如风和日丽的三月三日，从容不迫，波澜不起，接着是杨家姐妹的奢侈宴席，宦官飞马赶来，御厨络绎不绝，平静的笔墨下暗潮汹涌，最后是杨国忠登场，气焰熏天。

《兵车行》虽未指名道姓，实际上也谴责了发动征讨南诏国战争的始作俑者杨国忠。《丽人行》更是大胆，直言讽刺杨家姐妹的奢侈和杨国忠的骄横。下一篇还将欣赏《自京赴奉先县咏怀五百字》，诗中同样没有放过杨国忠。这三首诗分别作于天宝十载、天宝十二载和天宝十四载，而这几年间，正是杨国忠权倾朝野炙手可热的时候。虽说唐代社会相对开放，抨击当权者不至于因言获罪，但杜甫这样做，毕竟需要拿出足够的良知和勇气。且不说杨国忠会不会以三言两语堵住他的仕进之路，就连那些逢迎巴结杨国忠的朝臣，也很容易把杜甫拒绝在门外。在权贵横行极不公平的社会，勇于直言不免会付出巨大的代价，这可能就是杜甫潦倒不遇的一个很大原因吧！

凛冬来临

○ 天衢阴峥嵘

天宝十四载（755 年）十月，困居长安已长达十年的杜甫，被任命为右卫率府兵曹参军。这是个从八品下的闲职，负责看守兵甲器杖，管理门禁锁钥。职位很低微，杜甫照旧以布衣自称。尽管如此，总算在长安城有了点儿着落，杜甫连忙赶往奉先县看望寄居在那里的妻子儿女。

五言长诗《自京赴奉先县咏怀五百字》，大致就是以这次旅程的所见所闻为经线、所思所想为纬线精心创作的。对自己人生的思考，对国家命运的担忧，从长安出发时的可怕天气，渡河过桥之际的恐怖景象，华清宫内君主臣子的享乐，苍生百姓被欺凌压榨的贫困，外戚权贵歌舞声声的奢侈挥霍，诗人幼子被活活饿死的惨剧，以及从自己一家的不幸想到民生的艰辛，心事浩茫，感慨万端，错综复杂地交织在一起。诗人展示了一幅唐代社会大动荡前夕的社会历史画卷，准确预示了唐王朝即将爆发的危机和灾难。就在他写下这首诗后，或许只相隔十多天，导致唐王朝由盛而衰的安史之乱就爆发了。

如诗题所说，这首诗有五百字。不只是长诗，而且是字字锤炼、笔笔顿挫、层层迭出的长诗。可以说诗中有诗，随意把其中几句拿出来，都经得起品味。为了能够清晰地解读，这里就化整为零，逐层品读。

全诗可分作三部分。第一部分是"咏怀"，抒发情怀，同时也是对自己已往人生的思考，自嘲中有自傲。先看前边十二句：

> 杜陵有布衣，老大意转拙。
>
> 许身一何愚，窃比稷与契。
>
> 居然成濩落，白首甘契阔。
>
> 盖棺事则已，此志常觊觎。
>
> 穷年忧黎元，叹息肠内热。
>
> 取笑同学翁，浩歌弥激烈。

诗从自嘲开始。人到了四十多岁，常会感慨当初的梦想与今天的现实，诗人此时正是这样。起首六句说，杜陵杜氏是有名望的，却出了我这样的布衣，而且，越是年老越是不合时宜。我的自我期许有多迂腐啊，私下把自己比作辅佐舜帝的大臣稷和契。到今天落了个沦落失意，头发都白了，却还是宁愿受苦，甘之如饴。

理想是那样远大，现实又是这么残酷，周围少不了冷嘲热讽，自己也不能不面对。已经是"老大"不小之人了，就此放弃吗？改弦易辙吗？"盖棺"以下六句说，到了盖上棺材的那一天，那就啥也别说了，只要还活着，希望就在，我的这个志向不会改变。穷尽一生都在为老百姓担心忧虑，看到他们的苦难就叹息难过，五内俱焚。与我同师受业的人都已成了老翁了，越来越现实了，不免要来取笑我，我却比年轻时更激烈，还是要放声歌呼。

诗人经历坎坷，感喟很深。在前面几篇中，我们从杜甫的童年、少年说到中年，从《望岳》《房兵曹胡马》《画鹰》说到《奉赠韦左丞丈二十二韵》《兵车行》《丽人行》。回头去看诗人走过的人生，写下的诗篇，也就理解了《自京赴奉先县咏怀五百字》开头的这些诗句。在今天这个瞬息万变、越来越物质化的时代，"忧国忧民""九死不悔"好像只是轻飘飘的几个字，甚至连今天的长者，也得从更老一辈的故事中，找到与古代仁人志士沟通的桥梁。杜甫就是这样一位仁人志士，"诗圣"的称号里，不只包括了惊人的诗歌艺术才能，还有崇高的济世救民精神。

在古代社会，爱国忧民总是与忠君分不开的。"非无"以下八句明显有忠君思想，却并非愚忠。

> 非无江海志，萧洒送日月。
> 生逢尧舜君，不忍便永诀。
> 当今廊庙具，构厦岂云缺。
> 葵藿倾太阳，物性固莫夺。

诗人说，我不是没有归隐江湖的打算，潇潇洒洒地度过时光，只是觉得生逢尧舜那样的明君，不忍心一去了之。我也知道当今朝堂上有的是栋梁之才，要建造大厦哪里还缺少我这块材料？可是，就像葵花朝着太阳开放，忠诚的天性怎能轻易改掉！诗人所言有真话，有反话。他是忠君的儒者，况且一生下来就赶上开元盛世，唐玄宗确曾是他心目中的尧舜。但如今的唐玄宗沉迷声色，朝廷大臣多有奸佞之徒。他说自己"生逢尧舜君"，至少说的是从前多年曾经深信不疑的。说"当今廊庙具，构厦岂云缺"，却是在说反话了。诗的后边，还有一大段对这"尧舜君"以及所谓"廊庙具"的描述。我们先按诗的顺序，接着往下看：

> 顾惟蝼蚁辈，但自求其穴。
> 胡为慕大鲸，辄拟偃溟渤。

以兹悟生理，独耻事干谒。

兀兀遂至今，忍为尘埃没。

终愧巢与由，未能易其节。

沉饮聊自遣，放歌破愁绝。

诗人在抒发情怀的同时，也在诉说心里的痛楚和感慨。他鄙视那些为贪求安乐小窝而投机钻营的蝼蚁之辈，羡慕遨游沧海的大鲸鱼，却因为一心要实现宏图大愿，放弃了基本的营生，以致贫寒潦倒。要从政就得奔走于王侯之门，但他又羞于干谒求仕，因此更是无路可走，穷困至今，埋没在尘埃之中。他不甘心被埋没，希望能像许由、巢父那样飘然尘世之外，却无法放弃建立功名的俗世追求。从"顾惟蝼蚁辈"到"未能易其节"，接连十句，一两句一转折，满纸悲凉，沉郁顿挫。人生好像陷入走不出的怪圈子，种种矛盾纠结如麻。于是诗人说"沉饮聊自遣，放歌破愁绝"，那就痛饮几杯，聊且排遣郁闷吧，吟诗放歌，消除这满腹忧愁。

由这两句，很自然地从悲歌慷慨的抒怀转到长安出发的描述，全诗进入到第二部分。

岁暮百草零，疾风高冈裂。

天衢阴峥嵘，客子中夜发。

霜严衣带断，指直不得结。

这是岁暮年末的一个寒夜，凛冬已至，草木凋零，狂风嘶吼，高冈山峦好像都要崩裂了。乌云如山，积压在长安大街上空。诗人半夜出发，离开京城。他扑落身上的寒霜却断了衣带，冰冷僵硬的手指无法为衣带打结。在这里，诗人不只是描写长安出发时的艰辛。狂风崩裂高山，乌云笼罩京城，透露着寒冬将至、暴风雪将临的不祥，暗示着时局之危。在诗的后面，我们还将看到明确的描写。

凌晨时分诗人到达骊山。这时候，唐玄宗和杨贵妃正在骊山脚下的华清宫避寒呢！长安城有多寒冷，这里就有多温暖。

凌晨过骊山，御榻在嵽嵲。
蚩尤塞寒空，蹴踏崖谷滑。
瑶池气郁律，羽林相摩戛。
君臣留欢娱，乐动殷樛嶱。
赐浴皆长缨，与宴非短褐。

诗人说，凌晨时刻我走到骊山脚下，皇帝的御榻就在骊山高处。大雾塞满了寒冷的天空，我走在结冰的山谷间脚步打滑。华清宫就好像西王母的瑶池仙境，宫殿内的温泉热气蒸腾，宫殿外的羽林军密密麻麻。皇帝和大臣在一起尽兴欢娱，乐声响起，震动了高山峻岭。赐浴温泉的都是高冠长缨的达官贵人，参加宴会的不会有布衣麻鞋的平民百姓。诗人对华清宫的描写并不详细，他只是华清宫外的过路人，不管他面见皇帝进谏的愿望有多强烈，这里也不是他能够进得去的地方。但他能听见音乐声，能看见守卫的御林军，以及那些出入华清宫的达官贵人。

国家已危机重重，君臣还在纵情享乐！诗人忍不住站出来，愤怒谴责。

> 彤庭所分帛，本自寒女出。
> 鞭挞其夫家，聚敛贡城阙。
> 圣人筐篚恩，实欲邦国活。
> 臣如忽至理，君岂弃此物。
> 多士盈朝廷，仁者宜战栗。

诗人谴责说，朝廷分给大臣们的丝绸，都是贫寒妇女辛辛苦苦织出来的。她们的丈夫却遭受鞭打，就因为官府急于敛取赋税，把一车车丝织品进献到京城。皇帝一筐一筐地把丝绸赏给群臣，指望他们济世安邦，扶危救民。如果群臣连这根本的道理都不放在心上，皇帝的赏赐岂不是白白耗费？这六句诗，由一个"帛"字生发开来，从"寒女"说到"其夫家"，从官府说到皇城，从君主说到群臣，其间种种不仁不公不义，令人叹息！所以诗人接着说"多士盈朝廷，仁者宜战栗"，既然朝堂人才济济，总有一些良知之人，会对此感到触目惊心吧！

再往下写，以"况闻"二字在语气上自然衔接，同时又将笔墨一转，锋芒指向杨国忠之类的外戚显贵。

> 况闻内金盘，尽在卫霍室。
> 中堂舞神仙，烟雾蒙玉质。
> 暖客貂鼠裘，悲管逐清瑟。
> 劝客驼蹄羹，霜橙压香橘。
> 朱门酒肉臭，路有冻死骨。
> 荣枯咫尺异，惆怅难再述。

"况闻"两句说，更何况宫中皇帝御用的金盘，全都跑到了卫青、霍去病这样的外戚之家。唐人常以汉说唐，诗人点出汉代的外戚"卫霍室"，无异于挑明了在说杨国忠及其杨家。"中堂"以下六句写杨家的骄奢淫逸，大意是说，大堂之上，神仙一样的美人在翩然起舞，如烟似雾的罗衣掩不住曼妙玉体。貂鼠皮袄带给客人温暖，凄美的玉管和清逸的朱弦竞相演奏。劝客品尝的是驼蹄羹汤，新鲜的霜橙、香橘积压成堆。"朱门"两句是千古名句，"臭"跟嗅觉的"嗅"是通假字，意思是气味。单独一句"朱门酒肉臭"并不见得奇妙，妙在以"路有冻死骨"做下句，构成凛然对比。而且，上下两句所写，取自同时同地，仅是门内门外之别。那朱门里的酒肉飘散出挡不住的香味，这朱门外的路上就躺着冻毙饿死的穷人！写到这里，诗人痛心地说"荣枯咫尺异，惆怅难再述"，咫尺之间，贫富有天壤之别，我黯然神伤，难以再往下说！

一句"惆怅难再述"，结束了前面的叙述和感叹。紧接一句"北辕就泾渭"，再次回到"自京赴奉先县"的路途中。奉先在今陕西蒲城县，从长安城到骊山脚下是往东走，再从骊山往奉先县，就是往北了。

北辕就泾渭，官渡又改辙。

群冰从西下，极目高崒兀。

疑是崆峒来，恐触天柱折。

河梁幸未坼，枝撑声窸窣。

行旅相攀援，川广不可越。

诗人描述说，我折向北去的道路，赶到泾渭两水相交处的渡口，又不得不改变了路线。巨大的冰块顺流西下，极目远望，像高高耸立的群山。我怀疑这是远方的崆峒山顺流而来，只怕要把天柱碰断！河上的桥梁幸好没有冲毁，桥柱子吱呀作响。行人们只好相互搀扶着过桥，这么宽阔的河面谁人能够飞越！诗人之所以在这里铺开笔墨，并不只是渲染路途的艰难危险。就像前面描述长安城出发的时刻一样，诗人再次借写眼前景观，预示时局之危，表露自己对国家命运的深深担忧。如果是今天的导演来表现，那就是一系列出现在屏幕上的象征性画面。

终于，诗人到了奉先县。去年冬天，因为长安城粮食欠缺，诗人把家人送到奉先县，投亲靠友。现在一年过去了，久别后的相聚应该是欢乐的，可是，等待诗人的竟是令人心碎的悲惨场面：

> 老妻寄异县，十口隔风雪。
> 谁能久不顾，庶往共饥渴。
> 入门闻号啕，幼子饥已卒。
> 吾宁舍一哀，里巷亦呜咽。
> 所愧为人父，无食致夭折。
> 岂知秋禾登，贫窭有仓卒。

"老妻"以下四句说，老婆和孩子寄居在异地他乡，漫天风雪把我们一家十口远隔在不同地方。谁能在这种情形下久不顾家，这次来就盼着聚在一起，渡过难关。诗人急于见到家人，半夜就离开长安，在寒冷中一路奔波，想来也不只是因为思念，还有担忧。但他万没料到，回来得已经太晚了。"入门"以下六句说，一进门就听见号啕大哭，小儿子已经饿死！我怎能压抑住心里的哀恸，就连里巷邻居，也在呜咽悲泣。惭愧我为人之父，竟不知自己的孩子无食可觅，小小年纪就失去了生命。哪里想到秋天才刚刚收获，家人就因为贫穷饥馑，发生这天大的不幸！诗人痛失幼子，不必说有多么哀伤，哀伤之外还有揪心的惭愧，这是加倍的痛苦。

家贫如此，幼子饿死，直到这个时候，诗人推己及人，仍然想着天下苍生，担忧着危机重重的时局。最后来看诗的结尾：

> 生常免租税，名不隶征伐。
>
> 抚迹犹酸辛，平人固骚屑。
>
> 默思失业徒，因念远戍卒。
>
> 忧端齐终南，澒洞不可掇。

诗人由自己一家的不幸，想到天下老百姓的苦难。"生常"以下六句说，我毕竟还是个小官，不必交租纳税，也不必去服兵役。就这样还免不了悲惨酸辛，平民百姓又哪里有太平日子啊！于是想到那些一无所有的人们，还有那些远守边防的征人。诗人说到"失业徒"和"远戍卒"，点到即止，话里有话。天底下到处是饥寒交迫，一无所有的人民，大唐王朝能没有危险吗？末两句说"忧端齐终南，澒洞不可掇"，我的忧愁啊跟终南山一样高，浩茫无边，不可遏止。这忧时伤世的长诗，临末再次敲响洪钟大吕之音，振聋发聩，以警醒世人。

《自京赴奉先县咏怀五百字》是杜甫精心创作的鸿篇巨制。篇幅虽长，但文字、场景、内容和角度皆不重复，层层递进，层与层之间巧妙转接。忽而叙事，忽而议论，忽而写景，忽而抒情，或几句一转，或一唱三叹，从前往后细读下来，真觉得千回百折，细读之后再回看全诗，浑然一个整体，文气贯通，一泻千里。五言古诗到了杜甫这里，真是得心应手，炉火纯青。

这首诗题下原注"天宝十四载十月初作。"同年十一月上旬，安禄山起兵造反。十二月叛军占领洛阳，长安城岌岌可危。血雨腥风迅速笼罩了北方，大唐王朝一百余年的太平日子结束了。杜甫并不是预言家，为什么是他最强烈地感受到唐王朝即将爆发的危机和灾难，是他的诗告诉世人凛冬来临，天下将乱？在《自京赴奉先县咏怀五百字》这首诗中，其实就有答案可寻。作为忠君爱国的儒者，他对"尧舜君"和"廊庙具"有着强烈的期待，但他后来所看到的却是不顾国计民生一味寻欢作乐的君臣。他在开元盛世长大，对自己期许很高，"窃比稷与契"，而今却落到了"入门闻号啕，幼子饥已卒"的悲惨境地。他关心百姓，"穷年忧黎元，叹息肠内热"，但此时所面对的竟然是"朱门酒肉臭，路有冻死骨"的残酷现实。君臣堕落，朝政腐败，民不聊生，唐王朝岂能不乱？

战乱流离

困陷长安

○ 遥怜小儿女

上一篇说到安史之乱前杜甫对国家时局的强烈担忧，品读了他的五言长诗《自京赴奉先县咏怀五百字》。我们从中可以看到：杜甫不只是一个低首悲吟、垂泪饮泣，同时也在仰天长叹，向天呐喊，劝诫统治者，警醒世人的诗人。

其实早在天宝十一载（752 年），杜甫已经以他的诗敲响警钟了。那年秋天，杜甫、高适、岑参、储光羲和薛据登临慈恩寺塔。此塔就是现在的大雁塔，当时是长安城最高的建筑之一。五大诗人一起登高赋诗，除了薛据的诗已经佚失，其余几首流传至今。高适、岑参和储光羲的诗，或是赞美寺院佛塔，或是颂扬佛学精微，或是抒发身世之感，各有佳句，却无多少新意。相比之下，还是杜甫的诗最有深度。他的《同诸公登慈恩寺塔》，一开头就带着忧患之感："高标跨苍穹，烈风无时休。自非旷士怀，登兹翻百忧。"他说，高高耸立的慈恩寺塔跨越苍天之外，猛烈的狂风无休无止。倘若不是旷达出世的人，登上此楼反而会百忧俱生。诗的后半首，处处暗示时局之危：

> 秦山忽破碎，泾渭不可求。
> 俯视但一气，焉能辨皇州。
> 回首叫虞舜，苍梧云正愁。
> 惜哉瑶池饮，日晏昆仑丘。
> 黄鹄去不息，哀鸣何所投？
> 君看随阳雁，各有稻粱谋。

"秦山"以下四句写登楼而望，乱云遮眼，远远看去，终南诸山好像忽然破碎，泾水渭水也清浊难分。俯视慈恩寺塔下，只是一片迷蒙，哪里还能分辨出大唐皇城？在诗人笔下，秦山破碎了，泾渭不分了，京城迷蒙起来，这不就是暗示天下动荡，世道崩坏？"回首"以下四句，看似接连用典，拉得很远，其实是把锋芒直指当今圣上。诗人说，回首呼唤虞舜，却见舜葬之地苍梧愁云笼罩。令人痛惜啊！周穆王与西王母在瑶池宴饮，直到夜幕降临到昆仑山上。"虞舜"是指舜，这里指唐太宗。

"苍梧"是传说中舜的葬地，这里指唐太宗的昭陵。"回首叫虞舜"是想回到唐太宗的时代，"苍梧云正愁"等于说昭陵上空愁云笼罩，唐太宗也在为今天的时局发愁。"瑶池饮"以周穆王和西王母瑶池欢会之事，讽刺唐玄宗和杨贵妃在骊山的寻欢作乐。"黄鹄"以下四句说，黄鹄不得不另觅生路，纷纷离去，哀鸣不止，不知投向何方。而那些随着太阳温暖迁徙的群雁，各有各的私心，谋取一己之利。"黄鹄"是神话中一举千里的大鸟，喻指贤才。"随阳雁"是指随太阳照射纬度的变化而迁徙的大雁，在这里喻指趋炎附势之人。天宝年间，唐玄宗任由李林甫把持朝政，结党营私，嫉贤妒能，排斥异己，争名逐利者竞相攀附，正是"黄鹄"被弃、"随阳雁"满朝之时。

杜甫是一个直面现实的伟大诗人。当时，很少有人像他那样强烈感受到危机四伏、祸在旦夕的严酷现实，更是很少有人像他那样秉持良知和勇气站出来，一再发出警世之言。

可惜，朝中没人愿意倾听他的声音。可以想象，当他经过骊山脚下的时候，他是恨不能见到唐玄宗，把心里的万分忧虑说出来。但一个从八品的小官，怎能走进华清宫的大门？即使能见到唐玄宗，这个沉迷享乐的皇帝又如何能够听得进去？且不说唐玄宗到底有没有危机意识，是不是对安禄山的反叛之心有所觉察，直到叛乱的消息频频传到华清宫后，他还是将信将疑呢！

安禄山的叛军冲杀过来了。唐玄宗早就丧失了当年的英明睿智，杨国忠又怎么会有扭转局势的才能，仅仅一个月后，叛军就攻陷了洛阳。天宝十五载正月初一，安禄山在洛阳称帝，五月兵临潼关。潼关是关中的东大门，本有天险可守，但唐玄宗和杨国忠强逼哥舒翰出战，结果潼关失守，长安岌岌可危。玄宗决定逃往蜀地，途经马嵬驿时发生兵变。将士们对杨家早已深恶痛绝，此时处于饥疲之下更是忍无可忍，他们把杨国忠乱刀碎尸，又逼玄宗赐死杨贵妃。玄宗不忍，无奈众怒难犯，只好交由高力士缢死了杨贵妃。

就在唐玄宗逃亡蜀地的前后，杜甫带着家人，随着大批难民北上逃生。在《彭衙行》一诗中，杜甫回忆说：夜深了还在彭衙道上逃亡，月亮照着白水山。他们一家人徒步跋涉，碰到人厚下脸皮求食。但见山谷里的鸟儿鸣叫着来回翻飞，却看不到向北逃难的人掉头回家。小女儿饿得直咬我，只怕她的哭声被饥饿的虎狼听到。把她搂在怀中捂住嘴，她挣扎着哭声更响。儿子强装懂事，只求吃些路旁的苦李，却哪里知道道旁苦李是吃不得的。十天里有一半是雷雨天，一家人在泥泞中相互牵扶。

杜甫一家逃到鄜州（在今陕西富县）的羌村。羌村至今还在，现在叫大申号村。杜甫当年因为干戈乱离，无处栖身，暂且把家安在这里。我们随后要说的好几首名作，像《月夜》《羌村三首》《北征》和《述怀》等，都跟这小村子有关。

安家羌村不久，杜甫听说唐肃宗已在灵武（今宁夏灵武西南）即位，随即只身北上，投奔朝廷。途中被叛军俘虏，押送到长安。只因官小人微，叛军不再囚禁他，但他很难逃出京城。长安沦陷不久，叛军烧杀劫掠，横行无阻。在一个月色皎洁的夜晚，独在长安的杜甫思念着远在鄜州的妻小，写下五言律诗《月夜》：

> 今夜鄜州月，闺中只独看。
>
> 遥怜小儿女，未解忆长安。
>
> 香雾云鬟湿，清辉玉臂寒。
>
> 何时倚虚幌，双照泪痕干。

月夜怀远是古诗中常有的内容，如何下笔？开头两句，就与众不同。分明是诗人自己在长安望月，想念妻子，如果以"今夜长安月，客舍只独看"开头，何尝不可？但他偏从妻子的角度来写："今夜鄜州月，闺中只独看。"这样一写，平添一层含蓄深挚，诗人自己对妻子的思念已在不言中了。

三、四两句同样来得含蓄："遥怜小儿女，未解忆长安。"诗人远在外地，想着可爱的小儿女，他们还不谙世事，还不懂得思念身陷长安的父亲。说孩子"未解忆长安"，就等于说孩子还不懂得母亲为什么在苦苦挂念着长安，也等于说孩子还不懂得父亲是多么挂念他们。

五、六两句是后人激赏的妙句："香雾云鬟湿，清辉玉臂寒。"夜深雾浓，妻子高耸的头发大概被雾水打湿了吧？月光清冷，妻子洁白的臂膀该觉得寒冷了吧？"云鬟"是指高耸的环形发髻，泛指秀美的长发，"玉臂"是指白嫩的手臂，诗人心目中的妻子，仍是那样美丽。可是，什么是"香雾"？后人为解释雾之所以香，有过不少说法。其实，诗人把环绕着妻子"云鬟"的夜雾说成是"香雾"，完全是情之所至，爱之所及，妙在不合常理。上句以"湿"字结尾，下句以"寒"字结尾，想象妻子在月光下站了很久很久，爱怜之情，疼惜之意，更是溢出字面。

末两句写期盼："何时倚虚幌，双照泪痕干？"什么时候才能并肩坐在床头，靠着帷帐，让月光照耀着，拭干我们的泪水。"虚幌"指挂在床上透明的帷帐，月光辉映下并肩坐于床头，最是夫妻相依，两情缱绻。"泪痕"是思念和担忧的泪痕，在这兵连祸结的多事之秋，只有家人相聚，才能泪痕不再。

读《月夜》这首诗，你会发现，虽然处处从妻子那里下笔，却让人更强烈地感觉到诗人对妻子的怜惜和珍爱。他既写出了妻子的柔情似水，更传达了自己的柔肠百转。这是《月夜》诗的最大妙处，也是后人一再效仿的地方。

古代爱情诗很多，但表达夫妻爱情的诗并不多见，称得上名篇佳作的更是屈指可数。在这屈指可数的表达夫妻爱情的诗中，又多是悼亡之作。中国古代诗人中，很少有人像杜甫这样，一再把妻子写在诗中，而且一写到妻子，就充满了深情。遗憾的是古人向来不说妻子的名字，我们只知道杜甫的妻子姓杨，是司农少卿杨怡之女。开元二十九年（741年），杜甫与杨氏结为夫妇，从此伉俪情深，相濡以沫三十年，直到杜甫去世。杜甫仕途失意，又饱经战乱忧患，幸运的是一直有杨氏陪伴，有一个温暖的家。

山河破碎

—○ 感时花溅泪

杜甫有数十首名作,《春望》是名作中的名作。中学课文中就有这首诗,少年时代我们就朗朗念过多遍:

> 国破山河在,城春草木深。
>
> 感时花溅泪,恨别鸟惊心。
>
> 烽火连三月,家书抵万金。
>
> 白头搔更短,浑欲不胜簪。

诗中说的"国"指国都长安,"城"也是指长安。安史之乱爆发前,杜甫在长安已度过十年时光,熟悉了一个壮丽繁华的大唐京城。安史之乱爆发后，他把家人安顿在鄜州，本来要投奔刚在灵武即位的唐肃宗，不料却被叛军俘虏，押到长安，又目睹了一个呻吟在叛军铁蹄之下的残破长安。

战乱前的长安，是当时世界上唯一的人口上百万的城市。面积有八十多平方公里，大致相当于明清时期的四个北京城。整个城区由外郭城、宫城和皇城三大部分组成，严格以中轴对称布局。纵横交错的道路把外郭城分作一百一十坊，作为中轴线的朱雀大街宽达一百五十五米。长安又是当时世界上最开放、最繁华的城市之一，外交使臣不绝于道，来长安学习、交流、传教、经商的外国人有数万人之多。外国商人可以从事各种行业，甚至在唐娶妻生子，以长安为家，以唐人自称。

安史之乱爆发后，叛军一个月后就攻占洛阳，半年后攻下潼关。安禄山本来不敢贸然进击长安，准备延迟十天再出兵，哪里想到唐玄宗一看潼关失陷，第五天凌晨就仓皇出逃了。安禄山命部将孙孝哲率军杀进京城，叛军如入无人之境。尽管长安留守官员开城纳降，叛军所到之处，仍是烧杀劫掠。此前半年，唐玄宗得知安禄山反叛，斩杀了他留在长安当人质的长子安庆宗。现在，安禄山要泄愤复仇了，他传令孙孝哲，把留在长安的皇亲国戚斩尽杀绝。孙孝哲以皇亲国戚祭奠安庆宗，连呱呱而泣的婴儿也不放过。

整个长安处在血腥恐怖之中。孙孝哲四处搜捕，只要是宦官、宫女和朝臣，每抓到数百人就押送到洛阳。杜甫是从八品小官，小到连叛军也看不上，因此侥幸得脱。没人可以想象他在叛军铁蹄下的长安如何生存。我们只能通过他的诗作，得知他大约在第二年的春天躲进大云寺，得到住持僧赞公的照顾，有了栖身之地。

杜甫困陷长安，一无所有，剩下的只有笔和纸了。不管是饥寒、贫穷还是恐怖，都不能中断他写诗的冲动与执着。大约就在叛军杀戮皇亲国戚之后的某一天，他写下《哀王孙》诗，描述一个流落长安街头的王孙。

> 长安城头白头乌，夜飞延秋门上呼。
> 又向人家啄大屋，屋底达官走避胡。
> 金鞭断折九马死，骨肉不得同驰驱。
> 腰下宝玦青珊瑚，可怜王孙泣路隅。
> 问之不肯道姓名，但道困苦乞为奴。
> 已经百日窜荆棘，身上无有完肌肤。

这是诗的前半首。"长安城头"以下六句写唐玄宗及王公贵族的仓皇出逃。"白头乌"是白头乌鸦，古人眼中的不祥之物，这里暗示叛军。相传在南朝梁末，侯景作乱篡位，数以万计的白头乌集于朱雀门门楼。"延秋门"是长安禁苑西门，唐玄宗就从延秋门出长安，逃往蜀地。对于唐玄宗的狼狈逃离，诗人不便直说，但以"白头乌"和"延秋门"来暗示，读者也就心知肚明了。皇帝从延秋门出逃了，豪府里的达官们也为了躲避叛军四散而去，他们走得那样惶急，金鞭都打断了，一匹匹快马累死在逃亡途中。为了活命，连自己的骨肉之亲都弃之不顾了。

"腰下宝玦"以下六句，写一个在战乱中被王公贵族弃之不顾的王孙。他腰间佩戴着玉玦和珊瑚，却又是这样可怜无助，在路边角落里痛哭流涕。他害怕被叛兵抓起来，不敢说出自己的姓名，只说他现在困苦艰难，求人收他做奴仆。在此之前上百个日子里，他一直在荆棘丛中逃窜，身上伤痕累累，体无完肤。

王孙生于钟鸣鼎食的王侯之家，总让人想到荣华富贵，但杜甫笔下的这位王孙竟这样悲惨。诗的最末两句，以劝慰王孙的口气说："哀哉王孙慎勿疏，五陵佳气无时无。"可怜的王孙，你可要好好保全自己，皇陵之上充溢着吉祥兴旺之气，大唐王朝中兴有望啊！

生活在叛兵恐怖之下的杜甫，关注着战局、时局，期盼着唐军收复失土。不久，希望好像真的来临了。至德元载（756年）十月，宰相房琯上奏唐肃宗，请求带兵收复两京。由于安禄山、史思明的谋反，唐玄宗对边将的态度从盲目信任到疑神疑鬼。唐肃宗即位后，对战功赫赫的将领也是心存猜忌，他宁愿让一个从未领兵打仗的房琯统帅大军，又派宦官邢延恩监军督阵。唐军急于求胜，房琯泥于古法，以牛车两千乘作为主攻，马步军两边护卫，与叛军战于长安西北的陈陶斜。叛军纵火应对，牛最怕火，木车易燃，唐军大乱，死伤四万余人。仅仅两天之后，唐肃宗又让邢延恩反复督促，房琯在仓促之下与叛军再战于咸阳以西的青坂，结果又遭惨败。

唐肃宗在大唐臣民的期望中登上帝位，杜甫就是为了投奔唐肃宗，忍痛离开一家妻小，不幸在途中被叛军俘虏，押到长安的。陈陶斜之战和青坂之战是唐肃宗即位后发起的收复失土的进攻，结果一败再败，几乎全军覆没。杜甫悲痛不已，接连写下《悲陈陶》《悲青坂》两首七言古诗。我们来看《悲陈陶》这首诗：

孟冬十郡良家子，血作陈陶泽中水。
野旷天清无战声，四万义军同日死。
群胡归来血洗箭，仍唱胡歌饮都市。
都人回面向北啼，日夜更望官军至。

前四句写陈陶斜之战的惨烈悲壮。"孟冬"是农历十月，"十郡"指秦中各郡，相当于今天陕西省中部平原地区，"良家子"是指从平民百姓中招集的士兵。这些为数众多的"良家子"并未经过长期训练，只是因为朝廷缺乏精兵锐卒，才被送上残酷的战场。他们尸横遍野，鲜血染红了陈陶的水泽。"野旷天清"是杀声震天后的空寂，千军万马后的冷清，唐军阵亡后的肃穆。这是四万个良家子啊，四万个义军战士，仅仅一日之间，他们就一同阵亡了。

"四万义军"死得这样惨烈，那些得胜的叛军呢？五、六两句写叛军的嚣张："群胡归来血洗箭，仍唱胡歌饮都市。"他们胜利归来，箭上还滴着义军的鲜血，他们高唱着胡歌，在长安市上饮酒狂欢。叛军胜利后的狂歌纵酒，与前边所写四万义军的惨烈阵亡构成对比，又为末两句长安人的痛苦期待做了铺垫。"都人回面向北啼，日夜更望官军至。"沦陷中的长安人，仍把希望寄托在唐肃宗身上，他们面向天子所在的北方哭泣，日夜盼望着官军的到来。

《悲青坂》的内容与《悲陈陶》比较相似，但《悲青坂》的末两句说"焉得附书与我军，忍待明年莫仓卒"，乍然看上去跟《悲陈陶》的末两句很矛盾。前者表现的是长安人民期盼唐军早日收复京城的愿望，后者传达的是诗人自己对唐军草率出兵的深切担忧。以杜甫当时独自身陷乱贼、不知家人生死的处境，他无疑是心急如焚，日夜期望着官军的到来，但他知道陈陶之战和青坂之战，已经因为草率出兵付出了惨重的代价。所以他说，怎样才能托人给我唐军带个书信，告诉他们暂且忍耐，等到明年再来反攻，千万不要仓促出兵。

杜甫在孤独、恐惧和焦虑中苦苦等待着。到了至德二载（757年）的三月，他困陷长安已半年有余。春天眼看就要过去了，时局并未好转，他只能把国破家亡之感浓缩在诗中。现在，我们再来欣赏《春望》这首诗。

国破山河在，城春草木深。

感时花溅泪，恨别鸟惊心。

烽火连三月，家书抵万金。

白头搔更短，浑欲不胜簪。

首联两句，句中各有转折意味，"国破"却"山河在"，"城春"却"草木深"。大唐的国都一片残破，山河却还是旧日山河。春天又来到长安城，却只有荆棘疯长，荒草萋萋。接连两个转折，增加了张力，扩充了内涵。"在"和"深"，都是寻常字眼，用在这里大巧若拙，更添浑厚之气。

颔联两句写"感时"和"恨别"，都是诗歌中常见的内容，但老杜这两句，立意与下笔与常人迥然不同。上句说"感时花溅泪"，忧时伤世，看到花开也泪水飞溅，下句说"恨别鸟惊心"，怅恨别离，听见鸟鸣也为之心惊。都说花鸟娱人，诗人怎么会有这样的感觉？回头再看开头两句，就容易理解了。诗人正处在国破家亡的哀伤中，看到花开，免不了要想山河易主，物是人非，忍不住潸然泪下。那么，为什么会"恨别鸟惊心"？唐诗中有孟浩然的"春眠不觉晓，处处闻啼鸟"，有王维的"月出惊山鸟，时鸣春涧中"，有柳宗元的"千山鸟飞绝，万径人踪灭"，有贾岛的"鸟宿池边树，僧敲月下门"，各尽其妙，诗人的心情也不难感受，但杜甫的"恨别鸟惊心"，品味起来更得进入他当时特定的情境。试想一下，安史之乱爆发前，他的家人已处于饥寒交迫的状态，小儿子活活饿死。此时他离开家人已半年有余，无法逃离京城，战火不断，家人音讯全无。这种情形下，诗人不但是哀伤的，也是惊恐的。正自怅恨别离，为一家妻小担忧万分，几声鸟叫，也让他蓦然心惊！

颈联两句语言极浅显，对仗却极巧妙："烽火连三月，家书抵万金。"战火接连持续三个月，一封家书抵得上黄金万两。残酷的战争隔绝了与家人的所有联系，一家妻小生死未卜。诗人的心悬在空中，惊恐不安，这种时候，还有什么能比家书更重要？这两句把人们在战争年代担忧家人、期待家书的普遍感受提炼出来了，说的是简单的事实，朴素的道理，却引人共鸣，感人至深。

尾联两句说："白头搔更短，浑欲不胜簪。""簪"是簪子，一种用来束发的首饰。古代男子束长发于头顶，以簪子横插，以免散乱。诗人愁白了头，极度的焦虑又让他忍不住搔首挠头，以至于一头白发，越来越稀，连簪子也插不住了。最后两句，以诗人自己焦虑万分的形象来结束全篇。

元代诗人方回评价这首诗说："此第一等好诗。想天宝、至德以至大历之乱，不忍读也。"其实，读这首诗，岂止让人想到唐代的战乱。安史之乱以来的一千多年，中国历史上发生过两千多次战乱。任何一次战乱，都会让无数的人们想到诗圣的这首诗，悲歌低吟，唏嘘流泪。

曲江伤怀

○ 明眸皓齿今何在

上一篇说到安史之乱的爆发以及杜甫困陷长安的遭遇，欣赏了名作《春望》。同在至德二载（757 年）的春天，杜甫还写有一首名作，这就是《哀江头》。北宋文豪苏辙说："《哀江头》即《长恨歌》也。"从内容上来看，《哀江头》既回忆了唐玄宗与杨贵妃游幸曲江的昔时盛事，也伤叹李杨悲剧，与《长恨歌》颇有相似之处。但从诗人的情感来说，白居易创作《长恨歌》时，杨贵妃已死去半个世纪，往事已矣，白居易写着写着就把《长恨歌》写成了凄美的爱情故事。杜甫亲身遭遇了安史之乱，经历了国破家亡的哀痛，而且在此之前就预感到杨家得宠将给国家带来的危机和灾难，并一再写诗嘲讽。所以，他写《哀江头》的时候，感情要复杂多了。

后人谈及唐玄宗，很容易把他在位的四十四年，简化成前期英明有为，后期昏聩误国，于是就好像功过参半了。事实上，唐玄宗的"过"与"功"是很难相提并论的。他前期的英明有为，直接促成了唐朝的鼎盛，但他凭借的是唐代一百来年留下的强大根基。后期的昏聩误国，彻底动摇了唐王朝的强大根基，把一个好端端的大唐折腾得百孔千疮，再也没能恢复元气。如果说唐王朝沿着开阔浩荡的河道，早已千帆竞渡，顺流而下，那么，曾经让这壮阔的场面达到极盛的唐玄宗，却又把航线引向了断崖，樯倾楫摧，一片狼藉。连续八年的安史之乱，一下子中断了唐王朝的兴盛。而且，唐玄宗一连串的错误政策，给唐王朝埋下了覆亡的祸根。

宦官、外戚和藩镇，是古代王朝很致命的三大病症。唐朝到了玄宗时期，这三大病症才严重起来。第一，宦官干政。玄宗之前，唐朝有效地避免了这一问题。开元元年（713 年）姚崇提出"十事要说"，其中之一是"宦官不得干政"。玄宗表示采纳，姚崇才出任宰相。十多年后，在玄宗的宠信下，宦官势力日渐坐大，最受宠信的就是高力士。朝臣们向皇帝呈送奏章，得先经过高力士的审阅。安史之乱后，皇权屡弱，宦官专权几乎贯穿了唐朝中后期，多次发生宦官废立皇帝、杀死皇帝的事情。即使东汉和明代，宦官专权也远没有唐朝可怕。第二，外戚干政。两汉时期外戚屡屡专权，最终导致王朝覆亡，后世皇帝不能不引以为戒。玄宗之前的唐朝，只有武则天时期外戚问题严重。武则天是女皇，为了压制李唐王室而倚重娘家人。玄宗宠信杨国忠，完全是因为宠爱杨贵妃。以玄宗的才学，不可能不知道外戚政治的危险，但他对杨贵妃的宠爱毫无理性可言。后宫佳丽是"三千宠爱在一身"，朝廷大臣中，几乎也是如此了，杨国忠除了做宰相，还身兼四十余职。玄宗之后的唐朝，外戚问题并不严重，严重的是宦官专权。宦官压得皇帝都喘不过气来，遑论外戚。第三，藩镇问题。史书上常说藩镇割据，以朝代而论，唐朝是最严重的。而唐朝的藩镇问题，也是从玄宗时开始的。他即位不久就设置藩镇，到天宝年间，已有十个节度使，驻防边地的精兵锐卒接近五十万。节度使中，最有实力的就是安禄山，唐玄宗对他的宠信简直是无以复加。他不但担任平卢节度使，还身兼范阳节度使、河北采访使，河东节度使。唐玄宗放任他拥兵自重，又给他民政和财政大权，等于把古之所谓燕赵之地大都交给他管辖了。其管辖范围之大，从南往北，竟有两三千里！安禄山在蓟州起兵反叛，仅是沿着自己的管辖范围一路南下，距离长安、洛阳就不遥远了。安史之乱后，藩镇问题尾大不掉，而且愈演愈烈，一直持续上百年，直到唐朝覆亡。

曾经英明睿智的唐玄宗，怎么会变得如此昏聩不堪？说来也并不复杂。其一，皇帝做久了，他要享乐。他把宫里的事交给高力士，北方边塞的事交给安禄山，朝政的事交给李林甫，李林甫死了后又以杨国忠为相。这几个人都是唯他是从，他既可以大权独揽，又可以放心地做享乐天子。其二，歌功颂德的声音听多了，让他头脑膨胀，不辨忠奸。比如他后期最重用的那几个人，全都是巧言令色、阿谀奉承之徒，一味地投其所好。

安史之乱爆发前，杨国忠与安禄山多有冲突。这位并无治国才能的宰相大人，权力的神经却是非常敏感，他告诉玄宗安禄山有谋反之心，并接连出手，削弱安禄山的权力。但唐玄宗偏偏在这件事上不信杨国忠，只把他与安禄山的矛盾看作是将相不和。安禄山眼看杨国忠日渐得宠，加速反叛。他起兵南下的借口就是"忧国之危"，"奉密诏讨杨国忠"。可以说，从重用安禄山和杨国忠，一直到眼见安、杨二人形同水火却一笑置之，玄宗但凡有一点点明智，安史之乱这场巨大的灾难都可以避免。

对于杨贵妃这位大美女，无论是古人说女色祸国，还是今人说杨家误国，真正厌恶她的人也许并不像我们想象的那么多。她的姐妹骄奢淫逸，族兄杨国忠更是飞扬跋扈，祸国殃民，至少说明她仰仗着自己得宠而过于放纵家人。传说她恼怒李白在诗中把她比作赵飞燕，因此在玄宗面前谗毁李白，但那毕竟不是出自正史。从情理上说，安史之乱的爆发让当时人不由得要把冲天的怒火喷向杨贵妃，但即使是在这种情形下，有关她的记载，除了玄宗对她的过分宠爱以及杨家的受宠得势，竟然没留下什么更多的罪状来，可见她并不是一个蛮横狠辣、胡作非为的女人。

杜甫写《哀江头》这首诗的时候，杨贵妃被赐死在马嵬驿还不到一年，玄宗仍在蜀地避难，他自己困陷在叛军铁蹄下的长安。诗人正经历着国破家亡之痛，心情是很沉重的。先看头四句：

> 少陵野老吞声哭，春日潜行曲江曲。
> 江头宫殿锁千门，细柳新蒲为谁绿？

"吞声哭"是吞声而泣，不敢哭出声来。"潜行"是偷偷地走路。"曲江曲"是说曲江风景园林弯曲隐蔽的角落。是什么原因让诗人"吞声哭"？又是什么原因让诗人"潜行"在"曲江曲"？长安城陷落了，呻吟在叛军的践踏之下，这昔日最热闹的曲江胜地，现在也笼罩在恐怖气氛之中。诗人原本是被叛军抓到长安来的，只因官小放了出来。此时他悄悄来到曲江边，就连孤臣孽子的感时伤怀，失声痛哭，也会带来危险。

三、四两句紧接开首两句，顺势而下，极是简洁凝练。"江头宫殿"有"千门"，可见昔日江头宫殿之多，游人之盛。但诗人在"江头宫殿"和"千门"之间着一个"锁"字，今昔之别，繁华与悲凉，就表现出来了。又是春色宜人的季节，"细柳新蒲"再度绿意盎然，但"绿"字前边有"为谁"二字，传达的就是哀伤了。这大唐王朝的繁华之地如今被叛军蹂躏，这京城长安的喧闹之地现在是一片寂寥，这细柳新蒲，又是为谁而绿？

再往下写，以"忆昔"二字转入回忆，回到长安沦陷前曲江江头的繁华和荣光。昔日可写的太多了，请看诗人聚焦在哪里。

> 忆昔霓旌下南苑，苑中万物生颜色。
> 昭阳殿里第一人，同辇随君侍君侧。
> 辇前才人带弓箭，白马嚼啮黄金勒。
> 翻身向天仰射云，一笑正坠双飞翼。

出现在这八句里的人物，先后是唐玄宗、杨贵妃和宫中女官。"忆昔"两句写皇帝来了，画面突出在彩旗仪仗："忆昔霓旌下南苑，苑中万物生颜色。""霓旌"指缀有五色羽毛的旗帜，是帝王才有的仪仗。"南苑"指曲江池南岸的芙蓉苑。开元年间，从大明宫到芙蓉苑修了一条两边筑有高墙的通道，专供玄宗游赏曲江之用。

"昭阳"两句写杨贵妃，她跟天子形影相随，"昭阳殿里第一人，同辇随君侍君侧。"为强调贵妃有多么得宠，诗人的笔墨不惜重复，不但"同辇"，而且"随君"，不但"随君"，而且"侍君侧"。上句说到"昭阳殿","昭阳殿"是汉成帝宠妃曾经居住的地方，下句说到"同辇"，也跟汉成帝有关。《汉书·外戚传》记载，汉成帝曾想跟班婕妤同辇而行，班婕妤拒绝了，她说圣贤之君的旁边"皆有名臣在侧"，只有夏商周三代的亡国之君，旁边才是宠妃。唐玄宗与汉成帝，至少有三点相像，一是沉迷享乐，懈怠朝政；二是宠爱妃子，全无理性；三是重用外戚，任其所为。正是汉成帝，埋下了王莽篡位、西汉终结的祸根。诗人是很忠君的，何况此时正凭吊往昔盛事，整首诗也像是唐玄宗时代的挽歌，但他还是忍不住要说真话。因为大唐陷入战火的不幸，首先就是唐玄宗酿成的。就连李杨二人的悲剧，首先也是他们自己咎由自取。

"辇前"以下四句，着墨于"辇前才人"，其实也在写杨贵妃和唐玄宗。"辇前才人"是帝辇前的宫中女官。她们带着弓箭，骑着白马，白马套着黄金打就的马嚼口和马络头。她们拈弓搭箭，翻身朝天，一箭射向云层，正在比翼齐飞的一对鸟儿坠落在地。"一笑"是杨贵妃的嫣然一笑，白马金勒，女官射猎，乃至天子游园，都是要博得杨贵妃一笑。晚唐诗人杜牧经过华清宫，吟诗说"一骑红尘妃子笑"，写的也是杨贵妃的一笑。只因周幽王烽火戏诸侯以逗褒姒取乐的历史记载，文人笔下的宠妃一笑，往往就是直刺君主的好色和亡国的不祥。杜甫这四句诗，接连几个镜头组合，聚焦特写就在贵妃的"一笑"。

由贵妃的"一笑"带出"明眸皓齿"，又从"明眸皓齿"

四字陡然反转为"今何在"，于是又回到了现在。

> 明眸皓齿今何在？血污游魂归不得。
> 清渭东流剑阁深，去住彼此无消息。
> 人生有情泪沾臆，江水江花岂终极！
> 黄昏胡骑尘满城，欲往城南望城北。

杨贵妃那明亮的眼睛和洁白的牙齿如今在哪里啊？鲜血玷污了她的游魂，再也不可能归来！你看诗人的笔力，从"一笑正坠双飞翼"到"明眸皓齿今何在"，再到"血污游魂归不得"，须臾之间，腾挪闪转，兔起鹘落，却不露痕迹。

其后六句，也是两句一个跳跃递进，却不失其自然顺畅。"清渭"两句说，渭水向东流去，剑阁那样深广，远走蜀地的玄宗和留在渭水边的贵妃，彼此再无音讯。诗人的笔墨轻巧灵动，却浓缩着沉重的李杨悲剧。杨贵妃被赐死在渭水之滨的马嵬驿，唐玄宗从剑阁入蜀，一"去"一"住"，一生一死，两无消息，这是谁造成的呢？一个是在位四十多年的大唐天子，一个是国色天香的宠妃，如今竟是这样的结局，国将如何？民将如何？

感慨万端，无法言传，诗人既要表达感情，又要煞住笔墨，还要兼及曲江，该当如何收尾？诗意一转，又跳出"人生"两句。人生有情，感怀今昔，能不泪水沾胸？但江水依旧流淌，江花依旧开放，年年岁岁如此，哪里会有尽头？诗人以大自然的无情反衬人生的有情，有情之人，遭遇这突然间天崩地裂的乱世，情何以堪？

一句"江水江花岂终极"的感慨，点出"江水江花"，借此回到曲江江头。诗意却不在原地打转，又一个腾挪闪转，以这样两句结尾："黄昏胡骑尘满城，欲往城南望城北。"上句的意思很清楚，是说黄昏时刻的长安，叛军的骑兵扬起满城的尘土。下句呢，为什么诗人说自己想去城南，却回头望向城北？诗人越是不明说，越是耐人回味。仅从上句来看，这是因为胡骑横行，满城尘土，让诗人迷失南北。但从全诗来看这最后一句，才能深感于诗人此时的今昔对比之哀，国破家亡之恸，这是极度哀恸下的精神恍惚，不辨南北。

《哀江头》总共只有二十句，一百四十字，却涵盖了多少内容。用字遣词的精准凝练，句与句之间的腾挪闪转，语言的高度概括，情感的深沉表达，细节的巧妙捕捉，让人不能不由衷感佩，不愧是诗圣的手笔，笔力千钧！

苏辙说《哀江头》即《长恨歌》也"，而且他认为《哀江头》在艺术上远胜《长恨歌》。在他看来，《长恨歌》冗长而一般，《哀江头》简练而高妙。他尤其喜欢《哀江头》的文辞气势，说这气势就好像一匹名贵的战马，忽然从斜坡上疾驰而下，又忽然跨越山涧，如履平地。白居易的诗虽然词语精工，但不善于纪事，寸步都不敢移动，还怕出错，连老杜的藩墙都望而不及。

苏辙这样一说，引得后世名家纷纷加入评论，多是赞成苏辙的看法。而之所以赞成，主要是因为不喜欢《长恨歌》的长篇铺叙。譬如说，杜甫写杨贵妃受宠，一句"昭阳殿里第一人"就可以了，写杨贵妃之死，也就一句"血污游魂归不得"。但在白居易笔下，铺展开来，不断渲染，反复唱叹。写贵妃受宠，从"汉皇重色思倾国"写到"尽日君王看不足"，洋洋洒洒三十二句，比《哀江头》全诗还要长出许多。写贵妃之死，从"九重城阙烟尘生"写到"回看血泪相和流"，篇幅等于半首《哀江头》。如果只以繁简而论，自然会偏爱《哀江头》。但白居易之所以成为诗坛大家，恰在于艺术上追求通俗浅显。中国的诗歌发展到盛唐而达到顶峰，后人难以为继，于是另辟蹊径，力图突破。白居易选准了通俗浅显之路，把诗歌从神圣的艺术殿堂引入民间，因此他的诗才会在社会各阶层广为流传，出现了"童子解吟长恨曲，胡儿能唱琵琶篇"的诗坛盛况。

乱世团聚

——

○

相对如梦寐

　　至德二载（757 年）是安史之乱爆发后的第三个年头。四月的一天，杜甫从西城金光门逃出长安，投奔朝廷所在地凤翔（在今陕西宝鸡）。唐肃宗已在两个月前从宁武移驾凤翔，唐军正集结重兵，准备收复两京。凤翔距离长安只有三百来里地，唐军与叛军对峙的前线就在两地之间。杜甫从长安投奔凤翔，翻山越岭绕着走，也还是危险重重。在《喜达行在所三首》中，杜甫自述了逃离长安、投奔凤翔的经历。第一首说：

　　　　西忆岐阳信，无人遂却回。

　　　　眼穿当落日，心死着寒灰。

雾树行相引，连山望忽开。

所亲惊老瘦，辛苦贼中来。

　　前四句大意是，我盼望凤翔那边有人传点消息，但没有等到有人来就决意逃奔。望眼欲穿，迎着落日一路向西，绝望袭来，顿觉心若死灰。"雾树"两句很传神，不是亲身经历，很难写出来。诗人翻山而行，早晨山间多雾，雾中之树迷蒙依稀，一棵棵渐次隐现，好像要引导着他继续前行。走着走着，大雾散去，连绵的山岭忽然呈现在眼底。"所亲"两句亦悲亦喜，亦庄亦谐，说自己初到凤翔时，亲友们惊讶我这又老又瘦之人，居然能够辛辛苦苦从贼营中逃了出来。

　　死里逃生，事后才越想越可怕，只觉得能活下来就很侥幸。诗人在第二首诗中说："生还今日事，间道暂时人。"意思是能活着回来是今天才敢想的事，当时在小路上逃窜，只是一个暂时苟活、命悬一线的人。诗人又在第三首诗中说："死去凭谁报，归来始自怜。"意思是当时死在逃窜的路上，抛尸荒野，也不会有人报信。现在回来了，想起一路逃窜，才开始怜惜自己了。这些感受，同样是没有出生入死的亲身经历，就很难诉诸笔端。

　　既然投奔凤翔是如此危险，为什么杜甫逃离长安后，没有北上鄜州，与妻小团聚？北上鄜州也有危险，但总比往西投奔凤翔安全得多。况且，他困陷长安半年，对妻子儿女是那样思念，那样担忧。前边我们欣赏了他的《月夜》和《春望》，对此当能体会。然而，他还是选择了往西投奔凤翔。半年前，他把家人安顿在鄜州，要去投奔朝廷所在地宁武，结果被叛军俘虏，押到长安。现在朝廷的所在地是凤翔，他逃出长安后，就不顾一切地投奔凤翔。他是坚定的儒者，也是典型的仁人志士。"致君尧舜上，再使风俗淳。""许身一何愚，窃比稷与契。""穷年忧黎元，叹息肠内热。"在杜甫那里，不只是说说而已的理想和信念，也是他一生的执着与付出。范仲淹说"先天下之忧而忧"，陆游说"位卑未敢忘国忧"，与杜甫的这种精神都是相通的。

杜甫到了凤翔，谒见天子，被任命为左拾遗。当年李白接到唐玄宗的诏书，大喜过望，赋诗说："游说万乘苦不早，着鞭跨马涉远道。""仰天大笑出门去，我辈岂是蓬蒿人！"杜甫见到唐肃宗，说自己"麻鞋见天子，衣袖露两肘。朝廷愍生还，亲故伤老丑"。脚穿着麻鞋去拜见天子，破旧的衣袖露出两肘。朝廷怜悯我还能生还，亲朋故旧感伤我又老又丑。李白的彼一时，与杜甫的此一时，虽然只相距十五年，但从大时代和个人心境都很不一样了。另一方面，从这些诗句也可以看出李、杜有多么不一样。一个是少有的狂傲自信，一个是少有的实话实说。

"麻鞋见天子"这几句出自杜甫的《述怀》诗。"述怀"的意思是陈述心情，这首诗写的是思念家人之情。刚才说了，杜甫逃离长安后，在与家人相聚还是投奔朝廷之间，他选择了后者。国难当头，先赴国忧，但在这战乱年代，又怎能不对妻小牵肠挂肚？诗中还说"自寄一封书，今已十月后。反畏消息来，寸心亦何有"。大意是说，自从寄出一封书信后，至今十个月过去毫无音讯。反倒害怕消息传来，心里总纠结着这事别无所想。几个月前，诗人说"家书抵万金"，现在却说"反畏消息来"，看起来很矛盾，其实都是真实心情，传神笔墨。

左拾遗是从八品上的小官，职责却很神圣。拾遗的原意是捡起别人遗漏的东西，做皇帝旁边的拾遗，就是要发现皇帝的失误，并向皇帝劝谏。杜甫刚做左拾遗，就碰上了房琯的事。房琯就是前边说过的那位指挥陈陶斜之战，结果几乎导致全军覆没的宰相。他喜欢听门客董庭兰弹琴，这董庭兰就仗着他的权势收受贿赂。朝中有人借此谗毁他，又有御史弹劾，唐肃宗把他贬为太子少师。杜甫与房琯是旧识，敬重他的才学和为人，认为房琯罪不至此，上书为他喊冤。唐肃宗一怒，下三司向杜甫问罪。幸亏接替房琯之位的新任宰相是张镐，经他营救，杜甫才得以免罪。但从此之后，唐肃宗疏远了杜甫。

杜甫担忧妻小，归心似箭，却不便请假回家："柴门虽得去，未忍即开口。"现在唐肃宗疏远了他，他也就离开凤翔，在这一年的闰八月匆匆赶回七百里以外的羌村家中。幸运的是家人都还活着，等到了团聚的一天。我们来看《羌村三首》第一首：

峥嵘赤云西，日脚下平地。

柴门鸟雀噪，归客千里至。

妻孥怪我在，惊定还拭泪。

世乱遭飘荡，生还偶然遂！

邻人满墙头，感叹亦歔欷。

夜阑更秉烛，相对如梦寐。

诗的前四句写黄昏时分终于回到羌村家中的情形。西边天际，夕阳把峥嵘如山的云层照得通红，穿过云层的光线射在地面上。太阳要落下去了，诗人也赶在天黑之前回家了。柴门前的鸟雀叽叽喳喳鸣叫着，就要归巢了，诗人千里奔波，也终于回到自己的家中。四句之中，前三句都是日常生活中常见景象，末一句"归客千里至"，就为前三句赋予了强烈的感情色彩和喜悦气氛。

中间四句写久别重逢一刹那间的场面和感叹。"妻孥"指妻子和儿女。"惊定"是惊而后定，受惊后情绪安定下来。诗人先以妻子儿女的表情动作写见面场景，她们想不到他还能生还，惊魂甫定才确定不是梦，喜极而泣。"怪我在""惊定""拭泪"，这是一连三个表情动作的传神描写。然后，诗人喟叹说："世乱遭飘荡，生还偶然遂！"在这兵荒马乱的年月遭受漂泊之苦，能够活着回来，就是一种很偶然的幸运。妻子儿女想不到他能生还，他也为自己能够九死一生、活着回来感到庆幸。

后四句以两个真实自然又很戏剧化的画面，接着写回家后的惊喜交集。一个画面是"邻人满墙头，感叹亦歔欷"。邻居们来了，爬满了墙头，他们也为诗人能够活着回来，感叹唏嘘。在这战火不断的岁月，饿死的、冻毙的、阵亡的、病殁的，各种不幸时有发生。诗人一去就是一年有余，没了音讯，生死未卜，只怕邻居们原也以为他凶多吉少。另一个画面是"夜阑更秉烛，相对如梦寐"。"夜阑"是说夜深，"更秉烛"是说更要点燃蜡烛了。深夜本该入睡，但夫妻俩有多少话要说啊！邻居们散去了，孩子们入睡了，这久别后的夫妻秉烛相对，仍然不敢相信这巨大的幸福是真实的，恍如梦寐。诗人写邻居，是一片唏嘘声，写他们夫妻，却是相对无言，无言更胜千言万语。

欣赏这首诗的时候，也许你会想起不久前我们刚刚欣赏过的《月夜》诗。

今夜鄜州月，闺中只独看。

遥怜小儿女，未解忆长安。

香雾云鬟湿，清辉玉臂寒。

何时倚虚幌，双照泪痕干。

《月夜》写在去年八月，《羌村三首》写在今年八月。这不是崔护《题都城南庄》一诗的那种去年此时的艳遇，今年此时的惆怅，这是杜甫去年此时对老妻铭心刻骨的思念，今年此时与老妻久别重聚的深情。去年八月他在近乎绝望的痛苦中，期盼着"何时倚虚幌，双照泪痕干"。今年八月终于如愿，苦尽甘来，"夜阑更秉烛，相对如梦寐"。

也是在羌村，杜甫还创作了长篇叙事诗《北征》。与《羌村三首》相比，诗中对妻子儿女的描述更细节化。面对全家人的极度贫困，作为一家之主的诗人，心酸、疼惜、愧疚，各种复杂的心情纠结在一起。诗人先写他的妻子：

> 经年至茅屋，妻子衣百结。
> 恸哭松声回，悲泉共幽咽。

自己漂泊一年多才回到茅屋草舍中，妻子鹑衣百结，打满补丁。诗人痛心极了，跑到松林里放声大哭，哭声回响在林中，泉水也跟着呜咽。诗人对于妻子，是怎样的怜香惜玉啊，"香雾云鬟湿，清辉玉臂寒"。如今回到家中，却看着她破衣烂衫，形同乞丐，心里有多么难过！再看诗人笔下的爱子：

> 平生所娇儿，颜色白胜雪。
> 见耶背面啼，垢腻脚不袜。

"白胜雪"是因为营养不良，"背面啼"是因为孩子与父亲分别太久，变得陌生了。这平素娇养的宝贝儿子，脸色苍白，比雪都白。他看见父亲就转过身去，背对着父亲哭。在这寒冷的季节，他却没有袜子穿，露出一双脏兮兮的脚丫。再看诗人笔下的爱女：

床前两小女，补缀才过膝。

海图坼波涛，旧绣移曲折。

天吴及紫凤，颠倒在裋褐。

两个女儿到了爱美的年龄，可她们穿着一身破破烂烂、缝缝补补、奇奇怪怪的衣服。衣服应该下垂到地，可她们长高了，缝补的旧衣裳只能勉强遮到膝盖上。衣上的海涛图案已经裂开走形，原有的丝线变得七扭八歪。"天吴"和"紫凤"是神话传说中的水神和神鸟，原本作为花纹图案刺绣在官服上。诗人出生于世代为官之家，父辈大概还留下一些零零碎碎的丝织品。如今，绣有"天吴"和"紫凤"的旧官服变成了拼凑的布头，颠三倒四地缝补在两个小女的粗布短衣上。

写到这里，诗人直言袒露自己的难过与愧疚："老夫情怀恶，呕泄卧数日。那无囊中帛，救汝寒凛栗。"诗人说，我的心情恶劣极了，又吐又泻，卧床数日。奈何囊中没有钱财，无法把你们从凛冽寒冷中救出来。

然而，不管怎么说一家人总算团聚了，再凛冽寒冷的日子也能寻找温暖。这战乱中的贫寒之家，仍然有自己的温馨和快乐。

粉黛亦解包，衾裯稍罗列。

瘦妻面复光，痴女头自栉。

学母无不为，晓妆随手抹。

移时施朱铅，狼藉画眉阔。

生还对童稚，似欲忘饥渴。

问事竞挽须，谁能即嗔喝？

诗人打开带回来的包裹，拿出化妆用的粉黛，妻子再把被褥、床帐罗列整理，生活好像就有了色彩，往昔的欢乐气氛又回来了。瘦弱的妻子脸上重现光泽，娇痴的女儿要自己梳头打扮。她们做什么都学母亲的样子，一早起来就化妆，往脸上随手乱抹。她们花了很长时间涂脂抹粉，眉毛越描越粗。看着孩子们天真烂漫的样子，诗人几乎忘记了饥渴。他们缠着他问这问那，抢着去抓他的胡须，他又怎能忍心呵斥阻止？

诗人的描述很细腻，很动情，无限的怜惜疼爱浸透在笔端。他本来就是一个慈爱的父亲，况且这是在久别之后，又是在战乱年代，更有一种愧为人父的内疚。从此以后，杜甫跟妻子儿女很少有长时间分离，一家人在动荡不安的岁月患难与共，相濡以沫。他们一起从羌村回到唐军收复后的长安，一起翻过陇山流落到秦州，一起越过陇蜀山水来到成都。在成都过了几年安定的日子后，一起乘船东下，移居夔州，其后又乘船东下，漂泊在楚地。直到杜甫生命的最后一段日子，全家人都厮守在同一条船上。

　　《北征》诗长达一百四十句，以上所说这些描述妻子儿女的诗句，仅占全诗五分之一的篇幅。杜诗中有两首著名的鸿篇巨制，一首是我们在前边品读过的《自京赴奉先县咏怀五百字》，另一首就是这首七百字的《北征》了。都说杜甫的诗歌是诗史，这两首诗就是其中两首代表作。前者写于安史之乱爆发前夕，是诗人从长安城到奉先县探望妻儿时所作，偏重于"咏怀"，后者作于安史之乱爆发的第二年，是诗人从凤翔到鄜州羌村探望妻儿时所作，偏重于叙事。鄜州在凤翔东北，"北征"就是北行的意思。诗人以回家途中和回家之后的所见所闻作叙事素材，叙写了民不聊生、满目疮痍的苦难现实，表达了自己对时局的忧虑和见解。同《自京赴奉先县咏怀五百字》一样，《北征》诗也是整体来看波澜起伏，大气磅礴，局部细看，沉郁顿挫，一唱三叹。

战后相逢

一〇 今夕复何夕

至德二载（757 年）九月，唐军从叛军手中收复了京城长安。十月，唐军乘胜进击，收复洛阳。十一月，杜甫携家返回长安。比起鄜州羌村，长安的物价自然是高多了，杜甫官小，俸禄低微，一家人的日子很窘迫。但相比于前一两年的战乱流离和担惊受怕，他返回长安的日子已经算是很平静很舒适了。

曲江池又可以自由自在地游赏了，"少陵野老吞声哭，春日潜行曲江曲"的噩梦终于过去了。他得空就去那里跟朋友饮酒，与王维、岑参、贾至等人多有唱和。更让他兴奋的是前方捷报频传，时局明显好转，唐王朝似乎有了中兴的希望。作于至德三载（758 年）春天的七言古诗《洗兵马》，跟他此前几年的沉郁苍凉很不一样，洋溢着高昂奔放的基调。全诗以"中兴诸将收山东，捷书夜报清昼同。河广传闻一苇过，胡危命在破竹中"的胜利喜悦开头，以"安得壮士挽天河，净洗甲兵长不用"的强烈期望结尾。开头是说，中兴的将领们收复了山东，飞向朝廷的捷报昼夜频传。黄河虽然广阔，一苇可航，官军说过就过，叛军的灭亡就像在破竹之中。结尾是说，怎么才能求得壮士引来天上的银河水，把人间的甲兵冲洗干净，永远不再发生战争。

同年夏天，房琯被贬邠州（在今陕西咸阳北部）刺史，跟房琯关系密切的官员相继受到牵连，杜甫也被贬到华州（在今陕西华县）做司功参军。从官位品阶来说，杜甫最多被贬了两级，反正遭贬前后都是小官，看似没多大区别。但左拾遗是皇帝近臣，常在皇帝左右，可以参与机密事务，华州司功参军不过是负责华州当地的杂务，诸如祭祀、礼乐、学校、选举、医筮、考课等事。当杜甫从金光门走出长安的时候，想起去年四月正是经由此门逃往凤翔，心里十分感伤。"无才日衰老，驻马望千门。"这很可能是他最后一眼回望长安，他在金光门外驻马回首，久久凝望京城千门万户。

华州在华山脚下，距离长安不远。杜甫七月到任，正碰上炎热酷暑，入秋后又饱受蚊蝇之苦。尽管文书堆案，公事繁杂，他总是不忘国家大事，以诗文献计献策。当时战局在不断好转，史思明已表示归顺唐廷，安庆绪率残部退守在邺城，被郭子仪、李光弼等九节度使的数十万大军重重围困。十月，唐军与叛军在卫州（在今河南北部）再次激战，击溃了安庆绪的主要军事力量，唐军平定战乱指日可待。想必是觉得时局已稳，思乡情切的杜甫在冬末的时候踏上回乡之路。

杜甫生于巩县瑶湾村，青少年时代主要生活的地方是在洛阳和偃师，三者之间的距离都不远。安史之乱爆发于今河北一带，主要战场在今河南一带，洛阳及洛阳附近遭受的战乱尤为惨烈。杜甫的不少亲友都失去了消息，生死未卜。有位从弟已死去三年，杜甫回乡，才得知他的噩耗。在《不归》一诗中，杜甫怀想他童年时的聪明可爱，哀叹他最后死于战乱，骸骨无人收葬。"面上三年土，春风草又生。"诗人以悲怆的笔墨想象说，从弟的脸上已覆盖了三年的黄土，如今又到了春天，野草生长于其上。这样的文字，多少有些魔幻写实的味道。

陆浑庄大约是祖辈留下的房产，坐落在偃师县西北的首阳山下，杜甫曾在这里生活多年。他寓居长安后，四个弟弟和一个妹妹仍在这里居住。然而这次回乡，竟一个都没能见到。《忆弟二首》就写于这次回陆浑庄之时，从第一首头两句"丧乱闻吾弟，饥寒傍济州"来看，诗中所思念的弟弟是漂泊在齐鲁一带的大弟杜颖。在第二首诗中，杜甫说："百战今谁在，三年望汝归。故园花自发，春日鸟还飞。"大意是战争持续不断，三年都过去了，总在盼望着你回到故园。春天来了，照旧是野花自开，小鸟翻飞。这些诗句，深深流露出回到家乡却找不到亲人的哀伤和惆怅。好在没过多久，杜甫终于收到一封弟弟的来信，或许来信者就是杜颖。杜甫又写下《得舍弟消息》一诗，开首两句是"乱后谁归得，他乡胜故乡"。意思是说，战乱之后，谁能回到故园就很幸运了，可是回来后反觉得不如人在他乡。因为乱后回乡，不得不面对残酷现实——故园残破，物是人非，亲友四散飘零，生死不知。诗中还说："汝书犹在壁，汝妾已辞房。旧犬知愁恨，垂头傍我床。"杜甫以当面说话的口气对远方的弟弟说，你写的字还挂在墙上，你的小妾却已经走了。只有咱家的老狗最知道我心里的愁怨，耷拉着头依偎在我的床头。

这种战乱后回乡的诗句，读起来令人鼻酸。杜甫记忆中的故乡是跟青少年时代、开元盛世、东都繁华，以及他引为自豪的诗书之家连在一起的，可现在呢，不只是岁月无情，兵火丧乱更摧毁了一切，战争的创伤无所不在。杜甫的回乡之行是沉重的、压抑的、悲凉的，唯独《赠卫八处士》一诗，让我们看到了温暖的一盏烛光，喜悦的一夕重逢。不过，在温暖和喜悦之中，却隐约透着乱离时代的悲凉。就像诗中那盏烛光，虽然跳着欢乐的光焰，背景却是苍茫与昏暗。

卫八处士是杜甫少年时代的好友。仅可从诗题得知，他在叔伯兄弟间排行第八，是隐居不仕的人。也许他居住在洛阳或偃师附近的乡间，也许他生活在从洛阳到华州途中的某个村庄。兵火战乱使杜甫与卫八的相聚越发难得，也使他们的别离更加感伤。

> 人生不相见，动如参与商。
>
> 今夕复何夕，共此灯烛光。
>
> 少壮能几时，鬓发各已苍。
>
> 访旧半为鬼，惊呼热中肠。
>
> 焉知二十载，重上君子堂。
>
> 昔别君未婚，儿女忽成行。
>
> 怡然敬父执，问我来何方。
>
> 问答乃未已，驱儿罗酒浆。
>
> 夜雨剪春韭，新炊间黄粱。
>
> 主称会面难，一举累十觞。
>
> 十觞亦不醉，感子故意长。
>
> 明日隔山岳，世事两茫茫。

读这首诗，很容易产生共鸣。话语浅白，娓娓道来，如说家常，况且人到中年之后，都有过与老朋友久别重逢的体验。诗的结构也很简单，顺着见面、相聚和分手这样一个过程来叙写。

然而，就在这一望而知的简单和朴素中，有一种让人回味不已的深沉和苍凉。头四句就很大气，一放一收，收放自如。"人生"两句放开去，放到广阔的时空。"参与商"指参星和商星，两者一出一没，永不相见。人生一分手难以相见，就像参商二星。"今夕"两句收回来，收到眼前相聚。今晚又是多么难得的一个晚上啊，你我共享同一盏蜡烛之光。真是诗圣手笔，一放就放到天下的人生，天上的星宿，一收就收到今夜，收到一盏蜡烛。不但收放自如，前两句还构成后两句的背景和反衬。诗人把一盏灯火放在茫茫时空的大背景上，把重逢的场面放在温馨的灯火中，无法言传的喜悦与感叹就寄寓其中了。

多年不见，此时灯下相对，先注意到对方容颜的变化。"少壮能几时？鬓发各已苍！"青春岁月怎么那样短暂啊，没想到你我的鬓发都已然斑白！老友重逢，不免要叙旧，相互问及当年与他们都很熟识的朋友。"访旧半为鬼，惊呼热中肠。"彼此打听昔年旧识，竟有一半埋在黄土之下。失声惊呼，心里火辣辣地难受。此时诗人只有四十八岁，少时旧识却已半数不在了，这些死去的旧友中，显然有不少人是被战乱夺去了生命。

正因为经历了死里逃生，而今是劫后重逢，才让诗人把这场时隔二十多年的相聚看得更加珍贵。如果说把酒畅谈才是故旧相聚的高潮，那么，诗人和卫八在把酒畅谈之前，已经因为相聚的难得和喜悦而高潮迭起了。从"人生不相见"到"共此灯烛光"，是高潮突起。从"少壮能几时"到"重上君子堂"，是高潮再起。岁月本已无情，不幸又碰上了山河破碎、兵火频仍的年代，活着成了侥幸。在这种情形下少时旧友还能相聚，真是太不容易了。"焉知二十载，重上君子堂。"哪里想到阔别二十年，还能再次走进你的家门！

"昔别"以下四句，以轻松戏谑的笔调把卫八处士的儿女写入诗中。"昔别君未婚，儿女忽成行。怡然敬父执，问我来何方。"诗人正惊奇当年尚未结婚的卫八怎么就一转眼就儿女成行了，正想知道这些彬彬有礼的小大人什么时候来到世上，他们却反过来问诗人从哪里来的，似乎很惊奇隐居在乡下的父亲，怎么突然间就冒出来一个多年未见的挚友。四句诗中，有诗人自己的惊奇，也有卫八小儿女的惊奇，在喜悦的气氛中带着岁月流逝的叹息。

"问答"以下六句，写筵席欢聚。"问答乃未已，驱儿罗酒浆。"孩子们缠住诗人问这问那，主人却已经急不可待了，他吃喝孩子们赶快摆酒端菜。"夜雨剪春韭，新炊间黄粱。"菜非佳肴，是冒着夜雨剪下来的新鲜韭菜；饭非美食，是新煮的搀着黄米的二米饭。出现在诗人笔下，却是这样情意深长。主人是清贫隐士，又碰上缺粮乏食的战乱饥荒，"酒浆""春韭""新炊""黄粱"，就是他能够拼凑出来的丰盛宴席。饭菜摆上来了，他却好像忘记了饭菜，只是接连劝酒。"主称会面难，一举累十觞。"他感叹说见一面太不容易了，端起酒杯，一下子就要跟诗人连干十杯。

写到"一举累十觞"，再次把相聚推到高潮。从相聚本身来说，正是酒酣耳热之时，痛饮畅谈刚刚开始，但从写诗的角度来说，却是该说的都说了，要收尾了。诗人向来是惜字如金，这里也不啰唆，以两个"十觞"二字顶针续麻，首尾相连，马上回到自己对主人深情厚谊的感触，"十觞亦不醉，感子故意长。"然后，由此轻轻一转，提到明日之别，"明日隔山岳，世事两茫茫。"临末几句，跳跃很快，转得也快，却并不突兀。尤其是最后两句，低回婉转，余音绕梁，而且照应了开头两句"人生不相见，动如参与商"，使整首诗以苍凉开始，以苍凉结尾。这种大时空的苍凉，让在卫八处士家短暂的一夕之会，更显得不胜温馨。

这首诗边叙事，边感叹，叙事时有汉魏古诗的质朴和陶渊明的自然，感叹时依然是杜甫独有的沉郁苍凉。诗人把这两者结合得天衣无缝，恰到好处。譬如说，在"人生不相见，动如参与商"的感慨之后，巧妙一转就是"今夕复何夕，共此灯烛光"的今夜烛光，上一句是"少壮能几时"的唏嘘，下一句就是"鬓发各已苍"的面面相对，前两句是"十觞亦不醉，感子故意长"的醉意沉醉，后两句就是"明日隔山岳，世事两茫茫"的喟叹。

《赠卫八处士》作于乾元二年（759 年）春。同年春天，他还写下了更伟大的作品，就是后世简称的"三吏""三别"。下两篇，我们先说"三吏"，主要欣赏《石壕吏》，再说"三别"，主要欣赏《垂老别》。

　　要说诗圣的伟大和不朽，不能不说他的"三吏""三别"。"三吏"是《石壕吏》《新安吏》和《潼关吏》，"三别"是《新婚别》《无家别》和《垂老别》。这六首新题乐府诗都创作于乾元二年的春天，写的都是从洛阳返回华州途中的所见所闻。那么，究竟是什么样的沿途见闻，让杜甫欲罢不能，接连写下六首长诗呢？

　　这六首诗除了《潼关吏》，其余五首都与官府征兵有关。《石壕吏》中的差吏趁着夜里捉人抓丁，《新安吏》中的差吏到村子里点名征兵，《新婚别》的"别"是新婚夫妇的生离死别，《垂老别》的"别"是老夫老妻的死别生离，《无家别》的"别"

是没有家人可以告别的离乡之痛。而之所以发生这种种不幸的诀别，就是因为唐军九节度使的数十万大军兵败邺城，官府急于补充兵员，不顾一切地点名征兵，征不到就捉人抓丁。

前面不是说时局好转，唐朝中兴有望吗？不是说叛军主力已经被九节度使的数十万大军包围在邺城了吗？是的，本来唐军平定战乱已经很有希望了，安庆绪及其残余叛军被重重围困，赶来增援的唐军人数还在不断增加。可就在这关键时刻，唐肃宗举棋不定，疑神疑鬼。由于对九节度使心怀戒备，他不仅不设主帅，还削弱郭子仪兵权，仅以李光弼为天下兵马副元帅，以自己宠信的宦官鱼朝恩来监督九节度使军，结果造成三军既无主帅又有宦官指手画脚的混乱状态，邺城久攻不下，粮草不继。安庆绪在走投无路的情况下向史思明乞求援助，以皇位相许。本已投降唐廷的史思明举兵复叛，率军十三万南下救邺城。三月初六，双方在安阳河一带展开激战，号称六十万大军的九节度使之师竟被彻底击溃。唐军由胜转败，叛军卷土重来，郭子仪退守洛阳，洛阳民众仍在惊恐之下四散逃奔。

今天已无法知道邺城之战究竟造成多少人的死亡，只能说死亡的规模一定相当可怕。杜佑在801年编成《通典》，据他的记载，755年唐王朝总人口接近六千万，五年之后的760年，总人口锐减到不足一千七百万人。也就是说，安史之乱爆发后的短短几年间，唐王朝有三分之二的人口消失不见了。邺城之战发生在759年的春天，杜甫的"三吏""三别"，以及《赠卫八处士》都作于邺城之战后的同年春天。结合《通典》的记载，再想一想死亡规模惊人的邺城之战，就知道杜甫诗中所说的死亡，并不是为了催人泪下才来夸张的。《石壕吏》中说"三男邺城戍。一男附书至，二男新战死"，《垂老别》中说"子孙阵亡尽，焉用身独完"，《新婚别》中说"君今往死地，沉痛迫中肠"，《无家别》中说"寂寞天宝后，园庐但蒿藜。我里百余家，世乱各东西。存者无消息，死者为尘泥"，所有这些诗句，都是以诗中主人公的口吻来诉说的，都是干戈乱离年代的流血和呻吟。由此再来看《赠卫八处士》中"访旧半为鬼，惊呼热中肠"的喟叹，诗人有多么沉痛！

邺城之战后，唐军由进攻转入防御，却不得不迅速扩充兵力。情势危急，外地征兵的话远水不解近渴，官府不顾一切手段在洛阳至潼关一带到处征兵。这一带原本就频遭战火，生灵涂炭，官府找不到适合当兵的青壮年，因此连老人也不放过。诗人所写的石壕村、新安县、潼关就在洛阳至潼关一带，出现在他笔下的人物老妇、老翁、"中男"、新娘、征夫等，都是这场悲剧中的人物。大约就在洛阳人四散逃奔时，诗人从洛阳出发，经潼关返回华州。途中他目睹了种种惨象，不吐不快，接连写下"三吏""三别"。

先看《石壕吏》，这也是许多朋友都很熟悉的一首诗。

暮投石壕村，有吏夜捉人。

老翁逾墙走，老妇出门看。

吏呼一何怒！妇啼一何苦！

听妇前致词，三男邺城戍。

一男附书至，二男新战死。

存者且偷生，死者长已矣！

室中更无人，惟有乳下孙。

有孙母未去，出入无完裙。

老妪力虽衰，请从吏夜归。

急应河阳役，犹得备晨炊。

夜久语声绝，如闻泣幽咽。

天明登前途，独与老翁别。

老杜的笔力真是惊人，惊人的简洁，惊人的含蓄。这是一首叙事诗，且不说故事的复杂程度，从时间上说，从黄昏写到深夜，再写到次日早晨，从人物而言，诗中出场的加上老妇口中提及的，多达九位，但诗人以简短的篇幅就清晰明白地叙述出来了。一句议论也没有，却让人扼腕叹息，唏嘘不已。

开头四句，一句一个人物登场，诗人黄昏投宿，差吏夜里捉人，老翁逾墙逃走，老妇出门应对。诗人在兵荒马乱的岁月赶路，趁着天色未黑，匆匆投宿在石壕村。他为自己今夜寻找了一个还算安全的栖身之地，却没料到这户人家就在此夜横遭不幸。官府的差吏来捉人了！为什么要"捉人"？因为官府要征兵，征不到兵，就强行捉人。为什么要"夜捉人"？因为白天捉不到人了，老百姓都躲藏起来了。差吏趁夜捉人，老翁翻墙就跑，又是为什么？因为年轻的壮丁已经捉不到了，老翁也是被捉的对象。又因为"夜捉人"不止一次两次，老翁已是惊弓之鸟，一听外边响动，翻墙就跑。老翁跑了，老妇出来应对，这可怜的农家是否能侥幸躲过今夜之劫，希望都在她身上了。

"吏呼一何怒！妇啼一何苦！"在老妇面前，这官府遣来的差吏简直是强硬极了，蛮横极了，他想怎么吼叫就怎么吼叫，怒不可遏，而老妇在他吼叫的时候，哪里有对抗的可能，只能痛哭落泪，痛苦万分。一"呼"一"啼"，一"怒"一"苦"，又有两个"一何"加重语气，在鲜明的对比中凸显了差吏和老妇的形象。

紧承上句"妇啼一何苦"，以一句"听妇前致词"，诗人把叙述者转给了老妇。面对着凶神恶煞一般只想着捉人交差的差吏，老妇要怎样说怎样做才能保护自己的家人呢？咆哮如雷的差吏不会静听老妇一一分说，老妇也只能趁着差吏咆哮的间隙哭诉恳求，"吏呼一何怒！妇啼一何苦！"是从头到尾的。如果写一段"吏呼"，再写一段"妇啼"，如此反复再三，故事就冗长了。诗人精心剪裁，只写老妇哭诉，并将老妇所言概括起来，这样一来就高度凝练，给读者留下了丰富的想象空间。

老妇的哭诉，可以分作三层。她先说最惨痛的事情，希望能打动差吏的一念之慈。她说："我的三个儿子都去邺城打仗了。一个儿子捎信回来，说另外两个儿子刚刚战死。活着的人就只能苟且偷生了，死去的人是永远不会复生了！"作为一个农家，三个儿子都上了战场，这还不够理由吗？作为一个母亲，不得不面对两个儿子刚刚战死的惨痛，这还不足以让人心生怜悯吗？然而，差吏不为所动。老妇又说："我家再也没有能上战场的人了，只有个还在吃奶的孙子。就因为有这个小孙子，他母亲还没有离去，可是进进出出时，她连一件完好的衣裳都没有啊！"按理说，这一番话足以打动稍有良知的人。无论替老妇想，还是替老妇的儿媳和孙子想，都实在是太可怜了。但差吏仍然不为所动，他为了捉人充数，照旧不放过这可怜的一家。最后，在差吏的威迫下，这个已经为国家献出三个儿子的老妇人，此时为了把老翁留下来养家，把儿媳留下来养孙子，不得不把自己送上前线。她对差吏说："我虽然年老体衰了，请让我跟从你连夜回到营地。赶快到河阳去服役，还能够为官军准备早饭。"直到老妇说到这里，提出以自己年迈体衰之身来服役，差吏才算罢休。

诗读至此，令人鼻酸，也令人愤怒，但诗人仍然不动声色，冷静叙述。"夜久语声绝"是说夜深了，说话声渐渐消失了。差吏的咆哮声，老妇的哭诉声，都随着老妇被抓走慢慢消失了。"如闻泣幽咽"是说好像听到微弱的哭泣声。哭泣的是谁？是老妇还是老妇的儿媳？如果是老妇，那就是诗人好像听到她在被抓走的路上呜咽啼哭；如果是儿媳，那就是诗人隐约听到老妇的儿媳在深夜含泪饮泣。其实是谁并不重要，诗人也无意于明说。一家人连遭不幸，以致于斯，不管是被抓走的老妇，还是留在家里的儿媳，谁能不痛彻心扉？最末两句"天明登前途，独与老翁别"，语气尤其冷静。时间上，已从昨日黄昏到今天早晨。昨日黄昏，诗人投宿到这户农家，老妇还在。今天早晨，老妇已被抓走，"出入无完裙"的儿媳不便出门送客，只有昨夜跳墙逃走的老翁又已悄然回家，此时与诗人告别。

杜甫是至情至性的人，当此之际，他有多少话要说啊！杜甫又是善于抒写感慨、发表议论的诗人，像他的《自京赴奉先县咏怀五百字》《北征》等诗，都是把议论和叙事熔为一炉。但《石壕吏》这首诗，尽管诗人自己就在故事中，却没有一句感慨和议论。他的笔墨越冷静，越是藏着许多话，他就是想让读者自己读出来。清初著名学者仇兆鳌在《杜诗详注》中说："古者有兄弟，始遣一人从军。今驱尽壮丁，及于老弱。诗云：三男戍，二男死，孙方乳，媳无裙，翁逾墙，妇夜往。一家之中，父子、兄弟、祖孙、姑媳，惨酷至此，民不聊生极矣！当时唐祚，亦岌岌乎危哉！"仇兆鳌说得好，说出了许多读者的同感，这应该也是杜甫所希望的吧！

《石壕吏》又以简洁凝练著称，明代文人陆时雍评价说："其事何长，其言何简。"就以诗中人物来说，诗人写自己，只有第一句"暮投石壕村"，最末两句"天明登前途，独与老翁别"，此外还有诗中一句"如闻泣幽咽"，但从头到尾都能感觉到诗人用耳在听。写差吏，只有"有吏夜捉人""吏呼一何怒"两句，但从老妇的哭诉中随时都能感觉到差吏的蛮横凶暴。写老妇的哭诉，把许多话概括为十三句，一句不可省。越是简洁凝练，给读者留下的想象空间越大，越是含蓄蕴藉。

《新安吏》也是写官府征兵的事，但写法上跟《石壕吏》有很大不同。诗人说，我经过新安县一带，听到一阵喧闹声，原来是差吏在村子里点名征兵。我向差吏打问，像新安这样的小县，还能征到兵吗？差吏回答说，兵府文书已在昨夜下达了，现在轮到十八岁的中男入伍了。我说这样的年纪个头还很矮小，怎么能让他们去守洛阳啊？接着，诗中叙述："肥男有母送，瘦男独伶俜。白水暮东流，青山犹哭声。""肥男"是指胖点儿的青年，他们的家境比较好，母亲还在，有母亲相送。"瘦男"是指瘦弱的青年，他们的家中或者无人，或者只剩下老弱病残，在这生离死别的时刻无人相送，孤零零的。此时正是黄昏，河水无语东流，只听见青山下一片哭声。

杜甫是何等笔力，再往下放开来写，或许就是另一首《兵车行》了。但他突然煞住笔不再叙述，其后更多篇幅都是对百姓的宽慰和鼓励。忧国忧民的杜甫，一方面为黎民黔首遭受的深重苦难抒写悲愤，另一方面深知国家正处于危急存亡的关头，惨败后的唐军急需扩充兵力。跟《兵车行》相比，《兵车行》的背景是唐玄宗穷兵黩武，杨国忠对南诏发动不义战争，《新安吏》的背景是唐军平定叛乱失利，朝廷不得不紧急征兵。跟

《石壕吏》相比，《石壕吏》写的是差吏趁夜捉人，迫使一个已经献出三个儿子的老妇也不得不服役充军，所以杜甫要把差吏的穷凶极恶和百姓的痛苦绝望写出来。《新安吏》写的是差吏点名征兵，虽然这些被点名的新兵太年轻了，送别的场面又很悲惨，但杜甫在悲伤无奈之下，只能安慰他们，鼓励他们。

《潼关吏》又是一种写法。诗人到了潼关，看到士卒正在辛苦筑城，城池修得高大坚固。他问潼关吏修筑潼关是不是为了防御叛军，潼关吏很骄傲，极力夸耀潼关的牢不可破。诗人却提醒他："哀哉桃林战，百万化为鱼。请嘱防关将，慎勿学哥舒！"令人悲伤啊，桃林塞那一仗，唐军百万雄师化为黄河之鱼。请嘱咐守关的将领们，千万不要重蹈哥舒翰仓促出战的覆辙。"桃林"指桃林塞，在今河南灵宝市以西至潼关一带。"哥舒"指唐朝名将哥舒翰。三年前，安禄山在洛阳称帝，派兵攻打潼关。潼关是通向长安的大门，南临黄河，北靠山腰。哥舒翰统帅二十万唐军据险死守，但唐玄宗和杨国忠逼他出战，结果潼关失守，唐军覆没，不久长安也沦陷了。

诗人写《潼关吏》，提醒的不只是潼关吏，也不只是守关的将领们，他是满怀焦虑地提醒唐朝的统治者们。时当唐军又一次惨败之后，数十万大军被叛军击溃，其惨烈程度不亚于三年前的潼关之战。如果洛阳再次沦陷，潼关必有另一场大规模鏖战。如果潼关再次被攻破，长安又将是岌岌可危。诗人还是在为国家的生死存亡苦苦担忧着。

　　从《石壕吏》到《新安吏》，再到《潼关吏》，不难看出诗人当时矛盾复杂、痛苦焦虑的心情。写于同一背景下，创作时间也大致相同的《新婚别》《无家别》和《垂老别》同样如此。下一篇再来说说"三别"，我们主要欣赏《垂老别》。

生
死
永
别

○

投
杖
出
门
去

前面我们说到杜甫的"三吏",主要欣赏了《石壕吏》。本节我们主要说说"三别",主要欣赏《垂老别》。

"三吏"和"三别"本来就是一组诗,只是因为诗题的原因,后人概括为"三吏"和"三别"。如果要说"三别"与"三吏"相比有何不同,我想主要有两点:第一,内容的侧重点不同。《石壕吏》和《新安吏》虽然也写到生离死别,但重点是写官府征兵。"三别"的侧重点很明显,都是写生离死别。离别送别,向来是中国古诗中常见的内容,写在杜甫笔下,尤其令人震撼,让人感动。不只是因为他具有非凡的才情和笔力,还因为他像一个黎民百姓一样,经历了兵火战乱、颠沛流离、饥寒交迫,由此也让他对老百姓的生离死别感同身受。第二，叙述手法不同。"三吏"虽然也有对话，但偏于作者叙述。"三别"就完全是交由诗中的人物来说话了，是诗中人物的诉说和独白。

《新婚别》写的是新婚夫妻间的生离死别。诗人以新婚少妇的口吻诉说别离之际的所思所想，写出了她锥心刺骨的悲痛，也写出了她强忍悲痛支持丈夫从军平叛的凛然大义。"嫁女与征夫，不如弃路旁。结发为君妻，席不暖君床。暮婚晨告别，无乃太匆忙。"这不是太悲哀了吗？但这新婚少妇告诉丈夫："勿为新婚念，努力事戎行。"为了表白忠贞不渝，以示永不相忘，她脱下那身穷人家女儿期盼多年才终于穿上的丝绸嫁衣，洗掉刚刚才为丈夫化妆的脂粉。

相比于《新婚别》，《无家别》中的主人公更是悲惨。他根本没有可以告别的亲人，无家可以作别，整首诗就是他一个人的独白与倾诉。邺城战败后，他回到家乡，才知道"我里百余家，世乱各东西。存者无消息，死者为尘泥"。村子早已荒芜，只见野兽出没，四邻五舍只剩一两个老寡妇。他刚刚安下心来种地，县吏又找上门来征兵。家乡已没有亲人可以告别，母亲已死在山沟里有五年之久。诗的最后，发出愤怒责问："人生无家别，何以为蒸黎。"人活在世上却无家可别，这黎民百姓可该怎么当？

"致君尧舜上，再使风俗淳。"杜甫的政治理想是辅助皇帝成为尧舜那样的贤明君主，使天下太平，民风淳厚。儒家把尧舜作为施行仁政的典范，仁政的基本点是以民为本。唐太宗说"国以民为本，民以衣食为本"，常常用《荀子·王制》的两句话告诫朝臣，这就是"水可载舟，亦可覆舟"。《无家别》以"人生无家别，何以为蒸黎？"两句结尾，锋芒是很犀利的，直接对准唐王朝统治者。朝廷如果能够以民为本，施行仁政，会形成今天动荡不安的局面吗？安史之乱的浩劫使老百姓陷于水深火热之中，究竟是谁宠信安禄山致使养虎为患，导致叛乱的发生？邺城之战后固然是需要扩充兵力，然而是谁造成战略决策的一再失误，使一场原本胜利在望的战争以惨败告终？

《垂老别》写的是垂老之人与老妻的别离。诗中的老翁，与《石壕吏》中的老妇一样，堪称文学史上的不朽形象。诗一开头，以老人自己的独白写从军出征，很悲哀，也很悲壮。

> 四郊未宁静，垂老不得安。
> 子孙阵亡尽，焉用身独完！
> 投杖出门去，同行为辛酸。
> 幸有牙齿存，所悲骨髓干。
> 男儿既介胄，长揖别上官。

头四句说，四野都是战火动荡，垂垂老矣却碰上这不得安生的时代，子孙们都死在战场上了，老命一条又何必苟活下去。

你看，这不是很悲哀吗？但老人又是很悲壮的。一句"投杖出门去"，刚烈决绝，悲歌慷慨。他扔掉拐杖，走出家门，准备拼死一战。紧接着又是一个起落，"同行为辛酸。幸有牙齿存，所悲骨髓干"。一同出征的人为我感到辛酸。我能庆幸自己的只有牙齿尚存，却毕竟是骨髓都干了，只剩下瘦骨嶙峋。老人一走进队伍，就敏感地发现自己是个被同情的老者，这不是也很悲哀吗？

但既然已经从军，为国参加平叛战争，不能总是自悲自怜吧！"男儿既介胄，长揖别上官。""介胄"在这里是披甲戴盔的意思。再老我也是一个男子汉，既然已经披甲戴盔了，那就向长官长揖一下，动身出发吧！老人再一次为自己鼓足勇气，再一次悲壮起来。就在这时候，他看见了自己的妻子。这也是《垂老别》中最催人泪下的一幕：

> 老妻卧路啼，岁暮衣裳单。
>
> 孰知是死别？且复伤其寒。
>
> 此去必不归，还闻劝加餐。

"卧路啼"是哭倒在地，趴在地上痛哭。"岁暮"是年底的意思，而"三吏""三别"这组诗当作于三月邺城之战后，《无家别》中更有一句"方春独荷锄"，说明是在春天。依照杜甫的严谨，特别是"三吏""三别"所叙之事都有邺城之战后这一特定的时间背景，他没必要偏在这里把时间放到"岁暮"。所以我们以为，很有可能是在版本流传过程中，"岁暮"取代了"日暮"。"老妻"两句紧接在"男儿"两句之后，想想看，老人心里忽而悲哀，忽而悲壮，此时是男儿当自勉，毅然决然地披甲戴盔，走在队伍里，可就在这时，他看见了老伴趴在地上痛哭。日暮天寒，老伴却穿得那样单薄。

老夫老妻，本就是相濡以沫，况且是战乱年代的相依为命，更何况"子孙阵亡尽"，老妻就是老人唯一的亲人了。此时，一起生活多年的老夫老妻，到了生离死别的最后一刻，他们该有多少话要说啊？可是，又能说什么呢？"孰知"两句话里有话，很难直译。"孰知"是熟知、深知的意思，"且复"是且又，而且又的意思。老人说自己深深知道这是最后的死别，可是死别已经是没法改变的事实，他也做好了承受的准备。可是，面对着卧路啼哭、衣裳单薄的妻子，他又因为老妻的寒冷而倍感伤心和自责。"伤其寒"不只是为老妻的寒冷感到难过，也是为自己没让老妻过上温饱日子而感到内疚。

杜甫总是推己及人，从自己一家想到天下苍生。而且，他常常以自己一家的悲欢离合，来感受普通老百姓的悲欢离合。就说这种对老妻的感情，我在前边分析过他的《月夜》和《北征》："双雾云鬟湿，清辉玉臂寒。"他生怕思念他的妻子在月光下站得太久，高耸的头发被雾水打湿了，洁白的臂膀会感到寒冷。"经年至茅屋，妻子衣百结。恸哭松声回，悲泉共幽咽。"

他漂泊一年多才回到茅屋草舍中，妻子鹑衣百结，打满补丁。他跑到松林里放声大哭，哭声回响在林中，泉水也跟着呜咽。可以说，与家人的生离死别，对待老妻的疼惜和愧疚，是杜甫一再体验过的，所以他一下子就能抓住《垂老别》中这个老人的微妙情感。

"此去必不归，还闻劝加餐"两句，同"孰知"两句一样，也是话里有话，但角度换到了老妻一方。老妻也深知丈夫这一走就肯定回不来了，可是她不能把这可怕的念头说给丈夫听，她只能劝丈夫多吃东西，保重自己。"伤其寒""劝加餐"，原是夫妻之间日常生活中就常有的，妙在诗人把这常有的内容放在"是死别""必不归"这种生死离别的情景之下。而且，四句之中接连使用副词，"孰""且复""必""还"，既加强了语气，又丰富了层次，增添了含蓄。

诗写到这里有十六句，是全诗的一半篇幅。其后还有十六句，是老人对老妻的宽慰之言。面对着与自己生死诀别的老妻，老人所能做的最后一件事就是宽解安慰了。先看这八句：

> 土门壁甚坚，杏园度亦难。
> 势异邺城下，纵死时犹宽。
> 人生有离合，岂择衰盛端！
> 忆昔少壮日，迟回竟长叹。

"土门"和"杏园"指土门口和杏园镇，当时都是唐军防守的重要军事重地。杏园镇又叫杏园渡，是过黄河的渡口。"邺城"就是前边说过的九节度使被叛军击溃的邺城。老人知道老妻最担心自己死在战场上，所以他先宽慰老伴说，土门关壁垒相当坚固，杏园渡有天险可守，敌人很难过河。局势跟邺城之战不同了，纵然有战死的一天，时间还早着呢！

"人生"以下四句，也是对老伴的宽慰。意思是说，人活在世上都有个离合悲欢，哪管你是年老还是年轻。回忆起年轻时的美好，我真是徘徊犹豫，割舍不下，忍不住长叹。这里所说的"少壮日"，包含着年轻时的种种美好。与妻子的两情相笃，与孩子们的快乐嬉戏，还有开元盛世的太平富庶，都在其中。老人把当年的美好拿出来宽慰老伴，无异于说我们一家也有过幸福的时光，这一辈子也不都是薄命苦命啊！

说到"迟回竟长叹"，不免又感伤起来了。这倔强的老人再次打起精神，给老伴宽慰，也给自己壮行。

> 万国尽征戍，烽火被冈峦。
> 积尸草木腥，流血川原丹。
> 何乡为乐土？安敢尚盘桓！
> 弃绝蓬室居，塌然摧肺肝。

"万国"以下六句是说，天下人都戎马征战，战争的烽火弥漫着山山岭岭。堆集的尸体让草木都散发腥膻，流淌的鲜血染红了原野。这种时候哪里还有人间乐土，保卫家园又怎能盘桓不前。这六句不犹豫，不纠结，说得很豪迈，但到了结束全篇的末两句，还是回到老人此时最强烈的情感——永别家乡，永别老妻的痛苦。"蓬室居"固然是一贫如洗，可这是他们夫妻温暖的家啊！现在他不得不把这蓬草茅屋抛在身后，又怎能不哀伤悲切，摧心裂肝！

《石壕吏》和《垂老别》分别是"三吏""三别"中写得最好的作品。前者以写老妇为主，完全是叙事，没有任何感慨和议论。后者以写老翁为主，展开他的心理活动，描述他对老伴的宽慰。生离死别之际，心理的复杂微妙，情绪的跌宕起落，宽慰老伴的细腻柔肠，让这首叙事诗有些像杜甫沉郁顿挫的咏怀诗，几句话中一唱三叹，整首诗千回百转。

至迟在晚唐，杜甫的诗就被称为"诗史"。晚唐人孟棨在《本事诗》中说杜诗，"当时号为诗史"，他说的"当时"是指杜甫活着的时候。其实，杜甫自己未必就有以诗写史的强烈意图，只是因为他心系天下，忧国忧民，家事国事皆入于笔墨，又见证了大唐王朝的由盛转衰，他的那些反映现实的诗作就成了后人公认的"诗史"。第一，杜甫是重大历史事件的见证人。譬如说前面几章中所谈到的一些名作，都与重大历史事件有关。譬如说，安禄山叛军占领长安，血腥恐怖，杜甫写有《哀王孙》《哀江头》。唐军草率出兵，接连兵败于陈陶斜和青坂，杜甫写有《悲陈陶》《悲青坂》。唐军收复长安和洛阳，杜甫写有《收京三首》。第二，杜甫不是历史学家收集前人的史料写历史，他既是生逢斯世的当时人，又是身在其中的当事人，他以诗的语言和情感写真实见闻和真实感受，他笔下的历史是活生生的历史。

关于这一点，可举的例子就太多了，就以安史之乱爆发前后他的几次远行来说吧！从长安城到奉先县的所见所闻，促成他写下《自京赴奉先县咏怀五百字》，展示了一幅安史之乱爆发前夕的社会历史画卷，而且准确预示了唐王朝即将爆发的危机和灾难。从凤翔到鄜州羌村的所见所闻，促成他写下长达七百余字的《北征》，叙写了安史之乱爆发后民不聊生、满目疮痍的苦难现实。从洛阳返回华州的所见所闻，又促成他写下"三吏""三别"六首诗。他像今天的记者一样进行现场报道，而且很善于把话筒交给当事人来说话。读"三吏""三别"，从诗歌角度来看是感人至深的叙事诗，从历史角度来看，又何尝不是鲜活真切的唐代现场报道。

写"三吏""三别"的时候，杜甫四十八岁。这一年，照他自己的话说"一岁四行役"，一年之中有四次远行。从洛阳回到华州只是第一次，其余三次，都是他带着家人在乱世寻找乐土，最终在岁末到了成都。下一节，我们主要说说杜甫携家迁往秦州的经历，欣赏他的《月夜忆舍弟》和《佳人》。

幽谷佳人

○ 日暮倚修竹

乾元二年（759 年）七月，杜甫辞去华州司功参军的官职，携家迁往秦州。唐朝时秦州属陇右道，在今甘肃天水一带。杜甫为什么要辞官离开京畿地区，携家迁往偏远的秦州？

一是因为关中从春天以来就发生旱灾，杜甫一家生存艰难。据《旧唐书·杜甫传》记载，当时京畿一带人民因动乱而流离失所，粮价暴涨。秦州并非富庶之地，就因为中原陷入战乱，也成了难民灾民向往的地方。杜甫的族侄杜佐跑到秦州东柯谷，找到一块有泉水的好地方。他很会经营谋生，有几道泉水纵横交错，沿坡而下，浇灌着他的菜圃果园。在《秦州杂诗二十首》中，杜甫先说自己为什么来秦州："满目悲生事，因人作远游。"满眼都是令人悲伤的世事，只因为亲人在这里，所以远道投奔而来。此处所说的"人"，应该不止一人，但主要是杜佐。杜甫有好几首诗都写到东柯谷，其中一首诗把东柯谷跟桃花源作比："传道东柯谷，深藏数十家。对门藤盖瓦，映竹水穿沙。瘦地翻宜粟，阳坡可种瓜。船人近相报，但恐失桃花。""传道"是传说的意思，这首诗虽然写在秦州，但杜甫很可能在华州时就从杜佐的书信中听说了这个"桃花源"。

二是因为杜甫对唐肃宗和朝廷太失望了。安史之乱并不是王朝末年极度衰败下爆发的战乱，而是在唐玄宗荒淫误国、养虎为患的情况下突然爆发的，盛世的底气还在，当时人把中兴的希望都寄托在唐肃宗身上。正是因为抱着这样的希望，杜甫两次冒着生命的危险投奔唐肃宗。但唐肃宗是四十五岁才登基的：他从小目睹宫廷朝堂的尔虞我诈，又如履薄冰地做了将近二十年的太子；他既不能大胆选拔贤能人才，又不敢放心重用手握重兵的将领，唯独对宦官宠信不疑，朝政军政都把持在李辅国、鱼朝恩等宦官手中。杜甫本有远大的政治抱负和强烈的功名憧憬，但这一年他已四十八岁，官阶低微，皇帝和朝廷又不给他半点希望。《秦州杂诗二十首》的最后一首就有两句诗把锋芒对准了唐肃宗："唐尧真自圣，野老复何知！""唐尧"指唐肃宗，"野老"指自己。杜甫说，陛下您真是天生的圣帝，我这村野老人又懂得什么呢！很显然，他对当朝圣上很失望，在说气话，说反话。

三是因为杜甫对琐碎繁杂的公务已经很厌倦了。华州弃官前，杜甫说："平生独往愿，惆怅年半百。罢官亦由人，何事拘形役。"意思是说，我平生喜欢孤往独来，自由自在，如今年近半百，却不能不失落惆怅。罢官是自己可以决定的，为什么还要被功名利禄所牵绊。杜甫之所以能够忍耐案牍劳形的俗务，一则迫于生计，二则怀抱政治雄心，现在他既不能养家糊口，又对朝廷政治彻底失望，于是决定挂冠求去。

深秋时节，杜甫一家沿着渭河流域西行，翻过陇山，到达秦州。华州的穷困使他把温饱的期待都放在了秦州，杜佐描述的东柯谷更给了他"桃花源"的梦想，但到了秦州，生存比华州还要艰苦。今天的天水有"东柯谷杜甫草堂"供人瞻仰，但这是明清时代才有的，杜甫当年想在那里建草堂的梦想其实并未成真。有个成语叫囊中羞涩，就出自杜甫写在秦州的诗《空囊》，诗中自嘲说："不爨井晨冻，无衣床夜寒。囊空恐羞涩，留得一钱看。"早晨不但开不了火，连井水也冻住了，夜里床上寒冷，又没有取暖的衣服。囊中空空，怕人笑话，留下一文钱可以看看。这是噙着泪水的自嘲，看似幽默的调侃中实是沉重的辛酸。杜甫一家为了温饱，奔波七八百里地来到秦州，却再次陷入饥寒交迫的境地。

"莽莽万重山，孤城山谷间。"在《秦州杂诗二十首》中，杜甫描述了这个群山中的孤城，萧萧古塞，漠漠秋云，荒草遍山，牛羊成群，胡笳声声，羌笛暮吹。由于中原陷入战乱，吐蕃的威胁变得更难预测，扼守在关陇通道和陇蜀咽喉的秦州，处于随时准备作战的状态，报警的烽火常常点燃，传送军情的羽檄不断飞来。入夜时分，鼓角声从边境传来，大地好像也为之震动。

孤城的寂寞，边野的荒凉，异域的陌生，让杜甫加倍思恋远方的亲友。李白、高适、岑参、严武、贾至、薛据等人，都让他想念不已。李白因坐永王李璘案被长流夜郎，在行经三峡的途中遇赦放还。时隔半年左右，漂泊在秦州的杜甫仍然以为李白还在流放中，接连写下《梦李白二首》。不久，他终于得知李白已遇赦放还，又写下《天末怀李白》。三首诗俱是佳作，前边谈及李杜友情时已经说过这些诗。

这里，再看一首他思念弟弟的五言律诗《月夜忆舍弟》。"舍弟"就是家弟，杜甫有四个弟弟。前边说过，春天的时候杜甫回到家乡陆浑庄，一个弟弟或妹妹也没看到。《忆弟二首》和《得舍弟消息》所说的弟弟是指大弟杜颖，而这首《月夜忆舍弟》所说的"舍弟"是包括了四个弟弟的。

戍鼓断人行，边秋一雁声。

露从今夜白，月是故乡明。

有弟皆分散，无家问死生。

寄书长不达，况乃未休兵。

头两句说，边防驻军的鼓声一阵阵传来，路上寂无人影。边塞的秋天荒漠无边，忽听得一声雁叫。诗人以戍鼓声声反衬路上无人，以一声雁叫反衬荒漠无边，把萧索的边地写得越发孤寂，直逼心底。写出这样的情境，不说舍弟，思念已在其中了。

颔联"露从今夜白，月是故乡明"是很有名的诗句。上句点明是白露节之夜，巧在从未有人把"白露"二字这样拆开来写，诗人通过调整句子结构达到新颖的修辞效果。下句更是奇句，不仅在句子结构上独出心裁，与上句组成绝妙对句，而且从人的主观心理上巧做文章，化平淡为奇崛。大家都知道天上只有一轮明月，但诗人深深眷恋着他的故乡，以简明直白的字句很肯定地说"月是故乡明"。这种看似无理，不但不让人觉得突兀，还让人不由得击掌叫好，因为它一下子就触动了我们很多人都有的那种强烈而执拗的思乡感情。

颈联"有弟皆分散，无家问死生"，紧承颔联下句。诗人写到了故乡，"月是故乡明"，自然就想到了几个弟弟，可是他们都已离散，彼此失去联系，而且他们共同的家早已荡然无存，不知向谁去打听弟弟们的生死。尾联"寄书长不达，况乃未休兵"，又紧承颈联下句。诗人明知"无家问死生"，还是想往故乡写信，但他不能不面对残酷的现实——即使天下太平，常常都不能把信寄到弟弟手中，何况至今还在打仗，烽火未熄。

《月夜忆舍弟》逐层递进，环环紧扣，是一首很严谨、很圆熟的五言律诗，但读起来自然明快，一气呵成。老杜写五律早已是得心应手，游刃有余，况且有深挚的真情洋溢在字里行间，毫不做作。

在秦州他还有一首题作《佳人》的五言古诗，也是名篇。"佳人"是指貌美的女子，除了那首明显带着讽刺意味的《丽人行》，杜甫很少将美女作为描述对象。那么，这个佳人是谁？这首诗是写实之作还是有所寄托？

清初学者仇兆鳌把这首诗分作三段，每段八句。先看前边八句：

> 绝代有佳人，幽居在空谷。
>
> 自云良家子，零落依草木。
>
> 关中昔丧乱，兄弟遭杀戮。
>
> 官高何足论，不得收骨肉。

开头两句引起悬念，并带起全诗。要知道历史上提及绝代佳人，往往就意味着惊心动魄的宫廷故事。当年李延年在汉武帝面前献舞唱歌，歌词是："北方有佳人，绝世而独立。一顾倾人城，再顾倾人国。宁不知倾城与倾国，佳人难再得。"由此牵出他的妹妹李夫人，让汉武帝神魂颠倒。但诗人所写的绝代佳人，竟然深居在僻静幽邃的山谷。究竟为什么？

"自云"两句先给了一个简单答案，大意是说，佳人自称是出身名门的清白女子，飘零沦落在荒野草木之中。其后转为第一人称，以佳人口吻自述说，那时关中一带遭受战祸丧乱，我的兄弟都被屠杀。身居高官又有什么用，死了连骸骨都没能收葬在坟墓。诗人写这首诗时，关中丧乱也就是三年前的事。前边谈过他的《哀江头》，其中说到叛军攻陷长安，唐玄宗逃往蜀地，皇亲国戚惨遭杀害，王公贵族四散奔逃。

不过，佳人之所以"零落依草木"，并不只是因为国破家亡。我们再看中间八句，这八句仍然是以佳人的口吻来诉说：

> 世情恶衰歇，万事随转烛。
>
> 夫婿轻薄儿，新人美如玉。
>
> 合昏尚知时，鸳鸯不独宿。
>
> 但见新人笑，那闻旧人哭。

"世情"两句说的是战乱之后的世态炎凉。世情险恶，说变就变，人间万事就像风中摇曳不定的烛光。战争会改变每个人的命运，也让人暴露出人性的另一面。由于佳人的娘家遭遇灭顶之灾，身居高官的兄弟全都被杀，所以她的丈夫就变了嘴脸，另觅新欢。"夫婿"以下六句说，薄情寡义的丈夫抛弃了我，年轻的新娘貌美如玉。夜合花朝开暮合，还知道有始有终，鸳鸯鸟不只身独宿，双栖双飞。可我的丈夫眼里只有新人欢笑，哪里听得见旧人啼哭。佳人遇人不淑，是如此不幸，战乱毁灭她的娘家，丈夫非但不怜惜她，还抛弃了她。

后边八句，从佳人口吻的诉说回到诗人的描述，画面由远及近。

> 在山泉水清，出山泉水浊。
> 侍婢卖珠回，牵萝补茅屋。
> 摘花不插发，采柏动盈掬。
> 天寒翠袖薄，日暮倚修竹。

"在山"两句说，泉水流在山谷就清澈纯净，流出大山就混浊不堪。这样一写，就很自然地从佳人的痛苦记忆中回到了她现在幽居的山谷，同时也在赞赏佳人选择了空山幽壑，抛弃了闹市红尘。"侍婢"两句说，她的侍女变卖了珍珠回来，又牵起藤萝修补茅屋。侍婢和珍珠暗示她曾经有过的荣华，藤萝和茅屋意味着她现在的清贫。"摘花"两句说，她摘下鲜花却不去装饰鬓发，采拾翠柏常常是满满一把。唐人喜欢插花，佳人"摘花""采柏"或与插花有关，一来表现她的高雅不俗，二来强调她现在已不是头上插花的爱俏女子，她更喜爱翠柏坚贞的品格。

结尾两句，像一幅幽谷美人图，"天寒翠袖薄，日暮倚修竹"。深秋天寒，黄昏日落，佳人翠袖单薄，斜倚修竹。这是一幅迥异于所有美人图的美人图，她很不幸，很清贫，很孤独，又很高雅，很美丽，很坚强，让人爱慕，又让人怜惜。

这个佳人是谁，已经无法知道了。古人写女性极少留下名字，何况佳人有难言之隐。但从安史之乱后的历史背景来看，当时应该还有不少跟她命运相似的女子，佳人并非纯属虚构，说不定就居住在东柯谷。诗人由她的遭遇和处境，看到了自己的命运，"同是天涯沦落人"，因此激发了创作冲动，寄托了自己的情怀。

杜甫一家在秦州苦熬三个多月，眼看就撑持不下去了。这时，同谷县有位县官欢迎他去。杜甫携家去同谷，穷困的境遇会不会有所改变？下一篇，我将简单叙述一下杜甫在同谷的遭遇，然后再说杜甫和他的成都草堂。同谷和秦州同属于陇右道，成都却是剑南道治所，本该把同谷和秦州两地的经历放在同一篇来说，但如果先了解杜甫一家在同谷的遭遇有多么悲惨，就更能体会他们在成都草堂的时光是多么美好。

适彼乐土

○ 万里桥西一草堂

上一篇说到杜甫一家在秦州苦熬三个多月，眼看就撑持不下去了，这时候同谷县有位县官欢迎他去。同谷在今甘肃成县，嘉陵江支流青泥河从中流过，在陇右地区算是比较富庶的地方。杜甫一心要为家人寻求温饱，又被同谷县官所感动，于是就带着家人翻山越岭，南行两百公里，投奔同谷。

从秦州出发时杜甫说"无食问乐土，无衣思南州"，盼着在同谷找到不愁温饱的乐土。快要抵达时杜甫说"邑有佳主人，情如已会面。来书语绝妙，远客惊深眷"。意思是这个县有个待客的好主人，虽未谋面，情分上却觉得见过一样。他来信说的话真是绝妙无双，让我这个远来的客人深感他的情谊。可是，到了同谷县后，总是写诗感谢朋友的杜甫不再提及这位县官了。此人大约就是那种爱说大话、轻诺寡信的人物，害得杜甫一家在同谷县饥寒交迫，硬是在死亡线上挣扎。

杜甫痛苦极了，呼天抢地，连写了七首诗，题作《乾元中寓居同谷县作歌七首》。第一首说：

> 有客有客字子美，白头乱发垂过耳。
>
> 岁拾橡栗随狙公，天寒日暮山谷里。
>
> 中原无书归不得，手脚冻皴皮肉死。
>
> 呜呼！一歌兮歌已哀，悲风为我从天来！

悲极而呼，语言比较浅显，唯独第三句"岁拾橡栗随狙公"，可能是今天的人不太容易明白的。拾橡栗做什么？狙公是谁？"橡栗"就是橡果，是橡树的果实，味道苦，但可以食用。"狙公"是养猴子的人，因为猴子以橡果为食，养猴人最知道哪里有橡果。那么，为什么要在这岁暮天寒之时跟随着养猴人拾取橡果？因为杜甫一家要果腹充饥啊！

除了橡果，有种野生的土芋叫黄独，也是杜甫一家人赖以果腹的食物。为了活命，杜甫在白雪覆盖的山野中寻找黄独。严寒逼人，身上的衣服却太短了，衣不及胫，他总想把衣服往下拉，但它就那么长呀，拉不下去啊！他找不到黄独，空手而归,四壁静悄悄的,只听见一家人在饥饿中呻吟。

真有这么悲惨吗?在《乾元中寓居同谷县作歌七首》第二首诗中,杜甫是这样写的:"黄独无苗山雪盛,短衣数挽不掩胫。此时与子空归来,男呻女吟四壁静。"老杜就是如此真实,他真实地反映社会,反映老百姓的苦难,也常常把自己和家人的贫困、尴尬和羞愧真实地写出来。

在同谷县忍受了一个多月的饥寒后,杜甫又准备带着弱妇幼子,继续向南,翻越重重叠叠的山岭,奔向千里之外的成都。乾元二年(759 年)十二月初一,杜甫一家离开同谷。这个时节天气已经很寒冷了,几个朋友把他送到岔道口,握手相对,黯然泪下。杜甫在很偶然的情况下来到同谷,饱受磨难,却也结识了几个萍水相逢的朋友。但从此一别,就很难再见面了。

同谷位于秦岭和巴山之间,往东距长安八百余里,山多路艰,秦岭连绵,向南距成都一千二百余里,更是山高路远,层峦叠嶂。杜甫一家在同谷衣食不继、走投无路,却并没有走回头路,返归关中,而是选择了一条更遥远艰难的路,奔向从未去过的成都。由此可见,杜甫远离动荡、适彼乐土的愿望有多强烈。战乱和苦难,让这位伟大的诗人具备了一种微生物般的生命力,他的坚韧和顽强要远远超出我们的想象。秦州三个多月,同谷一个多月,在极度困窘中,杜甫创作了上百首诗。从秦州到同谷,跋山涉水,他写下十二首纪行诗。从同谷奔向成都,路途越发艰辛,他同样写下十二首纪行诗。

这些写在蜀道上的纪行诗，伴随着诗人的饥寒、疲困和穷愁，却仍然不失大气、雄奇和壮美。他描述嘉陵江的水势说，"大江动我前，汹若溟渤宽"——大江忽然横在面前，汹涌澎湃像大海一样宽阔。他勾勒木皮岭奔腾的山势说，"远岫争辅佐，千岩自崩奔"——远处的峰峦争相辅佐，重岩叠嶂如惊涛奔涌。他形容青阳峡突兀的巨石说，"溪西五里石，奋怒向我落"——峡谷西侧五里开外的巨石，发怒一样向我扑来。他渲染剑门险要的形胜说，"连山抱西南，石角皆北向"——连绵的群山怀抱西南，巨石的棱角全都指向北方。

出现在杜甫笔下的蜀道山川，如果不亲历其境就写不出来，没有大手笔也写不出来。《水会渡》诗中说，"入舟已千忧，陟巘仍万盘。迥眺积水外，始知众星乾。"诗人说，乘船过江已经百愁千忧，过了江登山，盘旋向上的山路更是千萦万绕。上山远眺嘉陵江水面的星空，才觉得天上繁星是那样干爽。就这么四句，过大江、登绝顶、看星空的奇妙感受都写出来了。群星怎么会有干湿之别？因为江面乘船，空中水雾蒙眬，群星也好像湿润了一样。上山跳出水雾之外，才觉得群星是干爽的呀！

《龙门阁》诗中说："清江下龙门，绝壁无尺土。长风驾高浪，浩浩自太古。危途中萦盘，仰望垂线缕。滑石敧谁凿，浮梁袅相拄。"大意是说，清江在龙门山下呼啸而下，悬崖峭壁上尺土也无。狂风驱使着滔天巨浪，浩浩荡荡，好像来自太古洪荒。危险的栈道盘旋在绝壁，抬头看去像一条下垂的丝线。光滑的石壁上是谁凿洞架起浮桥，浮桥摇摆不定。诗人笔下，忽而大江激流，忽而悬崖峭壁，忽而栈道盘旋，忽而浮桥晃动，意象纷呈，险境迭出，让人心动神摇。

说来不可思议，就好像是杜甫一家为寻觅成都这方乐土，必得经过重重考验。从关中到秦州难，从秦州到同谷更难，从同谷到成都最难，山愈来愈高，路越走越远。杜甫不但在经受勇气和毅力的挑战，也在经受才气和笔力的挑战。就说他穿越在重重大山中一路写山吧，如果不是他坚韧不拔，又健笔纵横，怎么能够花样翻新，好诗不断？

到了第十一首《鹿头山》，才终于走出了大山，看到了成都平原。"连山西南断，俯见千里豁。"连绵不绝的群山中断在西南角上，从山上俯瞰，沃野千里，豁然开朗。

第十二首《成都府》是最后一首。杜甫一家跋山涉水一个多月，历尽艰辛，终于在岁暮年底抵达目的地。初到成都的欣慰，思念故乡的哀伤，交织在《成都府》中，四句一转，悲喜交集。"翳翳桑榆日，照我征衣裳。我行山川异，忽在天一方。"这是经过千难万险初到异乡的喜悦。但想到自己将会连年滞留异乡，诗人转喜为悲："但逢新人民，未卜见故乡。大江东流去，游子日月长。"毕竟是找到了一方乐土，成都富庶繁华，于是又转悲为喜："曾城填华屋，季冬树木苍。喧然名都会，吹箫间笙簧。"可这里终究是他人的家乡，自己的故乡仍然战乱未休，音讯茫茫，于是又转喜为悲："信美无与适，侧身望川梁。鸟雀夜各归，中原杳茫茫。"最后四句是星月之下，俯仰古今，宽慰自己："初月出不高，众星尚争光。自古有羁旅，我何苦哀伤。"

杜甫到成都府这一年，成都平原已在都江堰灌溉下越过千年，拥有"天府之国"的美称也将近千年。三国时的蜀汉政权和五胡十六国时的成汉政权，先后以成都为都。唐代的成都原是蜀州治所，安史之乱爆发后唐玄宗入蜀避难，成都升级为府，号称南京。杜甫来到成都时，唐玄宗已回长安两年，但许多来避难的中原人士仍客居于此。

成都自古繁华，远不是贫瘠的秦州或同谷可以相比。况且，从地方官员到客居成都的中原人士，都有一些杜甫的亲友。杜甫当时已是诗名远扬，现在他携家远来，一无所有，不少亲友都来帮他。成都西郊有个草堂寺，杜甫一家先在这里寓居下来。不久，在亲友相助下，他开始在草堂寺附近修建自己的草堂。这是成都西郊的一块好地方，依山傍水，附近有成都南门外的万里桥。草堂就在万里桥的西面，所以杜甫在诗中说"万里桥西一草堂"。又因为在浣花溪旁，后人把成都的杜甫草堂称作浣花溪草堂。

乾元三年（760 年）的春天，杜甫是很辛苦也很欣慰的。他从荒草乱棘中开辟出一亩大的地基，又写诗求助，一首绝句乞得一种植物，从亲友那里接连得到松树、桤树、桃树和绵竹等，栽种在草堂周围。暮春三月，草堂终于建成了，杜甫写下七律《堂成》：

> 背郭堂成荫白茅，缘江路熟俯青郊。
> 桤林碍日吟风叶，笼竹和烟滴露梢。
> 暂止飞乌将数子，频来语燕定新巢。
> 旁人错比杨雄宅，懒惰无心作解嘲。

首联两句写草堂在成都的位置。"背郭"是说背负城郭，因为草堂在成都城西南大约三里远的地方。"荫白茅"是说草堂以白茅草覆盖而成。"缘江路熟"是说沿着锦江，轻舟熟路。草堂在浣花溪旁，浣花溪乃锦江支流。诗人对他的草堂真是满意极了，它坐落在成都近郊却远离喧闹，轻舟熟路，往来便利，还可以俯瞰春天的郊野。

颔联两句写草堂竹木之美，也是写幽居之美，"桤林碍日吟风叶，笼竹和烟滴露梢"。高大的桤林遮住了太阳光，树叶在风中轻吟。修长的笼竹萦绕着烟雾，竹梢还滴着露珠。"吟风叶"和"滴露梢"是"叶吟风""梢滴露"的倒装。草堂坐落在林中，微风吹动树叶，露水打湿竹梢，多幽静的住处啊！

颈联两句写飞鸟之乐，其实是写人之乐，"暂止飞乌将数子，频来语燕定新巢"。暂且要在草堂栖身的乌鸦，把几只幼雏都带来了。燕子更是频频飞来，呢喃细语，它们的新巢就安在草堂。鸟儿在这里筑巢安家，尚且如此欢欣，何况是草堂的主人。诗人一家颠沛流离，如今终于有了自己温暖舒适的家。

尾联两句，以轻松调侃的语气笑自己懒惰闲散，"旁人错比扬雄宅，懒惰无心作解嘲"。扬雄是西汉末年的文豪，他当年的住宅草玄堂在成都少城西南角。杜甫也是文豪，住在成都西南郊，于是有人就把他的草堂比作扬雄的草玄堂。但诗人说，这可是错比扬雄宅啊，我本懒惰之人，无心像扬雄那样著书立说，写出洋洋大作《解嘲》。"解嘲"的意思是因为被人嘲笑而自作解释。扬雄闭门写《太玄经》，被人嘲笑，他就纵横捭阖地写了一篇题作《解嘲》的辞赋，抒写忧愤。杜甫的诗多有幽愤之作，但这首诗写在草堂建成之后，充溢着怡然自得之情。

读这首诗，简直让我们可以看到诗人捻须而笑的喜悦样子。人有了自己的家总是很开心的，何况这个家是他自己在荒地上建起来的，又何况是"三年饥走荒山道"之后终于有了家。他还有一首七律《江村》，也是写在草堂落成不久。

清江一曲抱村流，长夏江村事事幽。

自去自来梁上燕，相亲相近水中鸥。

老妻画纸为棋局，稚子敲针作钓钩。

但有故人供禄米，微躯此外更何求？

首联两句说，清澈的江水在这里一个弯曲，环绕着小村流过，在长长的夏日里，村子里的一切都是这样宁静美好。"江村"指江边的村庄，"清江"指清澈的江水，这里指流入锦江的浣花溪。一个拟人化的"抱"字，渗透着诗人对小村的由衷喜爱。在他眼里，浣花溪是把这小村"抱"在怀里的呀！

颔联两句，按现代汉语来翻译，那就是说梁上的燕子自去自来，水中的白鸥相亲相近。只是如此一来，就失去了近体诗对偶的工巧，也失去了倒装句的妙处。诗人把"自去自来"倒置在"梁上燕"之前，把"相亲相近"倒置在"水中鸥"之前，凸显并烘托了自己的家居之乐和愉快心情。

颈联两句说，老妻为做棋盘在纸上画来画去，小儿子为做鱼钩敲打着针。老妻画棋盘，儿子做钓钩，这么日常化的生活细节都被诗人捕捉到七言律诗里，散发出浓郁的诗情画意。前边说过《北征》诗，大家还记得诗人是怎样描述他的妻子和儿子的吗？"经年至茅屋，妻子衣百结。""平生所娇儿，颜色白胜雪。见耶背面啼，垢腻脚不袜。"这不过是两年前的事，当时他面对着家人的贫困辛酸，心里纠结着说不出的痛苦、怜惜和愧疚。现在，一家人终于过上了和平、宁静、不缺衣乏食的日子，老妻有了下棋的欢愉，儿子有了垂钓的快乐。这一切看在他眼里，就是最好的诗。

尾联两句说，只要有老朋友救济一些钱米，微贱的我此外还有什么奢求？这是戏谑的口气，一笑自己全靠朋友们帮忙，二笑自己没什么雄心大志，但求温饱而已。这种自嘲夹杂着很复杂的心绪，有人生失意的无奈，壮志未酬的感伤，也有对朋友情谊的感谢。

　　《堂成》和《江村》，都是杜甫在成都草堂落成不久之后写的。世界文学史上，很少有哪个文人，把自己的草堂陋室当作人间天堂，频频歌咏，佳作纷呈。下一篇，继续品读杜甫写在成都草堂的诗作，主要欣赏《春夜细雨》《水槛遣心二首》和《客至》等诗。

锦官城外

○ 蓬门今始为君开

上一节我们说到杜甫和他的成都草堂，欣赏了杜甫在草堂落成后写下的两首七言律诗《堂成》和《江村》。这一节，我们接着品读杜甫写在成都草堂的诗作，欣赏《水槛遣心二首》《春夜喜雨》《客至》和《南邻》等诗。

冯至先生在他的《杜甫传》中说："人们提到杜甫时，尽可以忽略他的生地和死地，却总忘不了成都草堂。"从760年春到765年春，杜甫除了流寓梓州、阆州一年多，大部分时光都是在成都草堂度过的，前后将近四年，留下了二百四十首诗。围绕草堂的一切，包括柴门竹篱，溪流花径，草木花鸟，村野田家，左邻右舍，无不入诗啊！

为什么杜甫会对成都草堂有如此深厚的感情呢？

上一节，我特意把杜甫在同谷的悲惨遭遇与成都草堂的愉快时光放在一起来说，是希望大家有个鲜明的对比。其实，要说来成都前的苦难，同谷之前还有秦州，秦州之前还有关中。从安史之乱爆发的 755 年冬到终于抵达成都的 759 年岁末，杜甫和他的妻子儿女，大多时候都挣扎在战乱和贫困中，颠沛流离，饥寒交迫，生离死别。了解了杜甫这四年的苦难经历，更能感受他在草堂四年的宁静、舒适和美好。

今天，我们主要欣赏杜甫写于 761 年春天的几首诗。这个春天是草堂落成的第二个春天，也是他们一家在成都的第二个春天。先看一首大家熟悉的《春夜喜雨》：

> 好雨知时节，当春乃发生。
> 随风潜入夜，润物细无声。
> 野径云俱黑，江船火独明。
> 晓看红湿处，花重锦官城。

诗一开头是"好雨"二字。"好"是无处不可以用的一个字，遣词用字总是千锤百炼的杜甫，偏偏以"好"字来修饰雨。但仔细玩味"好雨知时节，当春乃发生"两句诗，"雨"字前头，很难找到比"好"字更好的选择。用这个"好"字来赞美雨，最是发自内心的由衷。"好雨"知道什么时节才是需要雨的时节，就在这万物生长的春天，淅淅沥沥地下起来了。

首联两句已经拟人化了，颔联两句把"好雨"写得更有人情味了。雨有狂风大作的急雨骤雨，有伴随闪电的暴雨雷雨，但这场"好雨"既不霸道，也不炫耀，它伴随着和风在夜里静静地落下，滋润着万物却悄然无声。哎呀，诗人的笔墨真是神奇啊，经他一写，日常生活中很寻常的一场春雨，竟让我们不由得感动起来。

颈联两句写雨夜的景象。在晴朗的夜里，田野小路多少能显现出模糊的剪影，江面上总会或明或暗地透出些水光。但今天这个雨夜啊，田野小路和乌云黑在了一起，江面也消失在黑暗之中，只有船上的灯火独自亮着。诗人以船上的一点亮光反衬无边的黑暗，强烈的明暗对比构成了视觉上的美感。又以这无边的黑暗来暗示乌云的厚重，雨水的充足，继续在写"春夜喜雨"的喜悦。这一场好雨，不但"知时节""润物细无声"，而且带着足够丰盛的雨水，要趁着人们酣睡的夜晚下到天亮啊。

尾联两句想象天亮时分雨后的成都。"红湿处"指雨水湿润的花丛，"锦官城"指成都。西汉时，朝廷在成都设立了蜀锦专管机构，置"锦官"管理，故有此称。"花重"是说雨后的花朵饱含水分，添了重量。诗人在想象着，等到明日天亮，看一看沐雨的花丛，锦官城里的花朵都是沉甸甸的吧！

除了标题中有个"喜"字，诗人没把自己放在诗中，但从头至尾，我们都能感觉到他的喜悦，甚至看到他喜悦的样子。

诗一开头，雨开始下了，诗人喜不自禁地赞美这场及时"好雨"。接着，从听觉上写，诗人躺在他的草堂里，满心欢喜地谛听似有若无的雨声。再接着从视觉上写，诗人期待着这场雨下个通宵，忍不住跑到草堂外，无边的黑暗告诉他乌云满天，雨还要下个够。最后，夜深了，不能不入睡了，他回到床上，想象着明天一早成都城的雨后美景。

诗人的这一夜是洋溢着喜悦的，敏锐的审美触觉，崇高的人格情怀，让他把日常生活中一场很寻常的雨捕捉下来，让我们在千年之后仍然能在这春雨中感受大自然的诗情画意，领略人格之美。杜甫的崇高不是炫耀的、渲染的崇高，也不是突然的、媚俗的崇高，而是发自内心的、在不经意间就会自然流露的崇高，就像他笔下的春雨一样，"好雨知时节，当春乃发生。随风潜入夜，润物细无声"。

761 年的春天，是杜甫晚年最惬意的一个春天。去年春天他修葺了草堂，栽种了各种树木。后来他在浣花溪旁建了水亭，又在水亭旁加了临水的栏杆，也就是水槛。现在，草堂的第二个春天来临了，去年春天栽种的树木纷纷吐芽了，变绿了。杜甫在水槛旁怡然垂钓，悠然远眺，写下五言律诗《水槛遣心二首》。我们来看第一首：

> 去郭轩楹敞，无村眺望赊。
> 澄江平少岸，幽树晚多花。

细雨鱼儿出，微风燕子斜。

城中十万户，此地两三家。

开首两句写所居之地视野的开阔。"去郭"是距离城郭。"轩楹"本指堂前的廊柱，这里代指草堂。"赊"的意思是远。两句大意是，我家草堂远离城郭，庭院宽敞，周围没有村落，可以眺望很远的地方。

颔联两句写眺望中的风景，由远及近，"澄江平少岸，幽树晚多花"。澄澈的锦江正是春潮上涨之时，相距又比较远，远望中江水高与岸平，很少看到江岸，所以说"澄江平少岸"。近处林木幽雅，在夕阳光线下，花好像开得更加繁盛，所以说"幽树晚多花"。

颈联两句也是写景，写的是眼前之景。鱼儿露出水面，燕子飞翔，是很常见的景象，但经诗人细致入微的观察，鲜活灵动的描写，变成了千古传诵的名句："细雨鱼儿出，微风燕子斜。"下雨的时候气压低，深水氧气大大减少，鱼儿纷纷浮上水面呼吸。燕子翅膀尖长，小而轻盈，忽高忽低，掠水剪波，很多时候看上去都是斜着飞的。诗人常在水槛旁垂钓，只有对鱼儿、燕子观察很细，方能写出如此妙句。

尾联两句，以强烈的对比给人以鲜明的印象，"城中十万户，此地两三家。""城"自然是指成都。据史书记载，西汉时成都人口达到七万六千户，唐代的成都很可能真是十万户上下。诗人把偌大的成都跟草堂所在的"此地"相比，笑而不言，其中的寓意也就含蓄地交给读者了。这真是个好地方啊，开阔、幽静、安详，超然尘世之外，又不至于远离繁华，偏僻，孤冷，荒凉。

这一年，杜甫五十岁了。古人到了四十来岁就自称老夫，况且五十岁。虽说建功立业的雄心还在，但毕竟是年纪大了，身体多病。经历了几年的干戈乱离和贫困艰难，终于在成都找到一方乐土，杜甫更渴望心灵的宁静自在，更在意家人的平安温饱。有时候心情不适，烦闷袭来，他就垂钓，远眺，散步，赏花，饮酒，让自己纾解排遣一下。"水槛"就是他"遣心"的地方，"遣心"就是纾解排遣之意。在《水槛遣心二首》的第二首中，杜甫说："不堪祗老病，何得尚浮名？浅把涓涓酒，深凭送此生。"意思是说，年老多病已让我难以承受，哪里还顾得上看重俗世浮名？稍稍喝点儿酒慢慢品尝，全靠它陪伴我的余生。毕竟，诗人经历了太多的战乱和苦难，健康状况也越来越差，从某种意义上来说，成都草堂也是他疗养身体又治愈精神创伤的地方啊！

有时朋友来看望他，这是他最开心的事情之一了。也是在761年的春天，有位朋友来访。原注中说"喜崔明府见过"，明府是唐人对县令的称呼，由此可知这位朋友姓崔，是个县令。杜甫很珍惜这次相聚，写下《客至》一诗。诗是这样写的：

舍南舍北皆春水，但见群鸥日日来。

花径不曾缘客扫，蓬门今始为君开。

盘飧市远无兼味，樽酒家贫只旧醅。

肯与邻翁相对饮，隔篱呼取尽余杯。

诗题叫作《客至》，意思就是客人来了，但开首两句并没有提到客人，先为"客至"铺垫蓄势。草堂南北，都是春水荡漾，鸥鸟成群，天天飞来，环境是清幽的、出俗的、富有野趣的。可是，只有这些，毕竟还是很寂寞的呀！"但见"两字，就明显透出了这种寂寞之感。

颔联两句写到"客至"。从情感表达上来说，完全是纯朴真诚的实心话。照咱们的说法大致就是，我家门前这条小路还没有为客人打扫过呢，柴门也不曾为客人开过，今天开始，为你打开。但诗圣下笔不凡，他把这些实心话变成了巧妙精美的对偶句，"花径不曾缘客扫，蓬门今始为君开"。这样一说，不只是语言上美了许多，摇曳生情，情感表达上也加倍强烈了。

颈联两句写待客，"盘飧市远无兼味，樽酒家贫只旧醅。""盘飧"指盘子里的菜，"兼味"指各种美味的菜肴，"旧醅"指隔年陈酒。唐人造酒还没有蒸馏技术，也做不到高效密闭，酒不能久放，所以喜欢喝新酒。这两句诗，就像是诗人把设宴招待客人时所说的谦辞，提炼成了工整精致的对偶句，典雅中透出朴素亲切。大意是说，我这里距离街市太远了，买不到各种菜肴。我又囊中羞涩，只好以陈酒招待你了。中国人待客常是准备再三，又唯恐不周，饭菜满桌，却只怕有所欠缺，杜甫这两句，大概就是这种情形吧！

最后两句，忽然又出人意料地笔墨一转，把隔壁的老翁拉了进来："肯与邻翁相对饮，隔篱呼取尽余杯。""肯"是肯不肯的意思，"余杯"指剩余下来的酒。这两句诗，也是对客人说话的口吻，却也是醉意蒙眬、脱略形迹的酣畅一呼。诗人说，老兄啊，你肯不肯跟我隔壁的老翁一同对饮，我就隔着篱笆把他叫过来，一起把剩下的酒喝个干净吧！乍然一看，好像跑了题，其实还是在写主客二人的开怀畅饮，不醉不休。酒酣之下，气氛到了高潮，诗人自己的形象也呼之欲出了。

诗人没说为什么要把邻居叫过来，但酒酣耳热之时想着他，至少是觉得他能和客人谈得投机，喝得尽兴。如果再以杜甫的至情至性以及邻里关系来看，杜甫也是在为邻居着想呢。想想看，这位"邻翁"平日里也少不了孤独寂寞，同样是"舍南舍北皆春水，但见群鸥日日来"。杜甫把他叫过来喝酒相聚，也是要他热闹热闹，开心开心啊。

杜甫在成都浣花溪草堂有不少好邻居。下一章，就说说杜甫和他的邻居，欣赏几首他写及邻居的诗作，主要欣赏《南邻》和《江畔独步寻花七绝句》中的第六首"黄四娘家花满蹊"。大家知道，城市化、工业化、网络化，让人类社会的邻里关系越来越疏远了。对于我们来说，杜甫诗里的邻居往来，几乎就是日渐远去的田园牧歌和童话世界，能唤起我们对童年时代的美好回忆。

南邻北舍

○ 相对柴门月色新

在农业时代人们都生活在熟人社会。平素缺这少那，偶有三长两短，固然是离不开邻居的帮助，寂寞孤独时跟邻居聊聊，也是心理的慰藉。遇到战乱和穷困，守望相助，相濡以沫，邻居之间的感情就更是非比寻常了。杜甫一家从困居长安到颠沛流离，大多时候都生活在贫困线上，常与穷苦百姓为邻。在羌村避难的时候，邻居就一再出现在他的诗里："邻人满墙头，感叹亦歔欷""父老四五人，问我久远行。手中各有携，倾榼浊复清""请为父老歌，艰难愧深情。歌罢仰天叹，四座泪纵横"。

漂泊到成都后，一开始自然是人地生疏。但他是个性情中人，又没什么架子，很快就与四邻五舍融为一片了。第二年寒食节，他在《寒食》一诗中说："田父要皆去，邻家问不违。地偏相识尽，鸡犬亦忘归。"意思是说种地的老人邀请他，他欣然前往。邻居家问他什么问题，他不厌其烦地回答。居住在这样僻静的地方，四邻五舍全都相识。就连鸡啦狗啦，跑到邻居家就忘记自己家了。有户农夫给送来一篮红樱桃，杜甫喜不自禁，写了首《野人送朱樱》，说蜀地的樱桃也是这样鲜红，乡野之人送我满满一竹篮。这樱桃熟得很透，用心摆放却还是担心弄破了，更让我惊讶的是这么多樱桃全都长得均匀圆润，模样相同。

有一次杜甫到郊外散步，偶然碰到好客的田翁。他把杜甫拉到家里大碗喝酒，从早到晚聊了一整天，杜甫起身要走，他拉住不放，直到月亮出来了还要留客。杜甫非但没有怪罪，还写诗说："久客惜人情，如何拒邻叟？""指挥过无礼，未觉村野丑。"前两句说，长久客居他乡，让我越发珍惜情谊，哪里还能拒绝邻居老翁的挽留？后两句说，他指手画脚地强留我显得很无礼，可我并不觉得这村野老人粗鄙丑陋。读这样的诗句，回头再想他写的"三吏""三别"和《兵车行》等诗，越发能够感受到杜甫的草根性，战乱和苦难使他与社会底层人民有着特殊的情感。

从杜诗来看，他的邻居不但有当地农民，还有退休官员、文人墨客和隐士高人，其中很可能也有像杜甫一样为躲避战乱而流寓成都的人。草堂北边有位邻居是退休县令，喜种竹，有雅兴，善饮酒，能诗文，常常沿着浣花溪就跑到杜甫家里了。草堂南边有位邻居叫斛斯融，是个卖文为生的潦倒文人，他常给人写碑文，有钱就买酒喝。杜甫去找他，但见柴门紧闭，蔓草萦绕，原来他远出未归，到外地索要写碑文的钱去了。杜甫以戏谑的口气劝告他说"老罢休无赖，归来省醉眠"。你已经年老了，可不要赖在他乡买醉啊，赶快回家吧！还有位南邻是个隐士，杜甫有首名作，就叫作《南邻》。

> 锦里先生乌角巾，园收芋栗未全贫。
> 惯看宾客儿童喜，得食阶除鸟雀驯。
> 秋水才深四五尺，野航恰受两三人。
> 白沙翠竹江村暮，相对柴门月色新。

头两句写"南邻"的主人。"锦里"即锦官城，也就是成都，"乌角巾"是黑色有折角的头巾，常为隐士所戴。诗人把"南邻"称作"锦里先生"，并且很醒目地点出他头顶戴着"乌角巾"，很可能因为他是成都本地人，却不贪恋大都市的繁华，隐居在乡下。诗人还有一首诗叫作《过南邻朱山人水亭》，由此可知，锦里先生姓朱，是个隐士。"芋栗"指芋头和板栗，这两种东西都是美味可口的食物。"未全贫"的意思是还不是很穷，暗示锦里先生的安贫乐道。这两句是说，锦江先生头戴黑色方巾，他的园子里收获芋头和板栗，不算是很穷的人。在亲切戏谑的口气中，流露出对锦里先生人生态度的欣赏。

颔联写"南邻"的家，"惯看宾客儿童喜，得食阶除鸟雀驯"。性情中人最懂得欣赏性情中人，诗人从两个细节写锦里先生一家的热情、真诚和善良。一个是"惯看宾客儿童喜"，锦里先生的家常有来客，孩子们都已经习惯了，见了来客就欢喜雀跃。一个是"得食阶除鸟雀驯"，主人一家常给鸟雀喂食，鸟雀总能在台阶上得到食物，不争不抢，温顺驯良。看来这隐士之家，不但喜欢宾客常至，也喜欢鸟雀飞来。两个细节，两幅图画，天趣人情，如在眼前。

颈联是备受称赏的名句，"秋水才深四五尺，野航恰受两三人"。"野航"指野渡的小船。秋天水落，水深不过四五尺。水浅少了浮力，船是一叶小舟，恰好承受两三人。"受"字用得巧，"恰"字也用得巧。一叶小舟，恰好容得下主客二人，或看烂漫秋色，或迎来送往，足矣。上下两句，一个流水对，竟像是随意捡来一样，迁想妙得，一片天机。纪晓岚说这是"天然好句，然无其根蒂而效之，则易俚、易率"。意思是像这样的天然好句，如果没有深厚的功力就去模仿，那就很容易鄙俗不雅，轻浮草率。

诗人把乡野乘船写得这样有野趣，有情调，随后两句写送别，又是另一番风景，另一种韵致："白沙翠竹江村暮，相对柴门月色新。"江边白沙滩，路旁翠竹林，傍晚时分，新月初上，主客二人在柴门前相对而立，依依惜别。

这首诗前四句在叙事中写景，后四句在写景中叙事。所叙之事，不过是邻居间串门子之事。所写之景，也不过是乡野风景。像上一篇中欣赏的《客至》诗一样，诗人写的是家常事，说的是家常话，可写得有多美啊！前人写这类题材内容，甚至诗人自己入蜀以前的诗，多是以五言诗来写。但入蜀以后，诗人对七律诗越来越驾轻就熟，各种题材内容都可以在谨严的七言格律中游刃有余，挥洒自如。

杜甫还有位芳邻叫黄四娘。黄四娘是谁？仅从称呼来看，她姓黄，在家中女儿中排行第四。黄四娘不会想到，她的邻居——一个满脸皱纹忧思满怀的诗人，恰在经过她家门口的时候心情大好，随手就把她写在一首节奏欢快的绝句里，一下子就让她万古流芳。苏东坡不但吟诗提及"子美诗中黄四娘"，还把杜甫这首绝句书写下来送给朋友，并特意写了篇叫作《书子美黄四娘诗》的小品。文中开玩笑说，从前齐国鲁国的大臣都已经"史失其名"，湮没无闻了。这个黄四娘是什么人啊，竟能因为这首诗变成不朽人物，可以让后世之人读后一笑。

不过，苏东坡并不认为杜甫这首诗写得特别好，只是因为从中看到了杜甫的"清狂野逸之态"，所以他才喜欢书写这首诗。"清狂"是说痴情，宋代远没有唐代开放，即使是通脱洒脱的苏东坡，一看到老杜不但把黄四娘放在诗篇开首，还把黄四娘跟花啦、蝶啦、鸟儿啦放在一起来写，就以为老杜有些"清狂"了。"野逸"是说有野趣，闲适自在，这一点却说得没错，杜甫要写的正是这个心情。请看《江畔独步寻花七绝句》中的第六首：

> 黄四娘家花满蹊，千朵万朵压枝低。
> 留连戏蝶时时舞，自在娇莺恰恰啼。

这首诗传达的是随意自在的心情，文字也来得随意自在。开头就很随意，说的是"黄四娘家"。"花满蹊"是说黄四娘家的花开得好繁盛啊，把小路都遮蔽起来了。"蹊"是小路，这条小路可以指黄四娘家院子里的小路，也可以指黄四娘家院墙外的小路。

第二句接着写花的繁盛，"千朵万朵压枝低"。千朵万朵的繁华把树枝都压得低下头来。这种美不胜收的繁华盛开，应该不是野生野长的结果，也不是黄四娘偶尔为之就可以做到的。诗的前两句，不只是在赞美花之盛，花之美，也是对花的主人表示赞赏。

下两句写蝴蝶，写黄莺，也是在写花，又是在传达诗人自己的心情。花开得这么繁盛美丽，蝴蝶飞来了，黄莺飞来了，"留连戏蝶时时舞，自在娇莺恰恰啼"。蝴蝶喜欢呼扇着翅膀在花丛中飞来舞去，倏忽即来，倏忽即去，这里的蝴蝶却留恋着繁花，舍不得离去，又不时飞来。黄莺鸟喜欢躲在枝叶深处鸣叫，往往一见人来，马上就飞，这里的黄莺却自由自在，不住地啼叫着。蝴蝶的"留连"，映衬的是诗人自己为繁花沉醉，黄莺的"自在"，烘托的是诗人自己的自由自在。"留连"和"自在"都是声母相同的双声词，"时时"和"恰恰"都是叠字，上下对偶，此起彼应，恰有蝴蝶起舞的轻盈，黄莺啼鸣的悦耳。

绝句作为一种格律诗是在盛唐时代才兴盛起来的。入蜀之前的杜甫，只留下一首五绝，两首七绝。入蜀之后，绝句有上百首，其中大都写于浣花溪草堂。从五律和七律来说，杜诗体现了唐代格律诗艺术的最高成就，但以绝句来说，杜甫反而是随意的。他说自己"晚节渐于诗律细"，偏偏在绝句创作上，更看重的是即兴发挥。写在草堂的绝句，诸如《绝句漫兴九首》《江畔独步寻花七绝句》《绝句二首》《绝句四首》，干脆以绝句命名，而且一写就是好几首，仅从命名来看，就体现了即兴发挥的特点。这种随意，虽然让他的绝句少了几分李白和王昌龄的兴象玲珑，却也花样翻新，促成了中唐以后绝句艺术的变革出新。就说这首《江畔独步寻花·其六》吧，很口语化，生活化，不大讲究格律平仄，跟我们所熟悉的许多盛唐绝句是不一样的。

杜甫还有一首写在草堂的绝句，广播人口：

两个黄鹂鸣翠柳，一行白鹭上青天。

窗含西岭千秋雪，门泊东吴万里船。

这首绝句看起来并非随手偶得，不仅合乎对仗平仄，语言也千锤百炼。诗中出现了一个口语化的"个"字，似是有意为之，杜甫很善于借鉴民间口语来炼字，平添活泼生动。

读这首诗时，首先会感觉出一种强烈的画面感。杜甫不是画家，对于绘画却有很高的品位，仅在成都，与他交往密切的著名画家就有王宰、曹霸、韦偃等人。他写过二十多首题画诗，其中有不少名篇名句，譬如他评价王宰"尤工远势古莫比，咫尺应须论万里"，评价曹霸"意匠惨澹经营中"。前者是说王宰尤其善于把远处景物的气势画出来，把万里江山纳入咫尺画面。后者是说曹霸作画精心构思，匠心独运，惨淡经营。诗人在赞美他的画家朋友，其实也是夫子自道。就拿这首短小的绝句来说，何尝不是匠心独运，又何尝不是咫尺万里。

前两句像两幅色彩明丽的画面，一幅近景，一幅远景，但也可以放在同一幅画面中。诗人先写窗外，"两个黄鹂鸣翠柳"，然后由近及远，牵引读者的视角，追随着一行向上而飞的白鹭鸟，伸展到蔚蓝色的晴空。黄鹂鸟的羽毛大部分是金黄色，柳树是翠绿色，白鹭鸟纯白如雪，青天是蓝色晴空。诗人以鲜明的色彩突出画面感，而且很注意色彩的搭配。南宋曾季狸在《艇斋诗话》中引用同时代诗人韩驹的话说，"古人用颜色字，亦须配得相当方用，'翠'上方见得'黄'，'青'上方见得'白'。"

后两句的大气是我们一下子就能感觉到的，"窗含西岭千秋雪，门泊东吴万里船"。这不就是诗人评价王宰画作所说的

"咫尺应须论万里"吗？"西岭"当是指成都西南的岷山，岷山山顶的积雪常年不化，所以说"千秋雪"。诗人从窗口远眺西岭，西岭好像镶嵌在窗框中，所以说"窗含"。诗人的草堂坐落在成都西南，从草堂窗口往更远的西南方向望去，当能看到"西岭千秋雪"。即便并非如此，诗歌创作是不受这个拘泥的。至于说下一句，更不能当作草堂门前的实景。"东吴"是指三国时吴国的故地，大致相当于现在江苏、浙江两省的东部地区。"万里船"是说从成都顺流而下直到东吴的船。诗人客居异乡，草堂旁边是浣花溪，浣花溪连着锦江、岷江，岷江连着长江，奔向东吴的万里船正是诗人梦中的回乡之船。刘勰说："文之思也，其神远矣。故寂然凝虑，思接千载；悄焉动容，视通万里。"诗人这两句，上句可谓"思接千载"，下句就是"视通万里"。

　　杜甫的《论诗绝句》以诗论诗，有这样两句话："或看翡翠兰苕上，未掣鲸鱼碧海中。"意思是说有人可以写一些绮丽纤巧的诗文，好像羽毛鲜艳的翡翠鸟飞在美丽的兰花、苔花上，却拿不出雄伟壮美的气势，就像鲸鱼在无边无际的碧海上奔腾逐浪。以杜甫自己的话看这首诗，"两个黄鹂鸣翠柳"是"翡翠兰苕"式的绮丽小巧，"一行白鹭上青天"就不同了，绮丽中有了气势。"窗含西岭千秋雪，门泊东吴万里船"就更不同了，正是"鲸鱼碧海"式的雄伟壮丽。且不说艺术魅力，没有杜甫的胸襟情怀，很难写出这样的诗句。

茅屋秋风

—○ 安得广厦千万间

　　饱经苦难的杜甫一家，终于在成都这一方乐土有了安身之所，过上了温饱日子，因此在他的笔下，草堂和草堂周围的一切，大都散发着美丽宁静、惬意自在的气息。偶尔他的诗句里也透露出草堂的简陋，譬如在《梅雨》诗中说："湛湛长江去，冥冥细雨来。茅茨疏易湿，云雾密难开。"意思是澄澈的河水流向长江，晦暗的空中细雨纷纷。我家的屋顶茅草稀疏，容易漏水，天上却是乌云密布，难以散去。显然，他的草堂很怕细雨连绵的梅雨天气。由此再来看《春夜喜雨》一诗，或许诗人对春雨的赞美跟草堂的承受力不无关系。这春雨是"随风潜入夜，润物细无声"的和风细雨，不是暴雨，也不伴随狂风。这春雨不是无休无止的梅雨，夜里来，天亮就停，"晓看红湿处，花重锦官城"。

可是，上元二年（761年）的秋天，一场突如其来的狂风暴雨把杜甫全家逼到了悲惨的境地，诗人在痛苦中写下《茅屋为秋风所破歌》。这首诗可以分作四个段落来品读，先看第一段：

> 八月秋高风怒号，卷我屋上三重茅。
>
> 茅飞渡江洒江郊，高者挂罥长林梢，下者飘转沉塘坳。

读这几句诗时，要站在诗人当时的角度去感受。这区区三两间草堂就是他的家，一个历尽苦难好不容易才在亲友帮助下建立起来的安身之所。八月里秋高气爽，忽然就狂风怒号，把屋顶上的茅草一层层席卷而去。茅草随风乱飞，飘过浣花溪，散落在江边郊野。飞上半空的高高挂在树梢上，随地低飞的飘飘转转，沉落到池塘和洼地里。诗人眼看着自己的家正在被狂风摧毁却无能为力，"号""卷""飞""渡""洒""挂罥""飘转"，一个接一个的动词，组成急剧转换的镜头，揪住人心。再加上连续五句的韵脚，押的都是开口呼的 ao 韵，让人好像听到风在咆哮，人在呼号。

肆虐的狂风不但卷走了茅草，而且连捡回茅草的机会，也不留给诗人。唯一可以捡回来的只有地面上的，却没想到，南村的一群顽童要抢走茅草。

> 南村群童欺我老无力，忍能对面为盗贼。
>
> 公然抱茅入竹去，唇焦口燥呼不得，归来倚杖自叹息。

这几句诗里，有种残酷的真实。茅草本不是贵重的东西，但贫穷的"南村群童"如获至宝，当着"老无力"的主人像盗贼一样公然抢走茅草。诗人心系天下，这时候却不得不把追回茅草当作天大的事情，因为他得趁着天黑前把茅草盖上屋顶，庇护家人熬过今夜的寒冷，抵挡随时会来的暴雨。他拄着拐杖追赶群童，边追边喊，"唇焦口燥"，但又怎么能追得上呢？狂风卷走了他的茅草，能捡回来的又被一群儿童抢走了，他既不能谴责狂风，也不能找群童问罪，他只能气喘吁吁地倚着拐杖，徒自叹息。

狂风之后还有暴雨，白天之后就是寒夜，不久暴雨和黑夜就来临了。

> 俄顷风定云墨色，秋天漠漠向昏黑。
>
> 布衾多年冷似铁，娇儿恶卧踏里裂。
>
> 床头屋漏无干处，雨脚如麻未断绝。
>
> 自经丧乱少睡眠，长夜沾湿何由彻！

这是"茅屋为秋风所破"后长夜难熬的痛苦。"俄顷风定云墨色，秋天漠漠向昏黑。"过了片刻，狂风终于停息下来，但乌云如墨，阴沉迷蒙的秋空越来越黑暗了。诗人是恐惧的，漫天乌云意味着大雨将至，也加快了寒夜的来临。抵挡寒夜的东西只有保暖的布被了，可是"布衾多年冷似铁，娇儿恶卧踏里裂"。布被盖了多年，冷硬如铁，孩子睡觉又蹬来蹬去，里边已被蹬破了。狂风卷走了屋顶的茅草，破旧的布被更不能御寒，这时大雨来了。"床头屋漏无干处，雨脚如麻未断绝。"床头屋顶漏水，满屋子找不到干燥的地方，雨点密集如麻，没完没了。漫漫长夜，如何熬过？"自经丧乱少睡眠，长夜沾湿何由彻！"自从战乱以后，夜里常常失眠，今夜又是屋漏床湿，怎么才能熬过长夜，挨到天亮！

一连八句，如果没有真实体验，很难写出来。回头再看前面欣赏的那几首草堂诗作，品味其中的幸福感与满足感，不由得让人心里生疼。相比于关中的战乱流离，秦州的衣食不继，同谷的饥寒交迫，诗人一家确实在成都找到了一方乐土，找到了温暖的小窝。然而这温暖的小窝，连一场秋风秋雨也经受不起。

在这个狂风暴雨的秋夜，诗人一家是很愁惨的。处在这种情境下，很容易自伤自怜，怨天怨地，诗人却想到了"天下寒士"。

安得广厦千万间，大庇天下寒士俱欢颜，风雨不动安如山。

呜呼！何时眼前突兀见此屋，吾庐独破受冻死亦足！

五句诗中有三个九字长句，一个感叹词，前三句押同样韵脚，后两句也押同样韵脚，都是在加强语气和气势。紧随在"长夜沾湿何由彻"之后，诗人并没有沉溺于一己的痛苦和怨怒。他从自己的遭遇想到天底下许许多多和他一样不幸的贫穷读书人。

整首诗，从狂风怒号，茅草卷飞写起，写到群童盗茅，追赶不得，写到乌云翻墨，风雨将至，写到布衾似铁，娇儿恶卧，写到床头屋漏，雨脚如麻，写到无法睡眠，长夜沾湿，越写越愁惨悲苦，但最后抒发的是"安得广厦千万间，大庇天下寒士俱欢颜"的心愿。为实现这样的梦想，诗人愿意付出一切，甚至不惜"吾庐独破受冻死亦足"。这种悲悯情怀和博大胸襟，是诗圣之所以成为诗圣的重要原因之一。

那么，为什么一千两百多年前的杜甫能够达到这样崇高的境界？

第一，从杜甫的理念来看。杜甫是儒者，儒家思想的基本内容是仁爱精神。孔子最喜欢讲的两个概念，一个是"礼"，一个是"仁"。"礼"是讲等级的，讲规范的，生活在春秋末年的孔子最担心的是天下大乱。"仁"是讲仁慈的，讲友爱的，仁者爱人。孟子发挥了孔子所说的"仁",把仁爱精神推及政治。他生活在大国争霸的战国时代,以"王道"反对"霸道","王道"的前提是实行"仁政","仁政"的基本内容是"民贵君轻","以民为本"。

杜甫说"致君尧舜上,再使风俗淳""许身一何愚,窃比稷与契",这跟孟子的"仁政"学说是一致的。尧和舜,稷和契,都是儒家推崇的仁义之君和贤能之臣。而且,孟子的"民贵君轻"思想一再体现在杜甫诗中。说杜甫忠君没有错,但他忠君的根本原因是把人民和国家的希望寄托在明君的身上,如果君主昏庸误国、罔顾民生,杜甫的锋芒是很犀利的。他在唐玄宗治理下的开元盛世度过童年、少年、青年时期,因此对唐玄宗有很深的感情。但对于唐玄宗后期的懈怠朝政、荒淫享乐、穷兵黩武、养虎为患等荒谬行径,他都有大胆的批评。杜甫的伟大不只是忧国忧民,他的良知、勇气和批判精神尤其难能可贵。

杜甫的仁爱精神不只是体现在政治理念上,而且是深入到内心的道德理念,融入生命的精神理念。儒家以推己及人倡导仁爱精神,这方面最有名的话,就是孟子所说的"老吾老,以及人之老;幼吾幼,以及人之幼"。这实际上是一种道德上的理想主义,能做到的与圣贤无异,而杜甫正是这样一个少有的圣贤。读杜甫诗你会发现,他总是从自己一家的苦难想到天下人的苦难,这使他的作品远远超出了个人的不幸与呻吟,具有常人难以企及的博大心胸和悲悯情怀。

第二，从杜甫的情感世界来看。文学史上不乏性情中人，但梁启超还是把杜甫推为"情圣"，称赞杜甫是"没有人能比得上"的"写情圣手"。杜甫笔下的情，不只是爱情亲情友情，花鸟虫鱼，山水草木，往往都渗透了他的深情。他不只是去关爱亲人友人邻人，苍生百姓，社稷国家，也是他始终念念在心的。很多人由此想到儒家的"仁爱"，也有人由此说及墨家的"兼爱"，强调某种思想学说的影响自然是重要的，但我们觉得，杜甫情感世界的丰富首先是与生俱来的，他天生就是一个热爱生命、至情至性的人。

第三，从杜甫的遭遇来看。天宝年间的杜甫已日渐贫穷，接近下层百姓，安史之乱爆发后的杜甫在接连几年的战乱流离中，常常跟普通百姓并没什么区别。无论是在携带妻小的逃亡路上，还是独自困在叛军铁蹄下的长安，抑或是处于避乱羌村的艰难苦况，还有秦州的衣食不继，同谷的饥寒交迫，这些可怕的遭遇，让他对苍生百姓的苦难感同身受。在"三吏""三别"中杜甫一再写到生离死别，他自己跟家人不也是经历了一次次生离死别吗？《垂老别》中的老人投杖从军，动身出发，看见他那可怜的妻子卧路而啼，衣裳单薄，而在《北征》诗中，杜甫写自己的妻子鹑衣百结，不也是破衣烂衫吗？

在成都草堂，杜甫写下许多好诗，最著名的还是《茅屋为秋风所破歌》。大多数人都知道成都有个杜甫草堂，也是因为这首诗。杜甫身居草堂，心忧天下，至今天下人也都记得他的草堂。下一篇，我们要暂时离开一下成都草堂。宝应元年（762年）秋，成都发生战乱，杜甫一家到梓州避乱，直到广德二年（764年）春才重返成都。在这一年多的时间里，杜甫又有什么样的经历和遭遇？写下了什么名作？

绝句论诗

○ 凌云健笔意纵横

　　宝应元年五月，半个月之内，唐玄宗和唐肃宗相继驾崩。此后不久，成都尹严武奉诏入朝，杜甫远道相送，走到绵州时得知剑南兵马使徐知道发动了叛乱。很可能是在严武的关照下，杜甫投奔梓州避乱，其后又把家人接到梓州。"成都乱罢气萧飒，浣花草堂亦何有。"他预料到战乱中的成都已经一片萧瑟，浣花草堂更是一无所有了，但还是恋恋不舍。他挂念着草堂院子里亲手种植的四棵小松树，担心尚未长大就被蔓草纠缠起来。他委托弟弟杜占多回浣花草堂打理，把鹅鸭、柴门、种竹之类的事全都细细叮咛："勿知江路近，频为草堂回。鹅鸭宜长数，柴荆莫浪开。东林竹影薄，腊月更须栽。"

梓州在今四川省三台县，距离成都不到三百里，当时是东川节度使治所所在，是位居水陆要冲的川北重镇。大概因为严武的关系，前后担任梓州刺史的李崇和章彝，都对杜甫比较照顾，因此杜甫一家在梓州的日子还是相对安定的。虽然如此，毕竟是寄人篱下，杜甫不得不陪着当地官员参加各种应酬活动，以其诗名和文采为游玩、娱乐、筵席、酒会等各种场面助兴添彩。有趣的是，被拉来写诗捧场的杜甫，有时候忍不住要规劝一味享乐的官员。有一次他陪王侍御在山顶参加宴会，赋诗描述狂欢场面，最后两句却说："人生欢会岂有极，无使霜露沾人衣。"人生欢乐的聚会哪里会有个极限呀，可别让霜露沾在衣襟上受了风寒，那就乐极生悲了啊。还有一次，刺史李崇让一大群舞女在江面大船上翩然起舞，直到傍晚时分，"立马千山暮，回舟一水香"。当迎候官员们的骏马站在岸边的时候，已是暮色笼罩群山，舞女们卸妆洗面，脂粉染香了一川江水。临末两句，杜甫以戏谑的语气规劝李崇说："使君自有妇，莫学野鸳鸯。"你是有老婆的人啊，可别学野鸳鸯乱找配偶。

杜甫喜欢漫游，梓州各地的名山胜水和楼台寺庙纷纷出现在他的笔下。初唐大诗人陈子昂的故乡就在梓州所辖的射洪县，杜甫早想去拜谒。在《送梓州李使君之任》一诗中，杜甫说"君行射洪县，为我一潸然"，嘱咐新任梓州刺史到了射洪县，别忘了替他拜祭陈子昂。到梓州安顿好家人不久，杜甫不顾仲冬寒冷，前往射洪县，凭吊了陈子昂旧居和当年读书的学堂。虽然距离陈子昂活跃的时代不过是半个多世纪，当他站在学堂的时候，还是凛然于岁月的沧桑。他看着爬满青苔的石柱，追想陈子昂的人生，临风凭吊，长歌当哭，"悲风为我起，激烈伤雄才"。

为什么陈子昂会唤起杜甫这样强烈的感情？第一，他们有同样的济世精神。关注时局，忧国忧民，倡导儒家的仁政，抨击统治者的荒淫奢侈，这些都是他们共同的地方。第二，他们有相似的人生遭遇。两人都做过皇帝旁边进谏的拾遗，所以后人把陈子昂称作陈拾遗，把杜甫称作杜拾遗。两人又都是因为直言敢谏而遭受打击，陈子昂因此被诬为"逆党"，一度株连下狱。陈子昂辞官回乡之后，权倾朝野的武三思指使射洪县令加以陷害，最后冤死在故乡的牢狱里。

第三，在文学主张和创作上，他们也很相似。许多朋友知道陈子昂都是因为《登幽州台歌》，其实陈子昂对中国文学更突出的贡献是他的诗歌革新主张。初唐文坛，一连数十年充斥着南朝绮靡诗风，堆砌辞藻，采丽竟繁，时人好像已经忘记了诗经、楚辞和汉魏诗文。陈子昂率先发声，标举汉魏风骨，推崇刚健有力的思想内容，并以《感遇诗三十八首》实践他的诗歌理论，直接为盛唐诗歌的兴盛奠定了基础。

杜甫在陈子昂故里写下《陈拾遗故宅》一诗，诗中说"有才继骚雅，哲匠不比肩。公生扬马后，名与日月悬"。"骚雅"指《离骚》和《诗经》，"继骚雅"是称颂陈子昂恢复了《离骚》

和《诗经》以来的文学传统。正因为陈子昂有如此成就，那些仅有高超才艺的人是无法与之比肩的。"扬马"指扬雄和司马相如，西汉时期的两大文豪，都是陈子昂的前辈同乡。杜甫把陈子昂跟扬雄、司马相如相提并论，并提升到"名与日月悬"的高度，不只是赞美他的文采，也是在高度评价他倡导"汉魏风骨"的历史功绩。

对于陈子昂，盛唐诗人中最懂得欣赏并高度评价的，莫过于李白和杜甫。李白的家乡绵州距离陈子昂的家乡不远，他在诗文中一再提及这位让他引以为傲的前辈同乡。不过，由于文学风尚已经发生很大变化，李杜的文学主张跟陈子昂相比又有明显不同。初唐时期南朝绮靡文风积习已久，像阴霾一样驱之不去，陈子昂深恶痛绝，激烈反对，干脆对南朝文学一概排斥。到了盛唐时期，绮靡文风的阴霾已经扫除，陈子昂倡导的汉魏风骨已经被广为接受。在这种情形下，有人还是停留在陈子昂的革新主张上，仍然对南朝文学弃如敝屣，甚至对"初唐四杰"也嗤之一笑。有人却注意到诗歌艺术形式在不断走向完美，从创作实践上越来越意识到南朝文学的文采之美和格律之美。李白和杜甫显然属于后者，在他们的诗作中，常常出现对南朝诗人的赞美。他们既重视陈子昂所倡导的汉魏风骨，又善于在艺术形式上从南朝诗人那里学习借鉴。

杜甫的诗歌主张主要见于组诗《戏为六绝句》。这组诗的写作时间很难确定，或说作于上元二年（761年），或说作于宝应元年（762年）。如果是后者，那就有可能是写在梓州寓所。或许正因为拜谒陈子昂故居，触发杜甫再次思考陈子昂的诗歌革新主张以及当时的文坛现象，并对唐诗发展中一些问题进行总结和概括。

这组诗由六首七言绝句组成。前三首是对几个诗人的评价，借此表达自己的文学观点。第一首说："庾信文章老更成，凌云健笔意纵横。今人嗤点流传赋，不觉前贤畏后生。"大意是庾信的文章到了老年就更成熟了，他健笔凌云，纵横开阖，挥洒自如。今天却有人讥笑他流传至今的诗赋，如果他还活着，只怕会觉得你们这些后生令人生畏了。"庾信"是南朝梁时的大臣和诗人，文风华丽浮靡，后来奉梁元帝之命出使北朝被扣留，历经西魏、北周和隋朝的改朝换代，前后近三十年，因此融合了北方的豪爽雄劲之气，成了南北朝文学的集大成者。杜甫还有两句诗是写庾信的——"庾信平生最萧瑟，暮年诗赋动江关。"由于杜甫中年以后遭遇安史之乱，晚年四处漂泊，诗作越来越成熟老辣，苍凉雄浑，所以他对庾信的评价更多时候被人们用来评价杜甫自己。

《戏为六绝句》的第二首和第三首都是评价初唐四杰王勃、杨炯、卢照邻和骆宾王的，这里只看第二首："王杨卢骆当时体，轻薄为文哂未休。尔曹身与名俱灭，不废江河万古流。"大意是王杨卢骆的诗文在当时来说已经很了不起了，可是总有人讥笑他们下笔为文太轻薄了。你们这些讥笑的人很快就会被历史淘汰，四杰的作品却像江河一样不废，万古流芳。杜甫在这里是以历史的眼光评价诗人，王杨卢骆虽然不能完全摆脱齐梁文风，但在当时是很有突破、自成一体的。他们在内容上冲出了宫体诗的狭小范围，在形式上促进了五言律诗的成熟。今天文学史上说到四杰评价都很高，如果要说第一个高度评价四杰的人，那就是杜甫。

第四首称赞雄伟壮美的气势："才力应难跨数公，凡今谁是出群雄？或看翡翠兰苕上，未掣鲸鱼碧海中。"大意是说，上述几位诗人都是才力过人，难以跨越，现在谁又是超出他们的雄才。有人可以写一些绮丽纤巧的诗文，好似羽毛鲜艳的翡翠鸟飞在美丽的兰花、苕花上，却拿不出雄伟壮美的气势，就像鲸鱼在无边无际的碧海上奔腾逐浪。杜甫以"翡翠兰苕"和"鲸鱼碧海"两个比喻构成鲜明对比，前者代表绮丽小巧，后者代表雄浑大气，前者相对容易，后者难以企及。像四杰中的王勃，后人之所以喜欢他，正是因为那些雄浑大气的诗句令人心神荡漾。"海内存知己，天涯若比邻。""落霞与孤鹜齐飞，秋水共长天一色。"都是他的妙句。

不过，说到"鲸鱼碧海"之美，更多时候还是让人想到杜甫自己的壮美诗篇。前边说过，壮美是杜甫人生的底蕴，也是杜甫诗歌的底色。与其说这是他艺术追求的结果，不如说更多取决于他的禀赋个性和心胸情怀。壮丽的画面，壮阔的胸怀，悲壮的歌吟，雄壮的气势，这种种壮美，是我们在欣赏杜甫诗歌的过程中，常常都会感受到的。

第五首说："不薄今人爱古人，清词丽句必为邻。窃攀屈宋宜方驾，恐与齐梁作后尘。"前两句意思是古人、今人不应该有厚薄之分，只要他有清词丽句，那就一定要引以为邻，向他学习。"清词丽句"在这里代表文采，古代最讲究文采的诗人要数楚辞作家屈原、宋玉和齐梁诗人了。屈、宋的作品有文采也有内容，齐梁诗人却往往只有华丽的辞藻。所以，诗人在后两句强调，要与屈、宋并驾齐驱，可别堕入齐梁后尘。

第六首说："未及前贤更勿疑，递相祖述复先谁？别裁伪体亲风雅，转益多师是汝师！"大意是说，不必怀疑你跟前贤还有距离，但前贤有那么多，应该向谁效法？要鉴别优劣，淘汰糟粕，学习《诗经》风雅的传统，广泛吸收，拜师越多得到的才越多。杜甫既强调《诗经》风雅的传统，又强调借鉴前人的一切文学精华，从他的创作实践来看，这是他的切身体会。他关注现实，反映现实，这正是《诗经》风雅的传统。另一方面，他的诗作兼及各种题材、形式和风格，兼及众家之所长，是后人公认的"集大成者"，这正说明他的广为借鉴，转益多师。

大概是因为从未有人以绝句来论诗，所以杜甫把这组诗题作《戏为六绝句》。但诗作本身并无戏谑之处，杜甫所写的既是他的创作体会和诗歌主张，也是对唐诗发展中一些现象和问题的思考。我们常说李白和杜甫是唐诗顶峰上的双子星座，且不说他们的作品多么伟大，仅从诗歌见解来看，他们就已经站在了唐诗发展的新高度。

喜从天降

—○—

剑外忽传收蓟北

杜甫携家漂泊到成都是在唐肃宗乾元二年（759 年）的冬天。三年后，也就是唐代宗宝应元年（762 年）冬，郭子仪借兵回纥，夺回洛阳等地，收复了河南。史朝义在丢掉他的首都洛阳后逃往河北，又接连兵败，众叛亲离，最后自缢而死。至此，唐军也收复了叛军的老巢河北一带，历时七年零两个月的安史之乱终于结束了。

消息传到蜀地时，杜甫仍在梓州。诗人欢欣若狂，喜极而泣，写下《闻官军收河南河北》一诗：

剑外忽传收蓟北，初闻涕泪满衣裳。

却看妻子愁何在，漫卷诗书喜欲狂。

白日放歌须纵酒，青春作伴好还乡。

即从巴峡穿巫峡，便下襄阳向洛阳。

诗人兴奋到了极点，满纸都跳跃着欢喜。流畅的语言，轻快的节奏，奔放的情感，几乎让我们忘记这是一首格律严谨的七言律诗。诗人的七律以沉郁顿挫的风格著称，但这首诗恰恰相反。从第九篇开始，"诗圣杜甫"的主题就进入了安史之乱，我们跟随诗人的描述，感受了他们一家在战乱流离中所经受的种种苦难，此时来看这首诗，不由得也要欢颜一笑了。

首联两句写喜讯传来的那一刹那。"剑外"指剑门关以外，这里指蜀地。诗人的故土在中原，却因为战乱和饥馑，不得不羁旅"剑外"。"蓟北"泛指唐代的幽州、蓟州一带，在今河北北部，是安史叛军的起兵之地和大本营。官军收复蓟北，意味着安史之乱终于彻底平定了。诗人在"剑外"和"蓟北"这样两个地名之间轻松带出"忽传收"三字，狂喜之情已流露出来了。"初闻涕泪满衣裳"是听到喜讯的第一反应，喜讯忽然传来，反应也是毫无准备的，泪水在刹那间夺眶而出，一涌出来就抑制不住，泪如雨下，"满衣裳"都是。

颔联两句接着写初听喜讯的狂喜。"却看"是回头看，"妻子"指妻子和孩子。诗人深爱家人，多次把苦难中的妻小写在诗中，我们从《月夜》《春望》《羌村三首》《北征》以及在秦州、同谷所写的诗作中，已经多次感受了他对妻小的眷念、怜惜和愧疚。现在战乱终于结束了，诗人在"涕泪满衣裳"之后，回头先看妻子孩子，他们脸上的愁容已经完全不见了。妻子孩子的喜悦更让诗人喜不自禁，他马上想到了回乡，带着他们回到日思夜想的中原故土。"漫卷"是胡乱地卷起，平素嗜好诗书又不得不靠诗书消遣寂寞日子的诗人，此时在"喜欲狂"的情形下一反常态，只想着卷起诗书，收拾行囊，赶快回乡。从"初闻涕泪"到"却看妻子"，再到"漫卷诗书"，今天用摄影机拍下来，就是一组有三个细节的感人镜头。

官军收复了河南河北，诗人自然想到了结束漂泊，返回故土。"漫卷诗书"是说自己已开始整理行囊准备回乡，颈联两句紧接着宕开笔墨，抒发回乡的喜悦："白日放歌须纵酒，青春作伴好还乡。""青春"指草木青绿的大好春光。两句的意思是在灿烂阳光下放声高歌，痛饮美酒，在青绿春色的一路伴随下，返回故乡。诗人把喜悦心情和美丽风景糅合在一组精致的对偶句中，让人心神荡漾。

尾联两句十四字，八个字是地名，不但用了对偶句，还用了地名对、句中对、流水对。地名对就是以地名相对。句中对是指一句之中自成对偶，上句中"巴峡"与"巫峡"，下句中"襄阳"与"洛阳"，都是句中对。流水对指上下两个对偶的句子相连相承，如水流走。诗人如果从梓州回洛阳有两三千里，这漫漫长途可写的就太多了，但他却很轻松地拈出四个地名，句中再以"穿""下""向"三字串起，风驰电掣般奔向洛阳。地名对、句中对和流水对的对偶妙用，"穿""下""向"的用字传神，再加上"即"和"便"两个虚词的前后衔接，都好像加快了诗人回乡的速度。

清代浦起龙评注说"八句诗，其疾如飞"。又说这是杜甫"生平第一首快诗也"。这个"快"，当是包括了心情的痛快，语言的明快，也包括了节奏的轻快。以节奏轻快来说，很大程度上与诗人善用虚词有关。这首诗，每一句都用到虚词。"忽""初""却""漫""须""好""即""便"，这些虚词让全诗八句蝉联而下，使上下文一气贯注。

读了这首诗，让我们也要为杜甫一家欢喜雀跃了。安史之乱终于结束了，漂泊西南的杜甫终于可以回乡了。可是，在欢呼胜利的狂喜之后，杜甫其实并未回乡。其一是因为回乡的路危险重重，故乡也并不太平，其二是因为严武又回到成都，坐镇蜀地，来信邀请他。

同年八月，房琯在赴任途中卒于阆州，杜甫前往吊唁。在阆州停留数月后，杜甫回到梓州，然后携带家人同往阆州。《光禄坂行》或许写在往返于梓州和阆州的途中，诗中说："马惊不忧深谷坠，草动只怕长弓射。安得更似开元中，道路即今多拥隔。"诗人并不担心马惊坠入深谷，只害怕草丛中突然有乱箭飞来。路上到处都有阻隔，让他更加缅怀开元年间那个太平盛世。

梓州和阆州的距离不到三百里的路途尚且如此，何况长达近三千里的漫长回乡之路。强大的唐王朝在经历了历时七年有余的安史之乱后已是百孔千疮，宦官专权，外敌入侵，藩镇割据。朝廷当初为早日平定战乱，不惜以屈辱为代价借兵回纥，又不计后果地招降纳叛，允许安史降将保留已经占据的地区和兵力，造成藩镇数量不减反增。由唐代宗接手的李唐江山其实是一个满目疮痍的烂摊子，北有回纥勒索，西有吐蕃侵袭。就在这年十月，唐代宗出奔陕州，吐蕃军队一度攻陷长安，陇右道东段十三个州全都陷入吐蕃控制之下。

唐代宗对外不得不防御外敌，对内不得不在权力斗争中对付权宦，根本无暇顾及藩镇势力。大大小小的军阀常常发动叛乱，又有强盗出没，使得道路阻塞，杀机四伏，回乡之路远不是"即从巴峡穿巫峡，便下襄阳向洛阳"那样简单。杜甫有首绝句就是这种乱象的写实："前年渝州杀刺史，今年开州杀刺史。群盗相随剧虎狼，食人更肯留妻子。"渝州、开州"杀刺史"这样的事当是发生在安史之乱结束之后，按理说非同小可，但除了杜甫这首诗别无记载。刺史的性命尚且如此，何况苍生百姓。

第二年春天，杜甫在阆州感叹说："西京疲百战，北阙任群凶。关塞三千里，烟花一万重。"回乡是太难了，故乡又战乱不断，他自己还体弱多病，但他仍旧准备着回乡。他计划乘船沿嘉陵江去渝州，出峡东游，离开蜀地。就在这时，严武第三次入蜀，再度出任成都尹、剑南节度使，并来信相邀。杜甫喜出望外，赋诗给严武说："殊方又喜故人来，重镇还须济世才。"在从阆州重返成都的途中，他一边叹息离开成都的艰难日子，"三年奔走空皮骨，信有人间行路难"，一边表达急于回到成都的心情，"处处青江带白蘋，故园犹得见残春"。他说的"故园"并非是中原故土，而是他的第二个故乡——成都。

中国人把命中注定的人生遇合叫作缘分，把命中注定会给自己很大帮助的人称作贵人。杜甫频遭战乱和磨难，要说贵人，第一个当推严武。他作为地方最高长官三次镇蜀，很可能没有他，就没有杜甫一家在成都草堂的平安和舒适。杜、严二人，交情匪浅。第一是世交，严武的父亲严挺之是杜甫年轻时的好友。杜甫的年龄介于严氏父子之间，从这个意义上说，他和严氏父子都是忘年交。第二是患难之交。房琯任相时两人同朝共事，房琯被罢相后两人同遭贬职。第三是诗友。严武虽以武将知名，诗也写得不俗，两人之间多有唱和。甚至可以说，严武具备了几分赏识杜诗的慧眼和品味，所以杜甫才把他当作知己。当严武奉调入京时，杜甫远道相送，写下了"远送从此别，青山空复情。几时杯重把，昨夜月同行"的深情诗句，也发出了"江村独归处，寂寞养残生"的绝望叹息。现在，严武又回来了，杜甫兴奋地说："身老时危思会面，一生襟抱向谁开。"

1997 年冬我在成都拜谒杜甫草堂，站在浣花溪边凛冽的寒气中，忽然想到了战乱年代庇护杜甫一家的严武。拙文《杜甫草堂》中有这样一段话：

> 历史是该给严武记一笔的。不说他的政绩，仅仅是对杜甫的帮助，就是不小的功劳。杜甫一生饱谙世态炎凉，在长安时曾作诗说："翻手为云覆手雨，纷纷轻薄何须数。君不见管鲍贫时交，此道今人弃如土。"这惨淡的诗句，让我们可以想见有多少朋友因杜甫的贫困弃他而去，又有多少权贵对于杜甫的才华和困境不屑一顾。严武不同，他帮助杜甫了。也许这对他来说只是举手投足之劳，但自古及今的权贵，有多少人愿意帮助穷愁潦倒的诗人？杜甫一生所遇的贵人首推严武，较为安定的日子是在成都，作诗最多的时期也是在成都。

丞相祠堂

○ 长使英雄泪满襟

　　杜甫返回成都不久，严武举荐他做了节度参谋、检校工部员外郎。节度参谋是节度使幕府参与谋议的幕僚，工部员外郎掌管城池土木工程之类的事，检校加在官名之上有代理之意。虽然是代理，级别不过是从六品上，却是杜甫一生中做过的最高级别的官了。

　　做了官，晚上就来不及回到郊外的草堂了，只好留宿幕府。过了不到半年，体弱多病的杜甫受不了案牍劳形，给严武写诗说"信然龟触网，直作鸟窥笼"，把自己比作网里的龟，笼里的鸟，希望能离开幕府。要了解这段日子的杜甫，还是看看他的《宿府》一诗：

> 清秋幕府井梧寒，独宿江城蜡炬残。
>
> 永夜角声悲自语，中天月色好谁看？
>
> 风尘荏苒音书绝，关塞萧条行路难。
>
> 已忍伶俜十年事，强移栖息一枝安。

首联两句前后倒装，先渲染氛围，再写"独宿江城"。"幕府"指将军的府署，"井梧"指水井边的梧桐树。上句说已是深秋时节，幕府沉沉，井边梧桐树枝叶稀疏，在风中瑟瑟抖动，生出凛凛寒意。下句说我独自在江城成都渡过这漫漫长夜，眼看着摇曳的烛光将要熄灭。这两句把气氛和心境都写出来了。诗人独宿幕府，深夜不寐，窗外是"井梧寒"，室内是"蜡炬残"，很寂寞，很悲凉。

颔联两句句法奇特，颇为后人称道。清初的王嗣奭说"'悲''好'当作活字看"，清末的施补华又说"'悲'字、'好'字，作一顿挫，实七律奇调"。也就是说，读这两句诗时"悲""好"二字可以抽离出来，单独停顿："永夜／角声／悲／自语，中天／月色／好／谁看？"每句四个顿挫，越发显得沉郁悲凉。不仅如此，诗意上也翻出一层。"角声"本来是起警戒敌人来犯的作用，但"永夜角声"是长夜中时时传来的角声，成都人已经习惯和麻木，所以说它是"悲自语"，自言自语，徒增悲凉。月到"中天"本是月色姣好之时，可是，在这悲凉的秋夜，谁有心情去看？

颈联两句紧随"中天月色好谁看"，抒写思亲思乡的沉痛。今夜是这样的孤独悲凉，如果有亲友的来信该多好啊！可是"风尘荏苒音书绝"。"风尘"在这里指乱世漂泊，"荏苒"指时光渐渐逝去。乱世漂泊中，时光一天天过去，亲朋好友，音书断绝。实在忍受不了，那就回乡吧，可是"关塞萧条行路难"。关塞萧条冷清，回乡的路艰难不易。关塞为什么萧条？叛乱不断，强盗横行，人烟稀少。

最后两句表达的心情很复杂，大意是说我已忍受十年的流离漂泊，现在只能暂且栖身，勉强有一个安家之地。"十年"是指安史之乱爆发后的十年，从唐玄宗天宝十四载（755 年）到唐肃宗广德二年（764 年）。这两句诗里，有痛苦，有无奈，也有几分强自宽解。无论如何如今有个安家之地，总有一天，可以见到亲人，回到故乡吧！

《宿府》诗作于广德二年的秋天。比这首诗写作时间稍早几个月，也就是杜甫从阆州回到成都不久，还有一首有名的七律诗，叫作《登楼》。《宿府》诗写幕府独宿，纠结着无穷心事，沉郁顿挫。《登楼》诗写登高远眺，在沉郁顿挫之外，多了几分大气苍凉。

花近高楼伤客心，万方多难此登临。

锦江春色来天地，玉垒浮云变古今。

北极朝廷终不改，西山寇盗莫相侵。

可怜后主还祠庙，日暮聊为梁甫吟。

首联写登楼，却已是放眼天下的气派，风雨骤至的笔势。上句"花近高楼伤客心"，突如其来，引起悬念。美丽的鲜花盛开在高楼附近，为什么反而让客居异乡的诗人黯然神伤？下句笔挽千钧，以"万方多难"四字放眼普天之下，又以"此登临"三字陡然收到眼前登楼，"万方多难此登临"！这句诗既回应了上句，又以开阔沉雄之气为下边六句蓄势做铺垫。

颔联是千古名句，"锦江春色来天地，玉垒浮云变古今。""锦江"是流经成都的岷江支流，"玉垒"是成都西北一座高峻的大山。锦江的春天春潮滚滚，好像从天地之间奔涌而来，玉垒山的浮云来来去去，变幻不已，从古至今。诗人借写登楼举目千里，借写山水自然寓意历史沧桑，一笔带出苍天大地，一笔牵动古往今来。

诗圣的笔力何其了得！如果说在"花近高楼"四字后边，是情理上出人意料的"伤客心"，那么，在"万方多难"之后、"锦江春色"之后、"玉垒浮云"之后，都是艺术手笔上让人想不到的三个字。"万方多难"与"登临"很难衔接，诗人用一"此"字，举重若轻。"锦江春色"与"天地"之间，"玉垒浮云"和"古今"之间，同样不易跨越，但诗人分别用一"来"字和一"变"字，化险为夷，浑然天成。而且，在格律上，气势上，上下两句都构成了绝妙对偶。

颈联是对时局的关注，也可以说纵论天下大势。古人常以"北极"代指朝廷，这里的"北极朝廷"就是指唐王朝。"西山"泛指蜀地与吐蕃交界地区的山脉，"西山寇盗"指吐蕃入侵者。这两句是说，大唐王朝就像北极星气运不改，吐蕃盗寇的入侵只能是徒劳的。相比于其他六句，这两句很直白，是诗人站在当时背景下发出的声音。诗人一方面表达了他对唐王朝的坚定信念，另一方面与尾联构成欲抑先扬。

尾联突然一转，"可怜后主还祠庙，日暮聊为梁甫吟"。诗人站在楼头，远眺江山，俯瞰成都，思绪翻飞。在夕阳西下之时，城南先主庙、武侯祠和后主祠隐约可见。"后主"是谁？陈寿在《三国志》中把刘备称作先主，把刘禅称作后主，后来人们就把与刘禅有相似经历的末代君主都叫作后主。诗人在这里所说的"后主"正是刘禅，刘备的儿子，小名叫阿斗，人们常说的"扶不起来的阿斗"就是由他而来。"梁甫吟"是一首乐府古辞，《三国志》说诸葛亮"躬耕陇亩，好为梁父吟"。这两句的大意是，可惜啊，像刘禅这样的亡国之君竟然还有祠庙，后人还去祭拜他。在这日暮时分，我也只能吟咏《梁甫吟》罢了。诗人借古喻今，语带讥讽，一唱三叹。上句嘲笑"后主"刘禅，暗讽的却是唐代宗李豫。下句以"梁甫吟"点出诸葛亮，暗讽当朝没有诸葛亮那样的贤相能臣。

关于唐代宗，杜甫把他比作后主刘禅，北宋欧阳修等人合撰的《新唐书》却看作是中兴之主。与其说这是史识上的天壤之别，不如说是因为时间点不同，角度就很不一样了。杜甫当时所感受到的唐代宗，是即位只有两年的唐代宗，他被宦官簇拥着登基又被宦官裹挟，既无力对付吐蕃入侵，也无力对付藩镇割据，所以杜甫见到后主祠就把他跟刘禅联想起来。刘禅亡国，很大程度上就是因为过分宠信宦官黄皓。而《新唐书》评价的唐代宗却是做了十七年皇帝的唐代宗，他三次剪除权宦，巩固了皇权，也使唐代社会渐趋安定，弊政有所革除，经济有所发展。不过，唐代宗毕竟是权谋有余，魄力不足，对于藩镇势力他始终是姑息迁就。《新唐书》说他是中兴之主，未免也有些牵强。

《登楼》诗不过短短八句，五十六字，却有一种笼盖天地、纵横今古的磅礴大气。格律严谨，细针密线，又腾挪跌宕，自由展开。关于这些，我们还将在杜诗中一再领略。现在，借着《登楼》诗最末一句"日暮聊为梁甫吟"，我想把话题转到杜甫歌咏诸葛亮的名作《蜀相》上。诸葛亮是杜甫最崇仰的人物之一，他在成都时，肯定是不止一次拜谒武侯祠。且看他如何来写：

> 丞相祠堂何处寻？锦官城外柏森森。
>
> 映阶碧草自春色，隔叶黄鹂空好音。
>
> 三顾频烦天下计，两朝开济老臣心。

出师未捷身先死，长使英雄泪满襟。

首联一问一答，已让人肃然起敬了。诸葛丞相的祠堂到哪里去寻访？锦官城外那一片古柏森森的地方就是啊！诗人以"丞相"称呼诸葛亮，而不是称呼其名姓，也不是以封爵武侯相称，本身就带着亲切和敬意。"柏森森"说的是一片茂密的古柏，见证了祠堂历史的古柏。诗人以此来写丞相祠堂郁郁苍苍的肃穆景象，同时也表现了古往今来蜀人对诸葛丞相的祭拜与敬仰。

再读颔联，我总觉得"锦官城外柏森森"是诗人在老远处就看到的景象。第一句问"何处寻"，第二句把画面放在"锦官城外"那一片"柏森森"的地方，第三句和第四句才写到进入祠堂。这样的由远及近，有点儿像建筑师在伟人的灵前修建一条由远及近的主道，让拜祭之人在走近祭室的过程中生出敬意，唤起情感。

颔联所写是进入祠堂后看到的景色，听到的声音，"映阶碧草自春色，隔叶黄鹂空好音"。在写景的笔墨中，上句来一个"自"字，下句来一个"空"字，深沉而微妙的感觉就不仅传送出来了，而且让读者味之不尽。世上已无诸葛亮，也没有诸葛亮这样的贤相，只有他的祠堂在这里寂寞独守。碧草映照石阶，黄鹂鸟在密叶间啼鸣，春色再明媚，声音再悦耳，又有什么用啊！

颈联也是名句，以高度的概括力令人激赏。诸葛亮一生可写的太多了，仅仅是陈寿的《三国志·诸葛亮传》，内容就够详尽的了。诗人抓住最重点，以两句诗概括出来："三顾频烦天下计，两朝开济老臣心。"上句所写，是大家都知道的三顾茅庐和隆中对。关于这个故事，诸葛亮自己在《出师表》里提到过，陈寿在《三国志·诸葛亮传》里记载过，罗贯中又在《三国演义》里长篇铺叙过，都是出色的文字，著名的篇章。杜甫以"三顾频烦"点出三顾茅庐，以"天下计"点出隆中对，更妙的是以"两朝开济老臣心"做下联，巧夺天工，又浑然天成。"两朝"是刘备、刘禅父子两朝，诸葛亮辅助他们父子，一"开"一"济"，而"老臣心"又正是诸葛亮在《后出师表》中所说的"臣鞠躬尽力，死而后已"。

尾联慷慨悲歌，写法与常人不同。诗人写诸葛亮之死，强调的是"出师未捷身先死"，诸葛亮五次出师伐魏，最终未能取胜，病死在五丈原。写诸葛亮的感人，强调的是"长使英雄泪满襟"，不只是诗人自己的唏嘘落泪。"长使"拉开了历史空间，"英雄"是天下的英雄，特别是那些壮志未酬的悲剧英雄。萧涤非先生在欣赏这首诗的时候，举过两个例子。一个是中唐时期力图改革弊政却屡遭打击的政治家王叔文，他在被杀害之前，吟咏杜甫的这两句诗哽咽流泪。另一个是宋朝的名将宗泽，他屡败金兵，二十多次上书赵高宗，最终却得不到收复中原的机会，临终前他在病榻上吟咏这两句诗，三呼"过河"而卒。

萧先生举的是见于史书的例子，自唐朝以来的一千多年的历史中，想必还有许多悲剧英雄，在烈士暮年、壮怀激烈之时，含泪吟诵这两句诗。

诸葛亮是古代读书人崇拜的偶像，歌咏他的诗作可以车载斗量。要说哪一首最有名，写得最好，那就是《蜀相》了。杜甫将去的夔州也有武侯祠，也留下不少与诸葛亮相关的遗迹和传说，杜甫在那里也写下几首歌咏诸葛亮的诗。不过，毕竟他在夔州留下的名作太多了，我们只能从名作中选择名作。

夔府孤城

夔州西阁

——○三峡星河影动摇

永泰元年（765 年），杜甫告别成都，携家东下，离开了浣花溪草堂。杜甫深爱他的草堂，让我们欣赏杜诗时都会对它平添几分感情。此时说到杜甫离开草堂，禁不住也要为之惘然了。

杜甫为什么要告别成都，携家东下？原因或许还有一些，但主要原因是严武在四十岁的盛年一病不起，溘然长逝，杜甫一家顿时失去了依靠。前边说过，在此之前有一两年，严武入朝任职，杜甫到梓州、阆州避乱，其间就流露出要离开蜀地、出峡东游的想法。在梓州时他说："应须理舟楫，长啸下荆门。"

在阆州时他说："九江春草外，三峡暮帆前。"看来他已经想好了出蜀的路线，梓州和阆州的寂寞日子，让他把出三峡、下荆门的水路之行想象得很浪漫。后来严武回到成都，写信邀请，杜甫也就暂且放弃了出峡东游之想，重返浣花溪草堂。没想到一年后，严武就突然暴病而卒。在《去蜀》一诗中，杜甫吐露了离开蜀地时的心情，大意是说我在成都客居了五年，其中一年在梓州度过。无奈战乱不断，关山阻隔，回乡不得，又要辗转到潇湘一带。世事沧桑，头发白了又黄，在这余生残年，像江上白鸥一样漂泊。

杜甫买了一只船，大约在初夏时节携家人沿岷江南下。至戎州（在今四川宜宾）进入长江，沿长江顺流东下，经渝州（在今重庆市）、忠州（在今重庆市忠县）到达云安（在今四川云阳）。此时已是初秋时节，从成都走水路到这里有两千多里地了。旅途的奔波加重了病情，肺病缠身，双脚麻痹难行，走路要拄拐杖，还得儿子扶着，杜甫只好留在云安歇息养病。第二年暮春，在一个难得的晴日，杜甫又携家上船，顺流前往夔州。

夔州距离云安也就二百多里，顺流而下，不过一两日工夫。到了夔州，又不得不因为病情滞留下来。夔州在唐代属于山南东道，州治在今奉节县城东，坐落在瞿塘峡北岸的白帝山上。今天的导游介绍长江三峡，常会说"长江三峡西起奉节县的白帝城"。白帝城是西汉末年的大军阀公孙述建立的，唐代的夔州城以此为基础，向山坡上扩建而成，所以唐人也把夔州城叫白帝城。晚年的杜甫来到白帝城，可以说是悲壮的诗人碰上了苍凉的古城，雄健的笔力遇到了壮丽的山水。

大家知道夔门这个地方吧！夔门又叫瞿塘关，是瞿塘峡的入口，也是长江三峡的入口。乘船快要进入三峡时，游客翘首期待，最想看到的就是两山夹峙、壁立千仞的夔门。古人说"夔门天下雄"，今天第五套人民币 10 元钱的背面主景就是夔门。据说，拍摄这幅画面的最佳位置是在白帝城景区的夔门观景台。当年杜甫到夔州，客居的第一个地方叫作西阁，住了将近一年。山东大学《杜甫全集》校注组的几位老师曾到夔州实地考察，他们根据明代人的记载，推测说西阁一带有可能是面对滟滪堆的一个地方。滟滪堆是夔门前坐落在江流之中的一块巨大礁石，如果杜甫真是住在这样的地方，就有可能从住处看到名闻天下的夔门，看到长江三峡入口处来来往往的船只。杜甫滞留白帝城，所可宽慰者至少有两点，一是白帝城乃历史名城，留下不少古迹可供凭吊，二是此地乃三峡入口，面对着长江奔腾，群山高耸。他喜欢壮丽的山水，壮美的风格，当夔州成了客居之地的时候，长江三峡的自然景观和历史人文，就必定激发他更多的灵感与冲动。

杜甫滞留夔州，除了身体的原因，还有一家人的生存问题。为了生存，他不得不依附于夔州都督兼御史中丞柏茂琳。此人是地方上的小军阀，史书上没留下关于他的记载，今天能够肯定的是他对杜家提供了不少帮助，安排杜甫为公家代管一百顷东屯公田。杜甫自己又买下四十亩柑园，躬耕田亩，还雇了几个奴仆。他向来喜欢花木园林，但经营柑园与成都草堂的种花植树不同，得像农人一样辛苦劳作。生活算是比较安定的，但毕竟是寄人篱下。他是有名望的诗人，在皇帝旁边做过左拾遗，在严武幕府中曾是座上客，柏茂琳需要他来写些赞歌，添些雅兴，抬高身价。杜甫呢，确实也为柏茂琳写了几首歌功颂德的诗。因为这几首诗，后世不少热爱杜甫的人都有些难为情了，要么避而不谈，要么忍不住也说几句杜甫的不是。其实，说杜甫是诗圣，并不意味着就非要以圣人的标准来苛求他。在当时的处境下，生存问题不只是他一个人的，而是他一家老小的。全家人跟着他漂泊异乡，他自己又年老多病，如果不委曲求全，想办法谋生，家人该如何生存？

大家还记得第一篇就讲过的《壮游》诗吧！"往昔十四五，出游翰墨场。斯文崔魏徒，以我似班扬。七龄思即壮，开口咏凤凰。九龄书大字，有作成一囊。性豪业嗜酒，嫉恶怀刚肠。脱略小时辈，结交皆老苍。饮酣视八极，俗物都茫茫。"本书在第一篇谈及这首诗，想说的是杜甫扬起人生风帆的开始，从那些诗句完全可以想见少年杜甫的才华、自信和高傲。其实，《壮游》诗写在夔州，是杜甫回顾生平的长诗，从少年时代一直写到流寓夔州的晚年。临近结尾，诗人说："小臣议论绝，老病客殊方。郁郁苦不展，羽翮困低昂。秋风动哀壑，碧蕙捐微芳。"大意是像我这样卑微的小吏也不想发表什么议论了，如今又老又病，客居在异域他乡。郁郁不欢，无法伸展抱负，展翅不得，只能随世沉浮。在这秋风萧瑟的时节，山谷草木凋零，纵然是兰蕙香草也失去芬芳。

杜甫之后四百余年，陆游经由夔州，寻访杜甫遗迹。他感叹说，杜甫在夔州"客于柏中丞、严明府之间，如九尺丈夫，俯首居小屋下，思一吐气而不可得。予读其诗，至'小臣议论绝，老病客殊方'之句，未尝不流涕也。"陆游说的"柏中丞"就是柏茂琳，"严明府"是云安县严县令，唐代的云安县也在夔州所辖之下。柏中丞和严明府都不是什么非凡之人，但对当时的杜甫来说，却是关乎一家人生存的重要人物。

陆游为杜甫所发的感慨很沉重，杜甫当时的境遇也确实是很悲凉的。但就是在夔州客居的一年零九个月，杜甫创作了四百五十多首诗，其中包括三百多首七律和五律。如果说杜甫的律诗代表了唐代律诗的最高成就，那么，写在夔州的律诗又代表了杜甫律诗的最高成就。一个白发苍苍、病痛缠身、瘦骨嶙峋的老弱之人，处于艰难苦恨的境遇之下，却有着抒写不完的感触和情怀，仅从生命力和意志力来说，就让人惊叹不已！

杜甫在夔州留下不少杰作，我们将结合他的处境和心境，以四篇文章来谈。现在，先来欣赏他的《阁夜》诗。"阁"就是前边说的西阁，杜甫客居夔州的第一个地方，视野很开阔。

岁暮阴阳催短景，天涯霜雪霁寒宵。

五更鼓角声悲壮，三峡星河影动摇。

野哭千家闻战伐，夷歌数处起渔樵。

卧龙跃马终黄土，人事音书漫寂寥。

这是一个不眠的冬夜。一看首联两句中"岁暮""短景""天涯""霜雪""寒宵"这些字眼，就让人有了孤寂寒冷的凛然之感。"阴阳"指日月，"景"就是影子的"影"，这里指日光。"霁"指雪后放晴。两句意思是说，年终岁暮，日月相催，白昼一天天缩短。塞上天涯，霜雪交加，到了寒夜天色放晴，雪光辉映之下，倒像是白昼的延长。诗人在叹息白天时光何其短促，夜里时光又何其难熬，长夜难眠。

在寒冬岁暮漂泊天涯，诗人心里是很凄苦的。让他无法入睡的，不只是异地他乡泛着寒意的皑皑雪光，还有鼓角声声。但颔联和颈联，不是那种面壁苦吟，顾影自怜，而是"三峡星河""野哭千家""夷歌数处"，想象飞扬，大笔挥洒，穿越在广阔的时空。

颔联从"五更鼓角声悲壮"，一下子跳到了"三峡星河影动摇"。"五更"是即将天亮的时刻，意味着诗人一夜难眠。"鼓角"是军队用以报时、警戒或发出号令的战鼓和号角，是战乱时代特有的乐声。五更时分在似睡还醒中听到悲壮的鼓角声，这一刹那的听觉让迟钝的人也要生出几分凛然之感，到了诗人耳中，更激活了感觉和想象力。"三峡星河影动摇"是视觉，也是感觉，是诗人在鼓角声中想象的画面。"星河"就是银河，"三峡星河"是说夜里的三峡流水映着银河之光，泛着星光。那么，怎么会"影动摇"呢？这就是因为"五更鼓角声悲壮"啊！悲壮的鼓角声震天动地，连投影在三峡流水中的银河之光，也都震动摇晃。

颈联两句，"野哭千家闻战伐，夷歌数处起渔樵"，也是由"五更鼓角声"诱发而来的想象。"战伐"在这里指蜀地军阀混战，诗人离开成都不久，成都就陷入战乱。"夷歌"是指蜀地境内少数民族的歌谣，蜀地山多，少数民族也多。上句说四野传来哭声，千家万户因战争带来的死亡悲恸哀伤，下句说夷人的悲歌依稀可闻，为了生存，他们天不亮就打鱼砍柴。诗人心里总装着天下苍生，上句写千家，下句写夷人，哭声四野，悲歌传响，同样是跨越时空，大气苍凉。

诗人心事浩茫，彻夜无眠，最后强自排遣："卧龙跃马终黄土，人事音书漫寂寥。""卧龙"指诸葛亮，大家都知道诸葛亮出山辅佐刘备前躬耕于卧龙岗。"跃马"指的是谁？西汉末年，夔州城叫子阳城。公孙述趁乱割据蜀郡，相传他以"白帝"自比，在子阳城立都，并将城名改为白帝城。西晋人左思在《蜀都赋》中说"公孙跃马而称帝"，杜甫就以"跃马"来指公孙述。诸葛亮和公孙述都是曾经与夔州城渊源很深的一世之雄，夔州城有拜祭他们的武侯祠和白帝庙。"人事音书"指世故人情和亲友书信，"漫"是随意，随他。末两句的意思是，像诸葛亮和公孙述那样的英雄人物，如今不也是深埋在黄土之下吗？我又何必在意人情书信，就随他这样寂寥冷清吧！

这首诗无疑是一首杰作，颔联和颈联尤其写得好，尾联却似乎与前六句不大吻合。清初学者冯舒评价这首诗说："无首无尾，自成首尾，无转无接，自成转接，但见悲壮动人。"这似乎有些为杜甫打圆场的嫌疑。杜甫做诗很善于谋篇布局，尤其是七言律诗，不可能像冯舒说得这么随意。反复去想这末两句，越想越觉得这是忍不住就跑到笔端的话，在强自排遣中，有说不出的沉重。因为，"人事音书"对杜甫来说并非只意味着亲情，还意味着纵使渺茫却不愿放弃的人情世故和生存机会，意味着一家人走出三峡的希望。而在当时，杜甫的老朋友们相继辞世，知音凋零，"人事音书"的"寂寥"意味着希望越来越渺茫了。

巫山巫峡

—○

江间波浪兼天涌

　　七言律诗在初唐已经发展定型，但臻于成熟完善，是在杜甫笔下才完成的。杜甫写七律，越到后期写得越多，尤其是在滞留夔州之后。他不但常写七律，而且以七律写组诗。组诗在前人那里已是普遍使用的诗歌艺术形式，但大致都是以五言古诗组成，很少有人以格律严谨的七律来写。杜甫说自己"为人性僻耽佳句，语不惊人死不休"，又要选择创作难度大的七律来做诗，还要一组一组地来写，殚精竭虑，呕心沥血。就在永泰二年（766 年）的秋天，一篇篇杰作喷薄而出，其中包括三组七律：《秋兴八首》《诸将五首》和《咏怀古迹五首》。

这一年杜甫五十五岁了，往事已矣，知交零落。他少年时代就早熟，结交的朋友多有白发老者。年轻时成名早，三十三岁时与李白、高适同游梁宋，比李、高二人年轻十来岁。四十一岁时与高适、薛据、储光羲和岑参四人同登慈恩寺塔赋诗，只有岑参比他年轻。与他相交很深的朋友，如郑虔、房琯等人，也比他年长很多。从李白去世的宝应元年（762年）到高适去世的永泰元年（765年），短短几年间，老朋友大都过世了。严武本是杜甫故人之子，是他的晚辈，不幸也暴病而卒。对杜甫而言，766年是迁居到山城夔州的一年，也是倍感知交零落的一年。

人生苦短，时不我予，况且这时的杜甫年老体弱，百病缠身。他日益强烈地感觉到自己已进入风烛残年，他的那一代人正在成为过去。生命的悲怆没有压垮他，反而激发他趁着残余的有生之年，把所思所想赶快写出来。他深情地怀恋着过去，也在痛心地反思着国家的由盛而衰。如果说三组诗在内容上有什么共同的地方，那就是都有一种怀旧和回顾的意味。从这个角度来说，《秋兴八首》是对长安往事的回顾，《诸将五首》是对战乱战争的回顾，《咏怀古迹五首》是对历史人物的回顾。

先说《秋兴八首》，这是一组交织着千头万绪又结构完整的宏大乐章。整组诗在夔州和长安之间展开，前三首主要写眼前的夔州兼及长安，后五首主要写回忆中的长安兼及夔州。诗人悲哀地意识到，曾经见证了大唐王朝百年兴盛、也曾经留下自己十几年记忆的长安，恐怕是再也回不去了。对夔州秋景的感触与描述，对长安往事的回忆与眷恋，对自己身世的嗟叹与忧伤，对国家由盛而衰的惋惜与忧虑，多角度多层次地浓缩在这八首诗中。

总体来说，第一首从巫山巫峡的白天写到白帝城的黄昏，第二首从夔府孤城的黄昏写到月色清冷的深夜，第三首又从夔府孤城的早晨写起。三首诗主要写夔州，但人在夔州，心在长安，诗中各有一句写到长安，第一首是"孤舟一系故园心"，第二首是"每依北斗望京华"，第三首是"五陵衣马自轻肥"。

第四首是整组诗的过渡和转换，由此以下，也就是从第四首直到第八首，分别是对长安城、宫殿、曲江、昆明池等长安胜地的怀想，但每首最后一、两句，或者是"鱼龙寂寞秋江冷"，或者是"一卧沧江惊岁晚"，或者是"关塞极天惟鸟道，江湖满地一渔翁"，或者是"彩笔昔曾干气象，白头吟望苦低垂"，总是在陡然间笔墨一转，从昔日长安盛况回到孤寂凄冷的夔州。可以说，前三首写夔州，总有剪不断的长安，后五首写长安，总有摆脱不了的夔州。这使得整组诗在相对独立、各自成篇的同时，又一气贯注，前后呼应。

这里，仅从前三首中选出第一首，从后五首中选出第四首进行讲解。第一首有些像歌剧、舞剧正式开始前的乐曲，尤其突出气氛的渲染，气势的展开：

玉露凋伤枫树林，巫山巫峡气萧森。

江间波浪兼天涌，塞上风云接地阴。

丛菊两开他日泪，孤舟一系故园心。

寒衣处处催刀尺，白帝城高急暮砧。

　　组诗的诗题叫作《秋兴八首》，所谓"秋兴"，就是因秋而寄兴。作为第一首诗的开首两句，诗人先渲染秋天的氛围。"玉露"是指秋天清晨莹洁如玉的露水。秋天来了，那莹洁如玉的露水却带着无所不在的杀伤力，让漫山遍野的枫树林为之变色，为之凋零，巫山巫峡到处都是萧瑟阴森的气象。

　　颔联紧承上句"巫山巫峡气萧森"。上句"江间波浪兼天涌"，写的不就是"巫峡"吗？下句"塞上风云接地阴"，写的不就是"巫山"吗？似乎如此，又远不止如此。第一，颔联两句是由想象力展开的咫尺千里，远远超出了眼前所见的实景。"江间波浪""塞上风云"或可看作巫山巫峡的实景，但"兼天涌"是连天涌起，从地上到天上，"接地阴"是阴云盖地，从天上到地上，诗人借助于远方水天一线、山上阴云覆盖的视觉，从眼前实景诱发出无边际的想象空间，实中有虚，虚中有实，虚实相生。第二，颔联两句同时也传达出诗人悲凉的心境。波浪汹涌连天，风云笼罩大地，整个天地之间都是萧瑟阴森的气象，不也正是诗人心境的折射吗？

　　颈联写漂泊之苦和思乡之情。这类内容在古人那里早就是写了又写的，诗人自己也抒发过许多次了，但他总能不落窠臼。你看这两句，就又是一番匠心独运了。诗人约在永泰元年（765年）夏初离开成都，同年秋天因病滞留云安，第二年秋天又流寓夔州。接连两年漂泊，两度看秋菊开放，两度感伤落泪，所以说"丛菊两开他日泪"。诗人一家离开成都后，从岷江南下，又顺长江东下，常常是日夜都在船上。船让他想到故园，无论距离故乡还有多么遥远，终究是一天比一天近了，所以说"孤舟一系故园心"。这里所说的"故园"不是洛阳，而是长安。诗人祖籍长安近郊杜陵，又曾经在长安生活过十多年。

这首诗在自成完美诗篇的同时，也在为整组诗蓄势铺垫。首联、颔联是这样，尾联也是这样——"寒衣处处催刀尺，白帝城高急暮砧"。"催刀尺"指赶制冬衣，"急暮砧"指黄昏时急促的捣衣声。一"催"一"急"，加快了节奏。秋深了，天寒了，家家户户都在动用刀尺，赶制冬衣。白帝城高，在这黄昏时刻，急促的捣衣声一阵阵传来。这最后两句，既是第一首诗余音绕梁的结尾，也为以下几首诗添加了气氛。

再看第四首：

> 闻道长安似弈棋，百年世事不胜悲。
> 王侯第宅皆新主，文武衣冠异昔时。
> 直北关山金鼓振，征西车马羽书驰。
> 鱼龙寂寞秋江冷，故国平居有所思。

前边说了，第四首是整组诗的过渡和转换，由此以下各首，分别是对长安城、宫殿、曲江、昆明池等长安胜地盛况的怀想。请看第四首，以"闻道长安"把叙述角度从夔州转到了长安。"似弈棋"是说长安政局像下棋一样变幻不定，"百年世事"是说唐朝立都长安后一百余年的世事沧桑。首联两句的意思是，听说长安的政局就像下棋一样反复无常，立都百年的大唐长安竟至于此，真让人不胜悲伤啊！

颔联"王侯第宅皆新主，文武衣冠异昔时"，以长安官场的人事变化，来描述政局的混乱动荡。意思是说，王侯们的豪华宅第都换了新贵，朝堂上的文臣武将跟从前大不一样。诗人想感慨的，并不是长江后浪推前浪，而是朝政混乱，佞臣当道，一如《红楼梦》中所说的"乱哄哄你方唱罢我登场"。

颈联"直北关山金鼓振，征西车马羽书驰"，既是写外敌的入侵，军情的紧急，也是写朝政的腐败，新贵们的无能。长安正北方与回纥军队战事不断，金鼓声声震耳，西边又因为吐蕃边患不止，报告军情的车马奔驰在长安城中。颈联紧接颔联，其实就等于发出质问：那些朝廷新贵、文臣武将又有什么作为呢？

尾联"鱼龙寂寞秋江冷，故国平居有所思"，回到此时此地，回到秋天的夔州。"鱼龙"指水族，相传秋分之后水变寒冷了，鱼龙就潜于深渊了，《水经注》里说"鱼龙以秋日为夜"。"故国平居"是说自己在京城时安居无事的日子。上句以具有象征意味的画面寓意自己身居秋江凄冷的夔州，如同潜伏在深水中寂寞的鱼龙。下句说自己思念着长安，怀想在长安时的平静生活。正是从这一句"故国平居有所思"，带起下边四首律诗对长安城的回忆。

《秋兴八首》大开大阖，忽起忽落，气势磅礴，变化莫测，明人陈继儒称赞说"云霞满空，回翔万状，天风吹海，怒涛飞涌"。诗人想象力惊人，"凌云健笔意纵横"，笔墨在夔州和长安之间任意挥洒。第五首诗中，刚刚还在回忆长安皇宫中盛事，一笔就回到了"一卧沧江惊岁晚"。第六首诗中，起笔就是"瞿塘峡口曲江头，万里风烟接素秋"，瞬间又从瞿塘峡峡口进入长安城曲江胜地。第七首诗中，上两句还在描述长安昆明池的景物，下两句忽然转到"关塞极天惟鸟道，江湖满地一渔翁"。

不只是在夔州和长安之间，诗人的笔墨可以在天地之间，在古今之间，任意挥洒。前边所说的"锦江春色来天地，玉垒浮云变古今"，本篇所说的"江间波浪兼天涌，塞上风云接地阴"，以及后边还将说到的"无边落木萧萧下，不尽长江滚滚来"，不都是这样的诗句吗？

怀古伤今

一〇 分明怨恨曲中论

前边说了，同在永泰二年（766 年）秋，杜甫写了三组七律诗：《秋兴八首》《诸将五首》和《咏怀古迹五首》。上一篇谈到《秋兴八首》，本篇说一说《诸将五首》和《咏怀古迹五首》。

从诗题来看《诸将五首》写的是众将军之事，其实是以此为题，对安史之乱以来的军政大事展开议论。诗人不只写到长安、洛阳、潼关，其笔墨所及，北到蓟门，南到南海，西到西蜀。吐蕃侵犯长安，回纥借兵又入寇，安史乱军焚毁洛阳，降将拥兵割据，南诏、吐蕃结盟，西蜀地方叛乱，种种血腥战乱和惨痛教训，全都诉诸笔端。这是一组话题大、范围广、以议论为主的政论诗，如果不是才大气雄的杜甫，很难以七律来驾驭。明代人郝敬评价说："必有子美忧时之真心，又有其识学笔力，乃能斟酌裁补，合度如律。"不过，《诸将五首》所议论的是当时的军政大事，距离今天毕竟很遥远了，这里就选其中的第五首品读一下。

> 锦江春色逐人来，巫峡清秋万壑哀。
>
> 正忆往时严仆射，共迎中使望乡台。
>
> 主恩前后三持节，军令分明数举杯。
>
> 西蜀地形天下险，安危须仗出群材。

第五首所写的将帅是严武。前四首痛陈将帅的平庸无能，并把锋芒指向用人不当的皇帝。只有第五首，是对严武的怀念和赞美。诗人贬低众将帅，唯独颂扬自己的朋友，是不是有些不妥？我想这倒不是。一是符合事实，严武确实是难得的将才。二是严武此时已经去世，杜甫的颂扬并无阿谀讨好之嫌。

首联大意是说，我从成都来时锦江的春色随我一路同行，现在却已是夔州的清秋时节，秋风萧瑟，万壑生哀。"锦江"穿成都而过，说"锦江春色"就是说成都春色。诗人离开成都大约是在春末夏初之时，有锦江两岸的春色默默相送，所以说"逐人来"。"巫峡"地接夔州，说"巫峡清秋"就是说夔州清秋。他客居在荒僻的山城夔州，倍感孤寂，况且又到了萧条凄凉的深秋。季节的变化，万物从欣欣向荣变得草木凋零，让诗人越发怀念锦江边的日子。而他心目中的美好成都，正是严武任内没有战乱、太平富庶的地方。

颔联怀想往事，"正忆往时严仆射，共迎中使望乡台"。"严仆射"指严武，严武死后，朝廷追赠他尚书左仆射。"中使"是指宫中派出的使者。"望乡台"在成都附近，今已不存。诗人回忆当年任职严武幕府时，曾经同他一起到望乡台迎接中使。对他来说，当年跟严武迎接来自长安的宫中特使，登的是一味思乡之苦的望乡台，此事颇为难忘，但对于后世读者来说就未必了。整首诗中，这两句显得比较弱。

颈联是对严武的赞美，"主恩前后三持节，军令分明数举杯"。"主恩"意同皇恩，皇帝的恩宠。"三持节"是指严武三度出任节度使。两句大意是说，严武幸蒙皇帝的重用三次镇蜀，军令如山，赏罚分明，又喜欢举杯畅饮，赋诗唱酬，有儒将风雅。诗人高度评价严武，并非虚誉。严武三次镇蜀，他来了蜀地就太平，他走了蜀地就大乱，而且他曾大破吐蕃兵，击退吐蕃的大举入侵。严武的诗也写得不错，他厚待杜甫，与他欣赏杜诗是分不开的。

末两句"西蜀地形天下险，安危须仗出群材"，既是这首诗的结尾，也是《诸将五首》整组诗的结尾。"西蜀"就是蜀地，北有剑门，东有夔门，四面环山，地形险要。一旦天下大乱，蜀地很容易形成独立王国或军阀割据之地。唐朝以前，蜀地先后出现过古蜀国、蜀汉、成汉、西蜀等王国或政权。唐代前期，蜀地还算太平。安史之乱后，蜀地也多有叛乱，幸亏有严武这样的能臣武将前后三次主持蜀地军政。诗人在这里说蜀地的安危要仰赖超拔出群的人才，既是在赞美严武，也是希望朝廷能够重用严武这样的人才，镇守一方。

与《诸将五首》不同，《咏怀古迹五首》是借由长江三峡的古迹，分别歌咏庾信、宋玉、王昭君、刘备和诸葛亮五个历史人物，借此抒发个人的身世之感。在第一首诗中，诗人说自己"支离东北风尘际，漂泊西南天地间"，也是在感叹庾信的老死他乡，说"庾信平生最萧瑟，暮年诗赋动江关"，也是在说自己。在第二首诗中，诗人引宋玉为知音，在凭吊宋玉的同时伤悼自己："摇落深知宋玉悲，风流儒雅亦吾师。怅望千秋一洒泪，萧条异代不同时。"

第三首写得最好，是广为人知的名作：

> 群山万壑赴荆门，生长明妃尚有村。
> 一去紫台连朔漠，独留青冢向黄昏。
> 画图省识春风面，环佩空归夜月魂。
> 千载琵琶作胡语，分明怨恨曲中论。

开头两句就让后人激赏不已。昭君出生地，不就是群山丛中一个小村子吗？可是你看，经杜甫这样一写，给人的感觉就大非寻常了。"荆门"指荆门山，从三峡沿长江顺流东下，到了荆门山就意味着出了三峡，由蜀入楚。诗人居住在三峡最西头的白帝城，荆门代表着三峡的最东头，而昭君村属于秭归县（在今湖北兴山县），位于巫峡和西陵峡之间，从白帝城方向来看，昭君村和荆门是一个方向。诗人站在白帝城遥想昭君故里，举目远望，只觉得群山万壑都伴随着滚滚长江，朝着荆门方向奔去。"群山万壑"并非惊人之笔，但后边着一个"赴"字，壮阔的画面和磅礴的气势就出来了。高者为山，低者为壑，千山万壑，连绵不尽，如波浪起伏，而且，朝着一个方向奔涌而去。诗人先来一句"群山万壑赴荆门"，再来一句"生长明妃尚有村"，想说的是昭君的故里就在那群山之中，一代红颜，人杰地灵，难怪群山都朝着这个方向奔涌而去。上句是放，下句是收，放如江河奔腾，收如闲庭信步。

颔联写昭君一生的不幸遭遇，从生之不幸写到死后不幸，可是乍然一看，啥也没写。诗人巧妙地利用了读者对昭君故事的熟悉程度，完全不必正面实写，只点出"紫台""朔漠""青冢""黄昏"来侧面暗示。"紫台"指紫宫，宫廷，昭君本是汉元帝的宫女，在宫中生活。"朔漠"指北方大沙漠，昭君远嫁匈奴单于呼韩邪。"青冢"指昭君墓，相传塞外草白，唯独昭君墓上草色青青。当然，只点出这四个名词还不够，诗人遣字用词真是妙到毫巅。"一去"让人想到一去不复返，一去不归，昭君的人生是从"紫台"到"朔漠"，再也没有回来的一天。"独留"的意思是独自留在，昭君死后，独自留在了北方大漠。"连"字和"向"字尤其妙，如清人朱瀚所说："'连'字写出塞之景，'向'字写思汉之心，笔下有神。"

同样是概括历史人物的一生，诗人写诸葛亮"三顾频烦天下计，两朝开济老臣心"，写王昭君"一去紫台连朔漠，独留青冢向黄昏"。前者是提炼史料的实写，后者是侧面暗示的虚写，却都是高度凝练，用笔出神入化。

颈联写导致昭君不幸的荒唐之事及其结果，为昭君鸣冤叫屈。相传汉元帝时宫女太多了，顾不上一一召幸，干脆让画工把宫女的相貌画出来，然后从中挑选。王昭君天生丽质，不屑于贿赂，画工毛延寿就把她往丑里画。其后匈奴来和亲，汉元帝从宫女画像中寻找自己不满意的来应付。直到王昭君要离开汉宫时，汉元帝才召见她，一见她貌美动人，就后悔不迭。汉元帝不能失信于匈奴，只好以王昭君和亲，之后就把欺骗他的毛延寿杀了。

颈联的上句"画图省识春风面"说的就是这件事。"省识"的意思是认识，"春风面"是洋溢着生气的美貌。这样的美本来就画不出来，偏偏遇到昏聩的皇帝要以画识人，又偏偏碰上个收贿赂的画工营私舞弊，结果造成王昭君远嫁匈奴，终老大漠。下句"环佩空归夜月魂"，是说昭君的灵魂在月夜中归来，只听见她佩戴的玉饰叮咚作响。前边第四句写她"独留青冢向黄昏"，人已葬在北方大漠，这一句写她无法生还，遗恨绵绵，空有魂魄归来。前者写坟冢，突出视觉，草色青青的坟冢面向如血夕阳，后者写魂魄，突出听觉，月夜里只听见环佩声响。坟冢无声无息，魂魄又岂有影踪，却被诗人写得凄美动人。

前边六句，诗人没有明说昭君之美，但"群山万壑赴荆门，生长明妃尚有村"两句，渲染的就是惊天动地的一代佳人。没有明说昭君之怨，但"一去紫台连朔漠，独留青冢向黄昏"，是怎样的悲切幽怨？没有明说昭君之恨，但"画图省识春风面，环佩空归夜月魂"，是怎样的绵绵遗恨？直到最后两句，诗人才点出"怨恨"二字："千载琵琶作胡语，分明怨恨曲中论。"千百年来延绵不绝的琵琶声总是以胡音演奏，那乐曲声中，分明就在诉说昭君的怨恨。

今天已经无法得知杜甫当年听到的琵琶曲是什么了。唐代盛行胡乐，琵琶作为胡乐器的代表尤其受到欢迎。而且，有关王昭君的传说、戏曲、诗歌都很流行，其中不少诗题作《王昭君》或《昭君怨》，可以入乐。至于"千载琵琶"的"千载"之数，不过是取其整数，西汉末年的王昭君到唐代的杜甫，其实不到八百年。而杜甫赋诗至今，已经将近一千三百年了。由于是诗圣所写，又写得如此感人，由此激发了更多的诗人歌咏王昭君。在中国诗歌史上，以歌咏昭君为题材的诗歌堪称大观。仅是二十世纪八十年代初期出版的一本《历代歌咏昭君诗词选注》，就收集了近八百首之多。

相比于《咏怀古迹五首》的第一首和第二首，我们会明显发现，第三首中没有出现诗人自己。可是，只要把诗中王昭君的命运与诗人自己的命运稍加联想，就不难感受到诗人写王昭君也是在写自己。由此而言，同样是"分明怨恨曲中论"。

《咏怀古迹五首》还有第四首和第五首。第四首凭吊刘备的先主庙，最后两句写到诸葛亮："武侯祠堂常邻近，一体君臣祭祀同。"意思是说诸葛亮的武侯祠堂就在先王庙附近，君与臣在一起享受着礼仪和祭礼。第五首完全是对诸葛亮的赞美，其中四句是："诸葛大名垂宇宙，宗臣遗像肃清高。三分割据纡筹策，万古云霄一羽毛。"诗人颂扬的历史人物有不少，但赋诗最多、评价最高的莫过于诸葛亮了。成都是刘备蜀汉政权的首都，白帝城是刘备向诸葛亮临终托孤的地方，两地都有先主庙和武侯祠，白帝城还有永安宫、八阵图等遗迹。刘备和诸葛亮本来就是诗人心目中的明君良臣，羁旅他乡的孤寂和失落，尤其是战乱时代对明君良臣的渴慕和期盼，让诗人更容易在精神上走进他们。

杜甫写诗常是大情怀、大格局，又总是在关心现实，一首诗甚至几句诗中，往往就把个人遭遇和国家命运联系在一起，何况是精心创作的组诗，更何况是写在同年秋天的三组七律诗。欣赏了《诸将五首》的第五首，回头再看前四首，越发觉得诗人是有意识地先说几个反面例子，最后再以严武做正面例子。这倒不是说诗人的目的就是以平庸无能的众将帅来反衬严武的能干，他想强调的是，如果当朝皇帝能多多重用严武这样的人才，众将帅能像严武一样雄镇一方，天下又何至于战乱不休？同样，看了《咏怀古迹五首》最后两首对刘备和诸葛亮的歌咏，才能感觉到前边三首对庾信、宋玉和王昭君歌咏，不只是为这三个历史人物叹息，也不只是借此感喟自己的身世遭遇，诗人还想传达的是，如果真正的人才得到朝廷重用，而不是像庾信、宋玉和王昭君那样遭受冷遇，如果当朝皇帝能够像刘备那样，重用诸葛亮这样辅弼之臣，天下又怎么会动荡不安呢？杜甫晚年遭遇乱世，最期望的是天下能有明君、能臣和良将，救万民于水火，保国家太平，但残酷的现实又总是让他陷入痛苦和失望。

哀哀寡妇

——○ 只缘恐惧转须亲

　　前边说了，杜甫在夔州居住最久的地方叫西阁。西阁视野开阔，从那里有可能看到名闻天下的夔门，看到长江三峡入口来来往往的船只。古往今来有许多乘船经由三峡的文人墨客，惊叹于壮丽的山水，留下许多文字，但杜甫不是匆匆的过客，他在夔州客居了一年零九个月。他不仅饱览了夔州的山水风光和名胜古迹，还像当地寒微之士一样养家糊口，除了为公家代管一百顷东屯公田，自己又经营着四十亩柑园。

　　他的身体每况愈下，从前就患下的肺病、疟疾、风痹和糖尿病都在不断恶化，头痛、眼花、耳聋等症状也接连出现。他总是在关注时局，但宦官专权、藩镇割据和外敌入侵等问题，很难看到好转的迹象，遭受了安史之乱的李唐王朝似乎已万劫不复。就连刚刚留在他身后的成都平原，也再次陷入军阀混战。他看重故人情谊，但就在这短短几年间，老朋友大都相继过世。国家不幸，知交凋零，年老体衰，百病缠身，再加上山城夔州的生活环境远不能跟成都相比，在这种种情形夹击之下，杜甫常常陷于苦闷和烦躁。

　　人生随着年龄变化，多少会出现悒悒不欢情绪低落的时候，况且是"艰难苦恨繁霜鬓"的杜甫。从前他在关中、秦州、同谷等地屡遭磨难，历尽艰辛，却很少流露出对当地风土人情的不满，而在夔州，杜甫很直白地说"形胜有余风土恶"。意思是夔州的山川形胜非比寻常，风土人情却很糟糕。他尤其受不了夔州的炎热，永泰二年（766 年），可怕的炎热延续到秋天仍没有减退的迹象。杜甫热得受不了，作诗遣闷，写《热》写《火》写《雷》，此外还写了《热三首》《毒热寄简崔评事十六弟》等诗。《热》写在六月，当时他似乎还能忍受。诗中大意说，天地之间成了一个大瓷窑，太阳就像炭火在六月酷暑燃烧，万物成了被烧制的陶器。人又何必抱怨天热呢，你看，秋天的硕果就是夏天孕育的。可是，六月过后酷暑不退，天又大旱，杜甫就苦不堪言了。他等呀盼哪，苍天终于降下甘霖，但雨水下到后来也是没完没了。于是，杜甫又接连写雨。这一年的夏天和秋天，杜诗中流露的情绪大都是从前并不多见的烦躁。比起成都浣花溪草堂时的宁静、和谐、愉悦，更是明显不同的两种心境。

杜甫是伟大的崇高的，但他并不是一个可以不食人间烟火的圣人，也不是一个只要下笔成诗就必定惊天地泣鬼神的诗人，他有他平凡日子里的喜怒哀乐，也有诗歌创作中的平庸与琐碎。陈贻焮老师是杜甫的大粉丝，他写的《杜甫评传》有上百万字，跟着杜甫四处漂泊，写到杜甫去世时号啕大哭，但在评传中并不讳言杜甫的败笔。譬如说到杜甫那些描述夔州炎热的诗篇时，就直截了当地说"可能是热得心烦意躁，这些诗多无甚可观"。

人老了又漂泊异乡，饱受病痛的折磨，很容易淹没在琐碎、牢骚和抱怨之中。杜甫虽然不可能全然例外，但他毕竟有坚强的意志、博大的心胸、悲悯的情怀。这就是为什么晚年滞留在夔州的杜甫，依然能写出伟大的诗作，而且在七律诗的创作上又跨入更高的水准与境界。

也是在这年秋天，他写下了前面所说的三组七律诗：《秋兴八首》《诸将五首》和《咏怀古迹五首》。除此之外，还有一首有名的七律《白帝》：

> 白帝城中云出门，白帝城下雨翻盆。
>
> 高江急峡雷霆斗，古木苍藤日月昏。
>
> 戎马不如归马逸，千家今有百家存。

哀哀寡妇诛求尽，恸哭秋原何处村？

按理说，这时候的杜甫早就把七律写得很圆熟了，但此诗的开首两句倒像是歌行体，不但把"白帝城"三字重复了一次，而且不合平仄。诗人有意凸显白帝城的特别，为此不惜打破句法和格律的限制。依照人们的常识，乌云当然是在天上翻滚，大雨当然是从天上瓢泼而下，但这白帝城地势高峻，大团大团的乌云从城门向外涌出，一阵阵暴雨在白帝城下倾盆泼洒，好像乌云和暴雨并非来自天上，而是来自白帝城。如此一写，特点与气势就出来了，这是白帝城的暴雨啊！

颔联顺势而下，看似还在渲染雨势，其实已将笔墨挥洒开来——"高江急峡雷霆斗，古木苍藤日月昏。"滚滚长江到了这一段，地势高，两山夹峙，水势迅猛，此时又是大雨倾盆，洪水暴涨，所以说"高江急峡"。"雷霆斗"是形容水声，轰隆隆如雷霆相斗。江峡两岸，古木参天，苍藤覆盖，天昏地暗。两句诗，六个意象接连推出，真是雷霆万钧，天地变色，声势骇人。用字传神和对偶工巧是不必说的，让人惊叹的还是诗人矫健雄浑的笔力。

老杜写律诗，往往是颔联最见笔力，最有气势。首联蓄势铺垫，颔联洪波涌起。前几篇所说到的"江间波浪兼天涌，塞上风云接地阴""锦江春色来天地，玉垒浮云变古今"，以及下一篇要说的"无边落木萧萧下，不尽长江滚滚来"，都是这样的颔联。

颈联转得有些突兀。特别是对生活在和平年代的人来说，可能一时之间不知诗人在说什么。"戎马"指战马，"归马"指耕地的马，"逸"是说安闲。雨后的原野上一片萧条，只看到几匹懒懒散散的马和几户零零星星的残破人家。诗人由"归马"想到"戎马"，"戎马不如归马逸"。那些经过挑选、奔向战场的骏马战死的战死，伤残的伤残，倒是这些留下来耕地的驽马，一副安闲的样子。诗人又由眼前的残破人家想到战乱给老百姓带来的沉重灾难，"千家今有百家存"。战乱无休无止，山村十室九空。

戎马死在战场了，征人有去无回，村子里十室九空，还剩下什么呢？尾联说"哀哀寡妇诛求尽，恸哭秋原何处村？""诛求"是说强制征收。那些失去丈夫的寡妇本来就悲痛不已了，官府却不但不予体恤，还要横征暴敛，搜刮净尽。"恸哭"是说失声痛哭。秋天的原野到了丰收的季节，可是一贫如洗的寡妇却无法生存下去，只有向天泣诉。"何处村"三字也写得好，有了这三字，又有"秋原"两字在前，指的就不只是几家几户了。茫茫秋原，千家万户，有多少痛不欲生的寡妇啊！

这一年距离安史之乱爆发的 755 年，已经十多年过去了。安史之乱是中国历史上死亡最惨重的战乱之一，根据杜佑《通典》的记载，755 年唐王朝总人口接近六千万，五年之后的 760 年，总人口锐减到不足一千七百万人，也就是说，安史

之乱爆发后的短短几年间，唐王朝有三分之二的人口消失不见
了。760 年安史之乱尚未结束，更何况安史之乱结束后还有各
地此起彼伏的军阀混战，还有唐与吐蕃之间持续不断的战争。
没人能够统计这十多年大大小小的战争究竟让多少男人死于战
火之中，更不会有人注意到战争使多少女人变成了寡妇。

杜甫在夔州的一位邻居，就是寡妇。他到夔州后先住在西
阁，第二年春天在瀼西买了四十亩果园，并在那里盖了草堂，
搬了过去。草堂前边有枣树，到了秋天枣子熟了，西邻寡妇常
来打枣。杜甫知道这寡妇食不果腹，由着她打枣子吃。不久，
他把瀼西草堂让给一位姓吴的亲戚，自己一家搬到十余里以外
的东屯。他一走，姓吴的亲戚就在草堂周围扎上了篱笆，禁止
寡妇打枣。寡妇来找杜甫诉苦，杜甫写诗给吴姓亲戚，随后又
写了一首，这就是那首有名的《又呈吴郎》。吴姓亲戚是晚辈，
所以杜甫称呼他为"吴郎"。但"呈"的意思是呈送，尊敬的
说法，杜甫以此自谦，避免吴郎的敏感。他是长辈，是草堂和
枣树的主人，现在他要吴郎别扎篱笆，允许寡妇打枣子吃，还
要兼顾吴郎的自尊心。请看这首诗：

堂前扑枣任西邻，无食无儿一妇人。

不为困穷宁有此，只缘恐惧转须亲。

即防远客虽多事，便插疏篱却甚真。

已诉征求贫到骨，正思戎马泪沾巾。

　　前四句写自己以前对寡妇打枣的态度，劝告吴郎的意思就在其中了。"扑枣"就是打枣。一、二两句说，我以前住在草堂的时候，任由西邻的寡妇来堂前打枣吃，因为她是既没有吃的又没有儿女的老妇人啊！按常理说，跑到别人家门口打别人家的枣子，自然是不对的，可是这个老妇人是个"无食无儿"的寡妇。"无食"就是食不果腹，"无儿"等于说无依无靠，她打枣子吃是为了活命啊！三、四两句说，如果不是因为困苦窘迫，无路可走，她怎么会这么做。就是因为她打枣的时候心里害怕，我们反而要更加亲近她。

　　五、六两句婉言规劝吴郎，"即防远客虽多事，便插疏篱却甚真。"大意是说，老妇人见你插上了篱笆就对你有了戒备，未免多心了，但你一搬进草堂就插上了篱笆，却很像是真的要禁止她打枣呢！诗人真是细腻，写这两句诗只怕也费了苦心。吴郎是他的晚辈，草堂是他让给吴郎住的，枣树也是他的，但他还是把话说得很含蓄，既要说清楚规劝之意，又不至于让吴郎难堪。

　　前边六句衔接得很紧，末两句却宕开去，"已诉征求贫到骨，正思戎马泪沾巾。""已诉"还在老妇人这里，"正思"却推及天下苍生。上句说，老妇人向我诉苦说官府的苛捐杂税使她一贫如洗；下句说，天下战乱更不知让多少人遭遇不幸，想到这不由得泪水沾巾。在这苦难深重的年代，男人战死，女人守寡，官府还要横征暴敛，天底下有多少人仍然挣扎在死亡线上。诗人把这所思所感都写给吴郎看,就是希望他跳出篱笆,想想天下苍生。生逢乱世,与西邻寡妇同样遭遇的人有多少啊,如果没有人去关心他们,他们将如何生存?

这首诗写的不过是日常生活中一件区区小事,简单得就像是一张便条,朴素到了极点。但诗人就是有本事把这区区小事写得满纸深情,极尽含蓄,抑扬顿挫。他不用典故,不作惊人之语,如果说到辞藻的推敲,恰恰是使用了散文中最常见的虚词。"不为""只缘""已诉""正思""即""便""虽""却",这些连常人作诗都避免使用的"赘语",在诗人写来却别有情致,妙到好处,使措辞更含蓄委婉,结构更灵活多变。

《又呈吴郎》让我们再一次领略到杜甫的伟大情怀。让不让一个"无食无儿"的老妇人打枣子吃,看起来只是生活中一件很寻常的小事,但正是这样的小事,很能看出做人的心胸。杜甫不只是让老妇人打枣子吃,还要为她设身处地,"只缘恐惧转须亲"。不只是怜悯、体贴这个老妇人,还从她一人的遭遇,念及天下苍生。

读这首诗,或许你会再次想起《兵车行》《石壕吏》《垂老别》《新婚别》《无家别》《茅屋为秋风所破歌》等反映民生疾苦的诗。美国现代诗人雷克斯罗斯认为杜甫"是有史以来在史诗和戏剧以外的领域里最伟大的诗人,在某些方面他甚至超过了莎士比亚和荷马,至少他更加自然和亲切"。杜甫对天下苍生的悲悯,不只是建立在理念上、道德上、良知上,而且是很真实的情感。不只是因为与生俱来的善良，儒家思想的影响，还因为他和普通老百姓一样经历过干戈流离、生离死别、饥寒交迫。至情至性，推己及人，又对老百姓的苦难有深刻的体验，才可能像杜甫这样，常在诗作中情不自禁地为苍生洒泪，为百姓疾呼。

秋日登高

——○ 无边落木萧萧下

　　从第十七篇"万里桥西一草堂"开始，我们所欣赏的杜诗大都是七言律诗。前边说过，七律在初唐已经发展定型，但臻于成熟完美，是在杜甫笔下才完成的。入蜀之前，杜甫的诗作以五古和五律为多，入蜀之后，五律仍旧多产，七律越写越多。据莫砺锋教授的统计，杜甫在入蜀之前，仅有二十四首七律。入蜀之后，从成都到云安，有五十四首。夔州以后，有七十三首。

　　杜甫晚年说自己"晚节渐于诗律细"，又说自己"为人性僻耽佳句，语不惊人死不休"，最能说明他在七律方面的创作。

写诗本来就是杜甫生活中常有的内容，他其实也写过许多遣闷诗、闲适诗、交游诗、酬答诗，但这些诗在创作上所付出的心血跟七律诗是不能相比的。杜甫写七律呕心沥血，千锤百炼，从《江村》《客至》《南邻》到《宿府》《登楼》《蜀相》，再到《阁夜》《秋兴八首》《咏怀古迹五首》，不断趋于完美。直到大历二年（767 年），写出《登高》这首炉火纯青的杰作。

> 风急天高猿啸哀，渚清沙白鸟飞回。
>
> 无边落木萧萧下，不尽长江滚滚来。
>
> 万里悲秋常作客，百年多病独登台。
>
> 艰难苦恨繁霜鬓，潦倒新停浊酒杯。

开首两句，接连呈现六组意象，听觉、视觉和感觉都在其中。上句先声夺人，狂风呼呼，猿声凄厉悲凉。《水经注》里描述三峡的猿声"空谷传响，哀转久绝"，当是站在谷底湍流的船上。此诗叫作《登高》，当是站在山顶高处，猿声随风传送，传向秋高气爽的天空。诗人在突出听觉的同时，也把人的视觉往高空中牵引。下句是俯瞰，从山顶往水中洲渚看去，远眺中的景象被空间的距离缩小为一幅美丽且有动感的图画——清晰的水中洲渚，白色的沙滩，鸟在上空盘旋飞翔。律诗的首联不必对偶，这两句不仅上下相对，而且句中自对。诗人巧妙利用了对偶句的对称感、和谐感和节奏感，却又毫无雕琢之嫌，浑然天成。

颔联更是名句，相信你第一次看到就被吸引住了。从这两句所带来的画面感和空间感，应该不只是夔州的那个秋日，三峡的那段长江，它让人想到的是千里大地之秋，万里长江之势。而且，由此唤起的时间感和沧桑感一样强烈。人间岁月飞逝，天地沧桑演变，不也是"无边落木萧萧下，不尽长江滚滚来"吗？上句"无边"开头，下句"不尽"开头，蝉联而下，雄浑壮阔。一般来说，双声叠韵出现在七律中容易失之肤浅，但这"萧萧"和"滚滚"让大气磅礴的画面真切可感，又以双声叠韵带来了朗读上的音韵之美、声势之美。

颈联自叹身世遭遇。文人"悲秋"从战国末年的宋玉就开始了，要说最让人难忘的诗句，还是老杜的"万里悲秋常作客"。"万里"在这里就是四处奔走漂泊，"常作客"在这里无异于寄人篱下。老杜吟出这一句，既是一时灵感所至，也是十几年人生所感。752 年秋他登上长安慈恩寺塔，当时已预感到天下将发生动荡："高标跨苍天，烈风无时休。自非旷士怀，登兹翻百忧。"759 年秋他携家跑到秦州，在月夜怀念亲人："戍鼓断人行，边秋一雁声。露从今夜白，月是故乡明。有弟皆分散，无家问死生。"761 年秋他与家人在成都草堂享受一份终于安定下来的生活，但一场暴风雨就几乎摧毁他们的安身立命之所："床头屋漏无干处，雨脚如麻未断绝。自经丧乱少睡眠，长夜沾湿何由彻！"764 年秋他独宿在成都的节度使幕府，思念着家乡："清秋幕府井梧寒，独宿江城蜡炬残。永夜角声悲自语，中天月色好谁看？"756 年秋他因病滞留云安，757 年秋又流寓夔州，所以在《秋兴八首》中写下"丛菊两开他日泪，孤舟一系故园心"的诗句。有关这些诗句，我们在前边都已经谈到了。

下句"百年多病独登台"，也是不胜悲凉。杜诗中有上百首提及自己的病，仅从诗句就可以得知他患有糖尿病、肺病、疟疾、风痹，有头痛、眼花、耳聋、行走吃力等症状。"百年"在这里指暮年，诗人的暮年真是百病缠身。"独登台"已很悲苦，何况是"多病独登台"，更何况是"百年多病独登台"！

颈联两句无疑是在写诗人自己，但给人的感觉又远不止此。"悲秋常作客"前边有"万里"二字，"多病独登台"前边有"百年"二字，空间和时间完全展开了，在这种悲凉却很大气的氛围下，让人想到的岂止是诗人自己的命运。在上千年历史上，不知有多少读书人因为这两句自感身世而潸然泪下！

尾联写此时此刻的痛苦，"艰难苦恨繁霜鬓，潦倒新停浊酒杯"。"苦恨"的意思是深深的遗憾，"新停"的意思是新近停止。这两句的大意是，世事艰难，此生又有太多的遗憾，徒增如霜白发。潦倒失意至此，想喝几杯浊酒消愁，病后却只能断酒。相比而言，前六句大开大阖，笔墨飞扬，开阔雄浑，但最后两句，似乎只有哀伤和沉痛。诗人是大气的，豪迈的，又是坦荡的，真实的，真实得有些残酷。从整首诗的文气来说，最后两句是收，由"无边落木""不尽长江""万里悲秋""百年多病"的跨越时空，回到眼前白发霜鬓、一杯浊酒也不能喝的残酷现实。

《登高》诗向来被视为七律之冠。明代胡应麟推为"古今七律第一"，评价说"通首章法、句法、字法，前无昔人，后无来学"。又引述元代人的赞语说"一篇之内，句句皆奇，一句之内，字字皆稳"。胡应麟把话说得这么绝对，后人竟很少表示异议，而且常把他的话拿来引用。人们说到好诗常会说到灵感，杜甫能写出《登高》这样的不朽之作，既是一次灵感的喷发，也是多年来他在七律诗创作上千锤百炼的结果。无论是杜甫自己的七律，还是唐代诗人的七律，都是到了《登高》这首诗，才臻于极致，到达了巅峰。

晚年的杜甫曾有两次自比庾信，一次说"庾信文章老更成，凌云健笔意纵横"，一次说"庾信平生最萧瑟，暮年诗赋动江关"。把这两次所说放在一起来理解，都是在强调庾信的诗赋到了晚年更是成熟老辣，苍凉雄浑，因为庾信的晚年最是萧瑟悲凉。杜甫以庾信的晚年说自己的晚年，其实，他所经历的人生苦难要比庾信沉重得多，他晚年的"老更成"也不是庾信可以相比的。

前几年，电视剧《庆余年》很轰动，至今很多朋友仍在等着看第二季。在第一季中，主角范闲穿越出生，从现代穿越到比唐代还要古老的王朝，结果竟在王府举办的诗会上吟出了杜甫的《登高》。那个年代杜甫还远未出生，于是众人都以为是范闲所写，当场惊倒所有人，旋即传遍全城。故事虽是如此夸张，但既然是二十一世纪流行的穿越剧，我们也就无可非议了。只是这穿越剧中的幸运之神范闲，在被杜甫诗句平添神圣光环的时候，让人不由得想到杜甫"艰难苦恨"的人生。

同样一首伟大的诗作，在千古流传的过程中，会在不同时代、不同人那里，上演许多不同的故事。即使我们自己，稍微回忆一下，也可能会想起一段跟这首诗有关的事儿来。大约是二十世纪八十年代初，有位博学的忘年交要我猜谜，谜面是"无边落木萧萧下"，打一字。这谜语先得从"萧萧下"开始猜。南朝有宋、齐、梁、陈四个朝代，齐、梁两朝的帝王都姓萧，陈朝的帝王姓陈，"萧萧"往下就是"陈"了。得出了"陈"字，还得接着猜。陈的繁体字写法是左边一个耳朵旁"阝"，右边一个"東"字。"无边"去掉耳朵旁"阝"，"落木"再去掉"東"字里边的"木"，最后就剩下一个"日"字了。记得当时猜谜时，我是经朋友一再暗示才得到谜底。尽管如此，还是很开心的，只觉得这个谜语太有文化了。直到有一天，看到胡适在《红楼梦考证》中说了大实话，嘲笑这是个"笨谜"。他说："这个谜，除了做谜的人自己，是没有人猜得中的。"有趣的是，几个月前，又有一位朋友拿出这个谜来让我猜。猜谜之前，他神秘地说，这是元朝人出的谜语，五百年后才有人猜出来。

中国诗歌史上，没有哪个诗人的影响会比杜甫的影响更为广泛深远。从版本的流传，杜诗的研究到民间的传说，以至于人们耳熟能详的成语、俗语、谜语，杜甫的影响几乎是无所不在。可是，杜甫活着的时候，是多么潦倒不遇，孤独寂寞啊！

前边说过，杜甫在夔州居住最久的地方叫西阁。西阁视野开阔，从这里有可能看到名闻天下的夔门，看到长江三峡入口来来往往的船只。我向来不太喜欢在大自然山水中看到人为的建筑，可夔门这个地方，也许可以为杜甫建一草堂，立一塑像。草堂和塑像可别影响了夔门的山水景观，也就是说从夔门进入三峡的游客不必在船上看到山上的塑像，但从草堂的一隅，从塑像中杜甫的视野，可以看到大江东去，千帆竞渡。当然，还要建一碑亭，把杜甫写在夔州的绝妙好诗一一刻写在石碑上。

老病孤舟

孤舟出峡

—○ 天地一沙鸥

大历三年 (768 年) 大年初一这天，杜甫佳节思亲，接连赋诗，抒写对几个弟弟的思念。他有四个弟弟，只有五弟杜占随他入蜀，此时有可能也在夔州，其余三个弟弟散居各地。四弟杜丰漂泊在江南，失去音讯，二弟杜颖人在阳翟（在今河南禹州市），多年未见。三弟杜观新近来信，说他到了荆州，尚未安定下来。又过了几日，杜观连连来信，说他在荆州西北边的当阳（在今湖北当阳市）找到了落脚之处，期待着杜甫携家前往。

杜甫很爱他的弟弟们。无论是在长安、洛阳，还是漂泊到秦州、成都和夔州，几个弟弟总是走进他的诗句。在秦州时他说:"有弟皆分散,无家问死生。寄书长不达,况乃未休兵。"
在成都时他说:"海内风尘诸弟隔,天涯涕泪一身遥。"现在,
杜观到了当阳又频频召唤,杜甫很快就决定出峡东下。他欣然
赋诗说:"自汝到荆府,书来数唤吾。颂椒添讽咏,禁火卜欢娱。
舟楫因人动,形骸用杖扶。"大意是说自从你到了荆州,接连
来信催我前往。这让我平添了新年正月吟诗的兴致,估计寒
食节那天我们就可以欢聚了。顺利上船还需要凑足坐船的盘
缠,可我这病弱的躯体也要靠拐杖扶持。从这几句诗来看,
杜甫是恨不能早日与三弟相聚,但实际情况是并未做好出峡
东下的准备。

此时的杜甫面对最后的人生,要说今后的去向,大约有三
个考虑。第一个考虑是连他自己都不敢有过多奢望却又无法割
舍的梦想,那就是回到洛阳或长安。陈贻焮老师从杜甫几首诗
推论说:"原来他计划重游江东,兼访杜丰,然后循江南河、邗
沟、淮水、广济渠,经梁宋返洛入京。可怜这只是一个永远不
能变为现实的美梦!"依我对陈老师的熟悉,当他写下这些话
时,肯定会为杜甫发出深深的叹息。不过,对当时的杜甫而言,
这样的美梦其实就是精神上不可或缺的寄托。且不说古人把魂
归故乡看得有多么重要,也不说杜甫对故乡有多么眷恋,过去
十年间,他从中原漂泊到西北,从西北漂泊到西南,如果真能
有一天,沿长江顺流东下到吴越,重游年轻时游历的江南,然
后沿大运河回到洛阳,再沿着黄河、渭河回到长安,那就不只

是回乡，而且是整整一大圈的壮游啊！

第二个考虑实际上是无奈之下的选择，那就是仍旧滞留在夔州。他不喜欢夔州，说这里"形胜有余风土恶"，尤其受不了夔州的炎热和多雨，但在夔州又买了四十亩柑园，雇了几个奴仆干活，他自己也辛勤劳作。果园的收成，不但事关一家人眼下的生存，也是在为日后出峡东下做准备。心情好的时候少不了在果园里扶锄遐思，做做回乡之梦，但现实总得面对，先得攒点儿积蓄。他的漂泊是携带家人的漂泊，就连坐船也得为全家人准备好盘缠。

第三个考虑是出峡东游，暂且客居荆州。此前几年，荆州一度升作南都江陵府，取代成都，成为唐王朝的陪都。而杜甫之所以有客居荆州的打算，主要还是因为与三弟有约。夏初时节杜观来过夔州，兄弟俩曾商量着回长安，后来又迫于情势，约好在荆州相聚。杜观到了荆州就接连来信，杜甫急于与弟弟相聚，决定离开夔州。

由于仓促，杜甫甚至没有足够的时间来出售那四十亩柑园，出发前干脆把柑园送给了朋友。他有首诗叫作《将别巫峡赠南卿兄瀼西果园四十亩》，说的就是这件事。诗中说："杂蕊红相对，他时锦不如。具舟将出峡，巡圃念携锄。"杜甫对自己的果园恋恋不舍，他说这果园里各种各样的鲜花就要竞相开放了，到那时连色彩缤纷的锦缎都要自愧弗如。我已经包了船将要出峡，忍不住要到果园里巡视一番，还忘不了拿着锄头松松泥土。诗尾又说："残生逗江汉，何处狎樵渔。"我的残余人生要在江汉一带逗留了，再也不能在这里亲近打柴捕鱼之人。

大约在元宵节过后，杜甫一家告别了瞿塘峡和白帝城，从长江三峡最西头顺流而下。船行七十余里，到了巫峡一带的巫山县，有位姓唐的老朋友为他饯别。他很感动，拄杖赴宴，落泪听歌。又走了三百多里，到了三峡的最东头峡州（在今宜昌市），有位姓田的地方官为他设宴，直到三更。杜甫在感动之余，突然意识到自己已经出了三峡，"始知云雨峡，忽尽下牢边"。

出了三峡就进入江汉平原，视野越来越开阔了。李白年轻时出蜀远游，一出三峡写下《渡荆门送别》，颔联两句是"山随平野尽，江入大荒流"。杜甫《旅夜书怀》中的颔联，与这两句很相像——"星垂平野阔，月涌大江流"。

《渡荆门送别》有明确地名，一望而知写在什么地方。《旅夜书怀》却无迹可寻，很难确知写于何处。日本学者松原朗从"细草"二字推测出时当春天，又从"星垂平野阔"来推测是在广阔的平野，由此下结论说这首诗当作于大历三年春，当时杜甫出了三峡，正向江陵航行。虽然他的说法只是简单推测，但《旅夜书怀》中所写的壮阔景象，很容易让人想起李白所写的荆门一带。所以，姑且就把这首诗放在这里来欣赏吧！

细草微风岸，危樯独夜舟。

星垂平野阔，月涌大江流。

名岂文章著，官应老病休。

飘飘何所似，天地一沙鸥。

首联不用动词，仅以六个名词组合成句，调动我们的想象，构成有动有静、有背景有特写的画面："细草微风岸，危樯独夜舟。""细草"是小草，"危樯"是船上高高的桅杆。微风吹拂的江岸，小草在轻轻晃动。茫茫暗夜，浩浩江面，只有一只孤舟停泊，孤舟上桅杆高耸。诗人写出这样的画面，他的孤独、落寞和寂寥也就表现出来了。

颔联"星垂平野阔，月涌大江流"，总让人在赞叹之余想到李白的"山随平野尽，江入大荒流"。首先你会发现，李白的上句有"平野"二字，杜甫的上句也有。李白的下句是"大荒流"，杜甫的下句是"大江流"。而且，"星垂"两句与"山随"两句都是五律的颔联，是一样的句法，一样的雄浑壮阔。显然，杜甫并不掩饰他是在模仿李白，就像李白写《登金陵凤凰台》是在明显模仿崔颢的《黄鹤楼》。

虽然如此，诗圣和诗仙却写出了不同的画面和感觉。在李白的篇章中，我是这样欣赏"山随"两句：连绵不断的群山随着原野的展开渐渐消失，浩荡的长江奔腾向前，流入广阔无边的莽原。诗人以雄放的笔力描述了大自然景象的壮丽，也概括了"荆门外"特有的山水形胜。荆门山以东，地势平缓，蜀中的山山岭岭至此结束。也因为地势突然平缓，浩荡的长江在这里全无拘束，尽情奔放，扑向无边莽原。这样的自然景象，与天性狂放又酷爱自由的李白，正有一种精神的感应和契合。

再来看杜甫的"星垂"两句。"星垂平野阔"是说星星垂向广阔无际的平野，我们现代人住在楼群里，灯火中，空气又受到污染，大凡能看到的星星往往只是头顶上模糊不清的几颗，很难看到杜甫所描述的景象。杜甫以"星垂"来衬托"平野阔"，不只是原野显得更其辽阔，远方的夜空与大地也真切可感，如在眼前。"月涌大江流"很难以白话翻译，只可心领神会。"月涌"是说月光涌动。月光怎么会涌动呢？因为月光映照着滚滚江流，随波涌动，波光闪闪，就像张若虚在《春江花月夜》中所写的"滟滟随波千万里，何处春江无月明"，没有"月涌"，黑夜里的浩荡长江也显示不出来了。

相信杜甫在写这两句诗时，一定也在怀念着李白。从这个角度来想，《旅夜书怀》写在出荆门、下江陵的途中更多了一份可能。以杜甫对李白熟悉的程度，他甚至知道李白写《渡荆门送别》更具体的地方，因此，他在行经同一段长江水程的时候，格外怀念已经辞世三年的李白，并由此触发了灵感。

颈联说的是反话，"名岂文章著，官应老病休"。大意是说，名声岂可靠文章才显著，然而我这大半辈子就是个文人而已，现在又老又病，做官从政、建功立业的事也只能罢休了。这两句里，有无奈，也有愤慨，有自叹自怜，也有自尊自傲。杜甫从小就胸怀匡世济民的抱负，但在那些达官贵人的眼里只是一个舞文弄墨的知名文人，而今年老多病，还想在政治上有所作为更是遥不可及了。

尾联一问一答，"飘飘何所似，天地一沙鸥"。我这漂泊不定的生涯像什么呢，就像天地间一只孤飞的沙鸥。苍天大地，地老天荒，在无边的时空中，个人是何其渺小与孤独，漂泊又是多么无奈与失落啊！读罢尾联，回头再看首联"细草微风岸，危樯独夜舟"，再看颔联"星垂平野阔，月涌大江流"，更能感受到这首诗从头到尾弥漫的大气和苍凉。

这首诗题作"旅夜书怀"，旅途奔波，夜色茫茫，飘飘不知所往，所以要"书怀"，书写心中感怀。值此情境，任谁都会百感交集，但很难把这复杂的心绪表达出来。老杜"书怀"，仅以"名岂"二句点到即止，其余六句都是融情于景，借景书怀，让读者沉浸其中，不胜唏嘘。

沙鸥将飞向何方，帆船会停泊到哪里，杜甫一家又将在何处安家？

辗转江汉

——○ 落日心犹壮

　　大历三年（768 年）的春天，杜甫一家终于在江陵（在今湖北江陵）下了船。当时，江陵府最高地方长官是担任江陵尹和荆南节度使的卫伯玉。杜甫在夔州时就一再给他写诗，船出三峡后又赋诗"奉呈江陵幕府诸公"，希望得到卫伯玉及其幕僚的关照。但卫伯玉等人的关照似乎很有限，起初还有些诗酒宴飨，后来就不大理会杜甫了。到了夏天，杜甫不得不暂时离开江陵，在炎炎酷暑下跑到外地借钱。同年秋天，杜甫作有《秋日荆南述怀三十韵》，诗中吐露了自己的哀伤和悲愤，其中几句尤其沉痛："苦摇求食尾，常曝报恩腮。结舌防谗柄，探肠有祸胎。苍茫步兵哭，展转仲宣哀。饥籍家家米，愁征处处杯。

休为贫士叹，任受众人咍。"大意是说，苦苦摇着尾巴向人求食，常说要报答人家，可大恩未报，又已陷入困境。害怕谗言，话也不敢多说，想开诚布公，又怕酿下祸端。前途苍茫，想到阮籍穷途之哭。辗转流离，就像王粲羁旅荆州之哀。饥饿的时候一家一家的借米下锅，想要借酒消愁，也得有酒可饮。休要再发出贫士的叹息了，那样会遭受众人的嘲笑。这些诗句有一种含泪泣血的残酷真实，尴尬和屈辱也和盘托出。杜甫不仅要自己生存下去，还要以衰老多病之身为家人挣扎求生。

　　回头再看杜甫一家以往的颠沛流离，就不得不承认，在战乱动荡、民不聊生的年代，如果没有高官要员的关照，杜甫一家人就很难生存下来。入蜀之前的遭遇是如此，出夔州之后的遭遇也是如此。只有在蜀地的日子比较安定，成都草堂几乎就是杜甫一家的桃花源。为什么呢？因为关照他的严武、高适等人，实际上就是蜀地最高军政官员。即使是在梓州、阆州、夔州，杜甫一家的生存很大程度上都建立在当地刺史有所关照的基础之上。当然，这并不是说杜甫就很少得到其他亲友的帮助，事实上杜甫诗歌中有不少感谢亲友的温暖文字。问题是在那个动荡年代，真有能力帮助杜甫一家的人毕竟有限，况且，越是动荡年代越是躲不过世态的凉薄。不说别人，就说杜甫的三弟杜观吧！他频频去信，把杜甫从夔州催到荆州，但杜甫到荆州客居半年左右，竟没有一字说到他。如果不是因为伤心和失望，做梦都想与弟弟共聚的杜甫，多少都会提及他吧？

秋末时节，杜甫一家乘船顺长江而下，漂泊到公安县（在今湖北公安），在那里大约只停留了两三个月。江陵到公安，都属于江汉地区。杜甫一家在这两地历时将近一年，《江汉》诗当作于此期间。

> 江汉思归客，乾坤一腐儒。
>
> 片云天共远，永夜月同孤。
>
> 落日心犹壮，秋风病欲苏。
>
> 古来存老马，不必取长途。

首联从容道来，却不胜感喟。上句意思很明白，诗人说自己是一个漂泊在江汉一带渴望回家的羁旅者。下句也并不难解，但很特别的是，诗人把"一腐儒"的自嘲和神圣的"乾坤"二字放在了一起。"乾坤"是天地的意思，也可以指江山、社稷、天下。诗人别出心裁，如此一用，后人的理解就多有不同了。宋代诗人陈师道解读说"乾坤之大，腐儒无所寄其身"，这等于说诗人叹息自己不容于世，有愤懑不平之意。明末清初的学者王嗣奭说"若以世法绳之，真腐儒也，公自知之，故作此语"，这等于说诗人有自愧自嘲之意。与王嗣奭同时代的黄生说："'一腐儒'上着'乾坤'字，自鄙兼自负之辞。身在草野，心忧社稷，乾坤之内，此腐儒能有几人？"这等于说，杜甫有自负之意。其实，这五个字里感慨万端，自愧自嘲，自负自傲，愤懑不平，皆在其中。

颔联把首联的感喟赋予象征性画面，"片云天共远，永夜月同孤"。片云在空中飘浮，天有多远，云就飘多远。长夜寂寥，唯有一轮孤月陪伴。诗人漂泊在江汉一带，羁旅在天地之间，不正像是天际漂浮的云、长夜孤独的月吗？

前四句明显是哀伤的，悲凉的，绝望的，颈联一转，是一种不甘心，不放弃，不屈服。"落日"象征垂暮之年，"秋风"意味万物凋零，但诗人说："落日心犹壮，秋风病欲苏。""心犹壮"是说壮心还在，"病欲苏"是说病情要好转了。读诗至此，让人惊叹杜甫顽强的生命力，同时又忍不住隐隐作痛。与其说这是曹操那种"烈士暮年，壮心不已"，不如说这是一个生命快要走到尽头的老人，在倔强地向命运挑战。

尾联两句"古来存老马，不必取长途"，含蓄地表明自己仍是有用之才。《韩非子·说林上》记载说，齐桓公讨伐孤竹国，返回时迷路了。管仲说，我们可以利用老马的智慧啊。于是就让老马走在前边，人跟在后边，果然走对了路。诗人在这里用了"老马识途"的典故，两句诗的意思是说，古人存养老马，用其智慧，不必非要看它长途奔跑吧！

大家还记得杜甫年轻时咏马的诗句吗？"所向无空阔，真堪托死生。骁腾有如此，万里可横行。"这是何等的气概啊！杜甫爱马，一生中写过十多首咏马诗，写过骏马、良马，借马抒发远大抱负，也写过瘦马、病马，借马自伤坎坷不遇。《江汉》

一诗中的"老马",并非特意咏马,而是诗人把自己比作一匹苍老的马。他年老多病,不可能像骏马一样奔腾万里了,却还是希望以"老马"的经验和智慧有所作为。

这年冬末,在一个雄鸡报晓、天色凄清的早晨,杜甫一家再次在长江岸边上了船。仅在 768 年,这是他们第三次沿长江顺流而下,迁徙他乡。这不是我们今天浪漫的漂流与冒险,而是杜甫一家在无路可走的情形下寻找出路,在一片渺茫中寻找希望。"舟楫眇然自此去,江湖远适无前期。出门转盻已陈迹,药饵扶吾随所之。"这是诗人在《晓发公安》一诗中的诗句。诗人悲哀地说,很快就要乘船而去,这次江湖远行没有事前预定,茫然不知所往。出了门,这里的一切转眼之间都将成为旧事陈迹。只要药物撑持着我,那就漂流到哪里算哪里吧!

不久到了岳州,也就是今天的岳阳。唐人到岳州,登岳阳楼,看洞庭湖,今人到岳阳,除了登楼览胜,还会想起杜甫的诗作《登岳阳楼》和范仲淹的文章《岳阳楼记》。

> 昔闻洞庭水,今上岳阳楼。
> 吴楚东南坼,乾坤日夜浮。
> 亲朋无一字,老病有孤舟。
> 戎马关山北,凭轩涕泗流。

首联写自己夙愿得偿,终于登上岳阳楼,眺望洞庭湖。洞庭湖是唐人纷至沓来竞相歌咏的地方，岳阳楼因洞庭湖广为人知。诗人先点"洞庭水"，再点"岳阳楼"，先说"昔闻"，再说"今上"，写的虽是自己，也把读者引入胜地。

登上岳阳楼，自然要描述洞庭湖，但这茫无边际的洞庭湖该怎么下笔？上句说"吴楚东南坼"。"吴楚"是指春秋时期的吴国、楚国故地，泛指东南一带。"坼"是裂开之意。吴楚之地是那样广大辽阔，但这洞庭湖竟将吴楚之地从中裂开。下句说"乾坤日夜浮"，地面上只见波澜起伏，远处唯有水光接天，苍天大地都好像漂浮在洞庭湖上。诗人大笔如椽，洞庭湖难以言传的辽阔与壮观，让诗人巧借"吴楚"，妙用"乾坤"，十个字就渲染出来了。古往今来，歌咏洞庭湖、题写岳阳楼的诗句可谓多矣，若以气势而论，只有孟浩然的"气蒸云梦泽，波撼岳阳城"或可相比。元代人方回说，他登上岳阳楼，只见墙壁上大字题写着孟浩然和杜甫的诗句，"后人不敢复题也"。胡应麟说，杜甫笔下的气象，比起孟浩然的尤有过之。

颔联是如此的雄浑壮阔，颈联却笔墨突变，写自己的悲惨处境："亲朋无一字，老病有孤舟。"诗人是性情中人，在他颠沛流离地奔走中，亲朋故旧的书信一直是他的慰藉，然而这时候的他知音凋零，又辗转不定，很久都没收到亲朋一个字。诗人终于来到久已向往的洞庭湖，却是垂垂老矣，病痛缠身，天地之间能够栖身的只有孤舟一叶。乍然一看，这两句的一己之悲，与上两句磅礴大气的壮观气象，似乎落差太大，但再细加品味，把上两句无边的辽远空阔作背景，想一想诗人漂泊在吴楚大地举目无亲，收不到一字来信，置身于烟波浩渺无边无际的洞庭湖，却只能是以老病之身独守着小小的一叶小舟，这是怎样的孤独与悲凉啊！

末两句"戎马关山北，凭轩涕泗流"，是对国家时局的忧虑，也是无法还乡的痛苦。"戎马"指战争，"关山北"指关隘山岭以北，自然也包括诗人日思夜想的故土洛阳和京城长安。"轩"是指岳阳楼上的窗户或走廊里的栏杆。诗人漂泊在遥远的异乡，"亲朋无一字，老病有孤舟"，如果有一天能回到家乡，该有多好啊！可是，关山以北的战火无休无止，此时他看不到任何希望，只能站在岳阳楼上凭栏遥望，涕泗横流。

读这首诗，总让我想到杜甫另外两首诗，一首是二十五岁时写的《望岳》，另一首是四十一岁时写的《同诸公登慈恩寺塔》。《望岳》前四句的雄浑大气跟《岳阳楼》的前四句是一样的："岱宗夫如何？齐鲁青未了。造化钟神秀，阴阳割昏晓。"但后四句的豪气凌云，是以盛唐开元年间诗人的青春壮游为背景的："荡胸生曾云，决眦入归鸟。会当凌绝顶，一览众山小。"杜甫的系列文章，正是从《望岳》一诗开始的。《同诸公登慈恩寺塔》带着沉重的忧患之感，一开头就说："高标跨苍天，烈风无时休。自非旷士怀，登兹翻百忧。"杜甫比同时代人，更早感受到危机四伏祸在旦夕的严酷现实，并且秉持着良知和勇气站出来，一再发出警世之言。可惜唐玄宗和他的朝廷没人去听一介寒士的声音，三年以后安史之乱爆发了。杜甫及早地意识到了唐王朝的危机，却不能因此就躲过战乱和灾难。到了登岳阳楼的这一天，历尽艰难的他已到了生命的尾声。

在第一篇中，我们已经欣赏了杜甫的《望岳》。当时我说，从古至今歌咏泰山的诗文多到无法胜数，《望岳》堪称压卷之作。现在欣赏《登岳阳楼》这首诗，同样可以说，从古至今歌咏洞庭湖的诗文多到无法胜数，杜甫的《登岳阳楼》堪称第一。诗圣不愧是诗圣，即使是写一些常见的题材，古老的话题，譬如说写马，写鹰，写诸葛亮，写王昭君，只要他一写，前人就得瞠乎其后，后人也得退避三舍。

漂泊湘江

○

落花时节又逢君

大历三年（768年）的岁末隆冬，杜甫一家泊舟于岳阳城下。在一个飞雪扑打船舱、寒灯明灭不定的夜晚，杜甫给自己打气说："留滞才难尽，艰危气益增。图南未可料，变化有鲲鹏。"诗人说自己滞留在异地他乡，有才难以施展，在这艰难危急的时候意气倍增。乘船南下，或许就有转机，说不定还有鲲鹏展翅的一天。诗人是顽强不屈的，直到这个时候，他仍以抗争的心态面对困境。他本来就是一个生命力很强的人，贫穷和磨难又给他一种近乎微生物般的生存能力。

杜甫一生的最后两年是在湘江流域度过的。唐代的岳州、潭州、衡州，分别是现在湖南省的岳阳、长沙和衡阳，都在湘江流域。湘江北去，最北汇入洞庭湖，总想着北归的杜甫，却好像只能在湘江流域漂泊。大历四年（769年）年初，杜甫一家离开岳州，沿湘江南下。春天到了潭州，不久继续南下，前往衡州。好友韦之晋在衡州做刺史，就在杜甫从潭州南下投奔的时候，韦之晋却接到调令，从衡州北上潭州。杜甫又沿着湘江原道返回，尚未抵达潭州，韦之晋已病逝了。如此一去一回，杜甫一家从春天奔波到夏天，艰辛备至。换作今天，发个微信就知分晓，上了飞机很快就到，怎么会跑这样的冤枉路，受这样的冤枉罪。

杜甫返回潭州后，曾在湘江边租了个房子，美其名曰"江阁"。今天，长沙人为纪念他，在湘江边建了个仿唐风格的高大楼阁，比起他当年所居，不知宏大了多少倍。他卧病"江阁"，后来租不起了，一家人寄居在小船上，以船为家。春天又来到潭州，燕子又飞来了，杜甫在船上写下《燕子来舟中作》。诗的大意是，我羁旅湖南为客，又一个春天说来就来，燕子两度在这里衔泥筑巢。燕子啊，去年你飞到这里你我相识，如今在这个春社之日，你又远远地看着我。可怜你到处筑巢为室，总无定居之所，跟我的漂泊生涯有什么区别。看着你站在船樯上向我鸣啾说话，又穿花贴水飞去，泪水越发打湿了我的衣襟。诗人是这样深情，又是这样孤寂，更因为燕子到处筑巢，居无定所，触发了自己强烈的身世之感。

就在这个春天，杜甫在潭州碰到了李龟年。李龟年是开元年间的大明星，声名赫赫的歌唱家、音乐家。唐玄宗迷恋歌舞，喜好音乐，李龟年倍得宠爱。王公贵族举办盛筵，也以邀请到李龟年登场献艺为荣。杜甫少时在洛阳，就多次听过李龟年的演唱。可以说，在他心里李龟年跟强大繁荣的开元盛世是分不开的，跟他自己意气风发的青少年时代也是分不开的。然而安史之乱后的李龟年同他一样颠沛流离，浪迹四方，而且也是漂泊到远离长安的潭州。想想看吧，此时的他见到李龟年，该有多少悲欢离合、往事如烟的感慨！但他只写了四句：

> 岐王宅里寻常见，崔九堂前几度闻。
> 正是江南好风景，落花时节又逢君。

前两句追忆往昔。"岐王"是指唐玄宗李隆基的弟弟李隆范，因避李隆基的名讳才改为李范。"崔九"是指唐玄宗宠幸的大臣崔涤，出身名门望族，在兄弟中排行第九，所以称作"崔九"。两人地位隆崇，在洛阳有豪华府邸，又都是开元年间的风流人物。"岐王宅里"和"崔九堂前"，其实就是洛阳城名人雅士云集的地方。杜甫曾经回忆少年时代在洛阳的往事，说当时的文坛名士崔高、魏启心把他誉为可与班固、扬雄媲美的神童："往昔十四五，出游翰墨场。斯文崔魏徒，以我似班扬。""脱略小时辈，结交皆老苍。饮酣视八极，俗物都茫茫。"

由于他下笔成章，才华出众，得到长辈们的赏识，因此也得以出入举办艺文盛会的王府豪门。"岐王宅里寻常见，崔九堂前几度闻。"这两句诗所能唤起的，不只是诗人与李龟年两人的往事，还有四十年前洛阳城的诗酒宴飨、嘉宾如云、笑语喧哗，还有盛唐时代的富庶繁华、歌舞升平、文采风流。

如果诗人展开往昔的回忆，把什么都铺写出来，我们今天就会了解到不少洛阳城的艺文盛况。但是，单独以诗而论，很可能就不如这首绝句写得好了。因为文学艺术的一大妙处，正在于给读者创造想象和回味的空间。倘若什么都说了，反而不美。诗人追忆往昔，写下"岐王"两句足矣，因为这两句已经把人带到了开元盛世和洛阳城，让人想到那时红极一时的李龟年，还有少年得意的诗人自己。

抒写今日重逢的感受，诗人的笔墨也可以一泻千里，但他刚写到重逢就戛然而止："正是江南好风景，落花时节又逢君。""江南"在这里是指长江以南，唐太宗把长江之南都归于江南道，唐玄宗又把江南道划分为江南东道和江南西道，今天的湖南全境在当时都属于江南西道。暮春三月的江南，是风景最美的时候，可这"好风景"反衬的却是无尽哀伤。如果还是开元盛世，还是年轻的时候，诗人和李龟年相遇在春光明媚的江南，该是把酒临风，开怀畅饮，可如今两个人都是白发苍苍的风烛残年，都可能在漂泊生涯中老死异乡。末一句寓意尤其丰富。"落花"自然是指花瓣的谢落，但在这里，还寓意着美好事物的凋零消歇。唐王朝的衰败，世道的衰落，以及李龟年和诗人自己的年老衰弱，都在不言之中了。

这首诗是写给李龟年的赠诗。唐代最有名的三个大诗人李白、杜甫和王维，都跟李龟年相识。在唐人记载中，天宝初年李龟年曾经为李白的《清平调三首》谱曲，并在唐玄宗和杨贵妃面前演唱。安史之乱后李龟年流落江南，常常吟唱的两首曲子都是王维的，其中一首就是大家熟知的《相思》："红豆生南国，春来发几枝？愿君多采撷，此物最相思。"《相思》的另一诗题，就叫作《江上赠李龟年》。只是不知道，当李龟年看到杜甫写给他的这首赠诗时，有没有谱曲演唱。或许他也唱过，满座为之落泪。或许他已体弱多病，不能再谱曲演唱。杜甫年少时，李龟年已名动天下，他的年龄，至少要比杜甫年长十来岁。

这个春天是杜甫人生中最后一个春天。就在他"江南逢李龟年"不久，湖南兵马使臧玠领兵造反，杀死潭州刺史崔瓘，城内火光冲天。杜甫一家连夜逃奔，几经奔波，再次来到衡州。本想投奔时任郴州刺史的舅氏崔玮，却在耒阳被大水围困，饥饿多日，幸亏耒阳县令送来酒肉。因洪水泛滥，南行受阻，又苦于潮湿闷热的溽暑，杜甫不得不掉转船头，返回潭州。暮秋时节，杜甫离开潭州，决计北归。故乡那边很少寄来书信，中原的战乱仍未停息，但他已经顾不上这些了。生命所剩时日不多了，他不能老死异乡，更不能撒手归去，把妻子儿女丢弃在漂泊途中。可是入冬的时候，在前往岳阳的船上，他的病情越发严重了，卧病不起。他知道自己将会老死在北归途中，临终绝笔，写下《风疾舟中，伏枕书怀三十六韵，奉呈湖南亲友》。这是他给自己写的葬祭文，也是向湖南亲友的告别信，诗的最后以含蓄的笔墨寄望于亲友，期冀他们能在他死后照顾他的家人。

杜甫走了，生命结束在湘江水面奔往岳阳的小船上。这一年是大历五年（770 年），杜甫五十九岁。说到这里，不禁又想起陈贻焮老师。他的《杜甫评传》写了一百多万字，写到杜甫去世，评传也就接近尾声了。陈师母正想着如何庆贺他大著告成，却听见他号啕大哭起来。陈师母慌忙问他发生了什么事情，他呜咽着说："杜甫死了！"我在回忆陈先生的一篇文章中曾经说过这件事，现在说到杜甫之死，眼睛也不由地湿润起来。

后人已经无法知道，杜甫死后，他的家人是如何在潇湘一带生存下来的，又是何时回到中原故土的。杜甫离世四十多年后，唐王朝终于等来了元和中兴，他的孙子杜嗣业把他移葬于故乡首阳山下，请大诗人元稹撰写墓志铭。元稹在序文中高度评价了杜甫，其中有几句话大意如下：古今诗歌的风格气势，杜甫全都有了，各家之所长，杜甫无不兼备。假使让孔子来考查研究杜诗的主要意蕴，还不知道要怎样推崇他的多才多艺！如果要说写诗的无所不能，无所不可，那么，自从有诗人以来，从来就没有谁超出杜甫！元稹的话，实际上已经肯定了杜甫在诗歌史上的"集大成"，把杜甫推到了"诗圣"的崇高位置。与元稹同时代的另外两个文坛领袖韩愈和白居易，同样对杜甫推崇备至，韩愈说："李杜文章在，光焰万丈长。"

或许有些朋友想问，杜甫是中国的"诗圣"，是最伟大的诗人，为什么他的人生会遭受那么沉重的苦难？我想从三个角度看：

第一，从杜甫所处的时代来看。杜甫的童年、少年、青年是在开元盛世度过的，这是他的幸运。但他的中年和晚年，因为安史之乱前的腐败政治和安史之乱爆发后的战火动荡，连遭不幸，历尽艰难。天宝五载（746 年），当他踏入长安求取功名的时候，唐玄宗已经是个贪图享乐的皇帝，朝廷政治的清明已经一去不复返了。天宝六载（747 年）他参加制举考试，却碰上了李林甫所操纵的荒唐透顶的大考，举国竟无一人上榜。天宝十载（751 年）他以《三大礼赋》终于引起皇帝的注意，唐玄宗让他在集贤院等待诏命，不幸又被李林甫从中作梗。李林甫之后，朝廷又把持在杨国忠手中，杜甫就更没有从政机会了。天宝十四载（755 年），安史之乱爆发。虽然这场浩劫在历时七年多后终于结束，但唐王朝已是元气大伤，朝廷宦官专权，地方藩镇割据。如果说中年的杜甫还曾经做过地位低微的小官，那么晚年的杜甫，几乎都是在漂泊中度过的。

孔子晚年读《易经》，最感慨的是"时也，命也"。"时"是时机、时势、时代，"命"是命运。尤其是在古代社会，个人的命运往往就是所处的时代决定的。杜甫的前半生经历了开元盛世，后半生遭遇了安史之乱及各种社会动荡，他和家人的幸与不幸，其实就是那个时代的缩影。由于他的绝大部分诗作都是安史之乱以后写下的，而且又是最真实最深刻的描述，所以我们从他的作品中感受到的苦难也是最强烈的。

第二，从杜甫自己的性格和人格来看。杜甫有远大的政治抱负，密切关注着政局时局，但他终究是一个至情至性的诗人。他似乎从来就不懂得什么政治手腕，官场技巧，也不善于藏愚守拙，明哲保身。他看重亲情友情，又始终信奉儒家仁爱精神，以自己的亲情友情推己及人。他的做人与写诗，总是从情感出发，所以总是在写真情，说真话，往往就忘记了趋利避害。前边说过杜甫和高适、岑参、储光羲、薛据一起登临慈恩寺塔，并各自赋诗一首。薛据的诗已失传，高适、岑参和储光羲的诗不是赞美寺院佛塔，颂扬佛学精微，就是抒发身世之感。只有杜甫的诗强烈暗示了祸在旦夕的时局之危，甚至把锋芒指向寻欢作乐的唐玄宗。其实，高、岑、储三人未必就全然不知时局之危，他们只是不说罢了。可以说盛唐大诗人中，最敢讲真话的就是杜甫，最坎坷不遇的也是杜甫，这两者之间恐怕大有关系吧？唐玄宗、唐肃宗、唐代宗，杜甫都不止一次讽刺过，更不必说杨国忠之流炙手可热的权贵。虽说唐代比较开放，杜甫不至于因言获罪，但因言遭受冷遇，只怕是避免不了的。

杜甫也曾经做过官，但每次都为时很短。四十五岁时他终于步入仕途，做了左拾遗，不久就因为上书营救房琯，得罪了唐肃宗，险些获罪。四十七岁时被贬为华州司功参军，一年后他弃官西去。五十三岁时在严武幕府任节度参谋、检校工部员外郎，半年后再次辞官。两次辞官各有不同情况，但相同之处在于，他无法忍受案牍劳形的官事俗务，渴望自由自在的生活。比起对案牍劳形的厌倦，杜甫在诗歌创作上的孜孜以求是很惊人的。他天生就是一个想象翻飞、激情洋溢、创作欲旺盛的诗人。

第三，从杜甫生前的地位和影响来看。杜甫在世时虽然是有名气的诗人，却不像李白那样名满天下，因为当时的人远远没有意识到他在诗歌创作上的伟大成就，所以也没能给他应有的地位和尊敬。

后人评价杜甫，**通常会赞美他是中国诗歌史上的集大成者**和承前启后者。他的"集大成"不只是全面地继承，而且是创造性地完成。他的"承前启后"，也不只是继承前人，而且是开创新风，启示后人。他在很多方面是创新的，也是超前的，在当时的诗坛上还不能被接受。譬如说他的新乐府诗，包括《兵车行》《丽人行》与"三吏""三别"等，创造性地以新题写时事，写得多么深刻感人，可是，直到白居易和元稹在元和年间掀起以创作新题乐府诗为中心的诗歌革新运动，杜甫的新乐府诗才得到崇高的评价。又譬如说七言律诗作为唐代诗歌最重要的新兴诗体之一，是在杜甫笔下才创造性地臻于完美，但在当时的几个诗歌选集中，竟是一首也未入选，直到七言律诗再度兴盛的晚唐，杜甫的七律才在唐诗选本中纷纷出现。晚唐的"小李杜"（李商隐和杜牧），把李白、杜甫视为唐代最优秀的诗人。就连杜甫在创作中的一些癖好和尝试，包括炼字、炼句、好议论、尚理趣、喜拗句等，到了宋人那里也备受推崇，王安石、苏轼、黄庭坚、陆游等人，都是杜甫的大粉丝。

历史上有许多活着的时候大名鼎鼎、死后却湮没无闻的诗人，也有一些生前寂寞潦倒、死后却千古流芳的诗人。杜甫是典型的后者，正是苦难磨砺了他，激发了他，使他成为中国文学史上当之无愧的"诗圣"。